O SORRISO ETRUSCO

JOSÉ LUIS SAMPEDRO
O SORRISO ETRUSCO

Tradução
MONICA STAHEL

martins fontes
selo martins

Esta obra foi publicada originalmente em espanhol
com o título LA SONRISA ETRUSCA.
Copyright © José Luis Sampedro, 1985.
© 1996-2009, Livraria Martins Fontes Editora Ltda.
© 2019, Martins Editora Livraria Ltda.,
São Paulo, para a presente edição.

Publisher	Evandro Mendonça Martins Fontes
Coordenação editorial	Vanessa Faleck
Produção editorial	Carolina Cordeiro Lopes
Tradução	Monica Stahel
Revisão	Lucas Torrisi
	Renata Sangeon
Diagramação	Renato Carbone

A presente edição recebeu da Dirección General del Libro y Bibliotecas, do Ministério da Cultura da Espanha, uma ajuda para a tradução.

Dados Internacionais de Catalogação na Publicação (CIP)
Angelica Ilacqua CRB-8/7057

Sampedro, José Luis
 O sorriso etrusco / José Luis Sampedro ; tradução Monica Stahel.
– 2. ed. – São Paulo : Martins Fontes – selo Martins, 2019.
376 p.

Bibliografia
ISBN: 978-85-8063-370-2
Título original: La sonrisa etrusca

1. Ficção espanhola I. Título II. Stahel, Monica

19-1181   CDD-863.6

Índices para catálogo sistemático:
1. Ficção espanhola   863.6

Todos os direitos desta edição reservados à
Martins Editora Livraria Ltda.
Av. Dr. Arnaldo, 2076
01255-000 São Paulo SP Brasil
Tel.: (11) 3116 0000
info@emartinsfontes.com.br
www.emartinsfontes.com.br

JOSÉ LUIS SAMPEDRO nasceu em Barcelona, em 1917. Catedrático de Estrutura Econômica desde 1955, foi, apesar de republicano e eleitor do Partido Socialista, Senador por indicação Real na primeira legislatura após a restauração da democracia na Espanha. É membro da Real Academia Española. José Luis Sampedro mora em Madrid. Publicou também: *La sombra de los días* (1945), *Congresso en Estocolmo* (1952), *Un sitio para vivir* (teatro, 1955), *El río que nos lleva* (1961), *El caballo desnudo* (1970) e uma trilogia intitulada *Los círculos del tiempo*, de que fazem parte *Octubre, Octubre* (1981), *La viela sirena* (1990) e *Real sitio* (1993). Os livros *Mar al fondo* e *Mientras la tierra gira*, editados entre 1992 e 1993, agrupam a maioria dos relatos publicados esparsamente ao longo de sua vida.

MONICA STAHEL nasceu em São Paulo, em 1945. Formou-se em Ciências Sociais pela USP em 1968. Na década de 1970 ingressou na área editorial, exercendo várias funções ligadas à edição e produção de livros. Durante os doze anos em que teve nesta editora, como tarefa principal, a avaliação de traduções e edição de textos, desenvolveu paralelamente seu trabalho de tradutora, ao qual hoje se dedica integralmente. Fez várias traduções do francês e do espanhol, destacando-se entre as mais recentes *Ricardo Coração de Leão*, de M. Bossard-Dandré e G. Besson; *O limpo e o sujo*, de G. Vigarello; *Porto Sudão*, de Olivier Rolin; e *A chuva amarela*; de Julio Llamazares.

PARA MIGUEL
e para
PITA PAFLO

No museu romano de Villa Giulia, o guarda da Quinta Seção continua sua ronda. Terminado o verão e, com ele, as manadas de turistas, a vigilância volta a ser tediosa; mas hoje ele está intrigado com um certo visitante e volta até a saleta dos *Esposos* com curiosidade crescente. "Será que ainda está lá?", pergunta-se, acelerando o passo até assomar à porta.

Está. Continua ali, num banco diante do grande sarcófago etrusco de terracota, centrado sob a abóbada: aquela joia do museu exibida, como num estojo, na saleta entelada em ocre para imitar a cripta original.

Sim, está ali. Sem se mover há meia hora, como se também fosse uma figura ressecada pelo fogo e pelos séculos. O chapéu marrom e o rosto curtido compõem um busto de argila, emergindo da camisa branca sem gravata, conforme o uso dos velhos lá de baixo, das montanhas do Sul: Apúlia, ou antes, Calábria.

2

"O que estará vendo nessa estátua?", pergunta-se o guarda. E, como não entende, não ousa retirar-se, temendo que de repente aconteça alguma coisa, ali, naquela manhã que começou como todas as outras e acabou sendo tão diferente. Mas tampouco ousa entrar, contido por inexplicável respeito. Continua na porta olhando o velho que, alheio à sua presença, concentra seu olhar no sepulcro, sobre cuja tampa se reclina o casal humano.

A mulher, apoiada no cotovelo esquerdo, o cabelo em duas tranças caindo-lhe sobre os seios, curva delicadamente a mão direita, aproximando-a de seus lábios carnudos. Às suas costas o homem, igualmente recostado, barba em ponta sob a boca fauniana, enlaça a cintura feminina com o braço direito. Nos dois corpos, o tom avermelhado da argila pretende denunciar um fundo sanguíneo invulnerável ao transcorrer dos séculos. E sob os olhos afastados, orientalmente oblíquos, floresce nos rostos um mesmo sorriso indescritível: sábio e enigmático, sereno e voluptuoso.

Focos ocultos iluminam as figuras com dinâmica arte, conferindo-lhes um claro-escuro palpitante de vida. Por contraste, o velho imóvel na penumbra aparece como estátua aos olhos do guarda. "Como coisa de magia", pensa este sem querer. Para se tranquilizar, decide persuadir-se de que tudo é natural: "O velho está cansado e, como pagou a entrada, sentou-se aí para aproveitá-la. A gente do campo é assim". Depois de um momento, como nada acontece, o guarda se afasta.

Sua ausência adensa o ar da cripta em torno de seus três habitantes: o velho e o casal. O tempo se esvai...

Quebra esse ar um homem jovem, aproximando-se do velho:

– Finalmente, pai! Vamos embora. Sinto muito tê-lo feito esperar, mas esse diretor...

3

O velho olha para ele: "Pobre garoto! Sempre com pressa, sempre se desculpando... E pensar que é meu filho!".
– Um momento... O que é isso?
– Isso? Os *Esposos*. Um sarcófago etrusco.
– Sarcófago? Uma caixa para mortos?
– É... Mas vamos embora.
– Eram enterrados aí dentro? Nessa coisa como um divã?
– Um triclínio. Os etruscos comiam deitados, como os romanos. E não eram propriamente enterrados. Os sarcófagos eram depositados numa cripta fechada, pintada por dentro como uma casa.
– Como o panteão dos marqueses Malfatti, lá em Roccasera?
– A mesma coisa... Mas Andrea pode explicar melhor. Eu não sou arqueólogo.
– Sua mulher?... Tudo bem, vou perguntar a ela.
O filho olha o pai com assombro. "Está tão interessado?" Volta a consultar o relógio.
– Milão fica longe, pai... Por favor.
O velho se levanta lentamente do banco, sem tirar os olhos do casal.
– Eram enterrados comendo! – murmura admirado... Finalmente, resmungando, vai atrás do filho.
Na saída, o velho toca em outro assunto.
– Não se saiu muito bem com o diretor do museu, não é mesmo?
O filho franze o rosto.
– Bem, o de sempre, sabe como é. Prometem, prometem, mas... Fez grandes elogios a Andrea, isso sim. Até conhecia seu último artigo.
O velho lembra-se de quando, a guerra recém-terminada, ele subiu até Roma com Ambrósio e outro *partigiano* ("como se chamava aquele albanês tão bom atirador?...

maldita memória!") para exigir a reforma agrária na região da Pequena Sila a um dirigente do Partido.
– Acompanhou você até a porta dando tapinhas no seu ombro?
– Sem dúvida! Foi amabilíssimo!
O filho sorri, mas o velho franze o cenho. Como aquela vez. Foram necessários os três mortos da manifestação camponesa de Melissa, perto de Santa Severina, para os políticos de Roma se assustarem e resolverem fazer alguma coisa.
Chegam ao carro no estacionamento e instalam-se dentro dele. O velho grunhe enquanto aperta o cinto de segurança. "Bom negócio para alguns! Como se a gente não tivesse o direito de se matar conforme a vontade!" Arrancam e rumam para a saída de Roma. Pouco depois de pagarem o pedágio, já na Autostrada del Sole, o velho volta ao seu assunto enquanto enrola um cigarro lentamente.
– Enterravam os dois juntos?
– Quem, pai?
– O casal. Os etruscos.
– Não sei. Pode ser.
– E como? Não iam morrer ao mesmo tempo!
– Tem razão... Pois não sei... Aperte ali que sai um acendedor.
– Esqueça os acendedores. E a graça do fósforo?
O velho, de fato, risca e acende com habilidade no oco formado por suas mãos. Joga o fósforo para fora e fuma vagarosamente. Silêncio rompido apenas por zumbido de motor, sussurrar de pneus, alguma buzinada imperiosa. O carro começa a cheirar a tabaco negro, evocando no filho lembranças infantis. Dissimuladamente, baixa um pouco o vidro da janela. O velho então olha para ele: nunca conseguiu acostumar-se com aquele perfil delicado, herança materna a cada ano mais perceptível.

Dirige muito sério, atento à estrada... "Sim, sempre foi um garoto muito sério."
— Por que estavam rindo daquela maneira tão..., bem, assim? E, além do mais, em cima da própria tumba!
— Quem?
— Quem poderia ser! Os etruscos, homem, os do sepulcro! Em que estava pensando?
— Ora bolas, os etruscos!... Como posso saber? Além do mais, não estavam rindo.
— Ah, pois eu acho que estavam! E rindo de tudo! Você não viu?... De um jeito...! Com os lábios juntos, mas estavam rindo... E que bocas! Ela, principalmente... — ele se interrompe para calar um nome (Salvinia) impetuosamente recordado.
O filho se irrita. "Que mania! Será que a doença está lhe afetando o cérebro?".
— Não estavam rindo, pai. Era só um sorriso. Um sorriso de beatitude.
— Beatitude? O que é isso?
— Como os santos nas gravuras, quando contemplam Deus.
O velho solta a gargalhada.
— Santos? Contemplando Deus? Eles, os etruscos? Nem fale!
Sua convicção não admite réplica. Ultrapassa-os um carro grande e veloz, dirigido por um chofer de libré. No banco de trás, o perfil fugaz de uma senhora elegante. "Esse meu filho...", pensa o velho. "Quando chegará a saber da vida?"
— Os etruscos estavam rindo, estou dizendo. Gozavam até em cima de sua própria tumba, você não percebeu?... Que gente!
Dá outra tragada no cigarro e continua:
— O que foi feito desses etruscos?
— Os romanos os conquistaram.

6

– Os romanos! Sempre atrapalhando!

O velho mergulha na velha história, lembranças da ditadura e da guerra, depois dos políticos, enquanto o carro roda para o norte.

O sol chega ao cume da sua trajetória, amornando as culturas outonais. Em uma colina ainda fazem a vindima, ao passo que, lá em Roccasera, o mosto já começa a fermentar. Alguns sulcos desiguais chamam a atenção do velho: "Se um dos meus empregados me fizesse um trabalho desses", ele pensa, "mandava-o embora da minha casa a pontapés." Cada detalhe das terras tem um significado para ele, embora seja uma paisagem tão diferente. Mais verde, mais branda, para essa gente do Norte.

– Toda esta terra era etrusca – exclama o filho de repente, desejando agradar.

Os campos parecem ao velho mais substanciosos ainda. Depois de um tempo, vê-se forçado a pedir uma coisa:

– Quando puder, pare um momento, filho. Preciso baixar a calça. Você sabe, a cobra que anda por dentro de mim.

O filho volta a se preocupar com a grave doença do pai; por causa dela está levando o velho aos médicos de Milão, e se recrimina de tê-la esquecido por um momento, por culpa de seu próprio problema. Certo, a possível transferência de sua mulher para Roma é muito importante para ele, mas a do seu pai é a final. Volta-se para o velho carinhosamente.

– Na primeira oportunidade. Vou aproveitar e tomar um café para descansar de dirigir.

– Posso esperar, não se preocupe.

O filho detalha o perfil de seu pai. Aquilino ainda, mas o pomo de adão se afila, pedra engagada, e os olhos se afundam. Por quanto tempo ainda poderá contemplar aquele rosto invulnerável que sempre lhe inspirou

segurança? A vida os distanciou, levando-os a mundos diferentes e, no entanto, como sentirá falta da sombra protetora do velho roble! Punhalada de angústia: se falasse, daria para notar sua aflição. O velho não gostaria. Param num posto de gasolina. O filho leva o carro para abastecer e, quando entra no bar, seu pai já está bebendo de uma xícara fumegante.
– Mas pai! O médico não proibiu?
– O que posso fazer? É preciso viver!
– Por isso mesmo!
O velho se cala e sorri, saboreando seu café. Depois começa a enrolar outro cigarro.

Voltam a rodar e, após alguns minutos de autoestrada, leem a indicação de próxima saída para Arezzo, à direita.

– Foi uma grande cidade etrusca – explica o filho quando passam ao lado da placa, deixando-a para trás. Arezzo: o velho guarda o nome.

O carro volta à pista, saindo de uma pousada de beira de estrada onde os viajantes jantaram rapidamente. Pela planície do Pó, a neblina se estende como vanguarda da noite, enredando suas madeixas nas fileiras de álamos. O velho adormece pouco a pouco: não retêm sua atenção aquelas terras monótonas e brandas, hortos domesticados.

"Coitado", pensa o filho, contemplando aquela cabeça inclinada sobre o encosto. "Está cansado... Será que tem esperança de se curar?... E, se não tem, por que está vindo?... Nunca achei que fosse aceitar deixar sua Roccasera; não consigo explicar."

Quando o velho abre os olhos, já é noite fechada: o relógio do painel, fracamente iluminado em verde, marca dez e dez. Volta a cerrar as pálpebras, como que resistindo a se inteirar. Irrita-o voltar a Milão. A vez anterior, enviuvado recentemente, não conseguiu aguentar nem quinze dias, embora os filhos houvessem planejado um par de meses para ele. Tudo insuportável: a cidade, os milaneses, o apartamento minúsculo, a nora... E agora, no entanto, rumo a Milão!... "Com que gosto eu morreria em casa!", ele pensa. "Maldito Cantanotte! Por que não se estoura de uma vez?"

– Soninho bom, não foi? – diz o filho, quando enfim o velho resolve se mexer. – Já estamos chegando.

Sim, já estão chegando à arapuca. As cidades, para o velho, sempre foram um ardil caça-homens onde ficam à espreita do pobre os funcionários, os policiais, os grandes proprietários, os negociantes e demais parasitas. A saída da autoestrada, com sua guarita para se deter e entregar o papel, é justamente a boca da armadilha.

Começam os subúrbios, e o velho olha receoso, de um lado e de outro, os tapumes, hangares, oficinas fechadas, casas baratas, solares e charcos... Fumaça e bruma, sujeira e escombros, faróis solitários e sinistros. Tudo inumano, sórdido e hostil. Ao baixar o vidro sente um vapor úmido fedendo a lixo e a resíduos químicos. Solta o cinto de segurança e fica aliviado ao sentir-se desimpedido para reagir contra qualquer ameaça.

"Ainda bem que a *Rusca* hoje está tranquila", pensa, consolando-se. A doença que o corrói ele chama de Rusca, nome de um furão fêmea que Ambrosio lhe deu de presente depois da guerra: nunca houve na aldeia melhor coelheira. "Você tem consideração por mim, hem, Rusca? Compreende que vir a Milão já é bastante duro. Para você também, eu sei. Se você não fosse pelo que é, garanto que acabaríamos os dois juntos lá embaixo, em nossa terra."

Lembra-se do focinho carinhoso – mas debaixo caninos ferocíssimos – daquela boa coelheira. Um cachorro do Cantanotte a matou. A lembrança faz o velho sorrir, porque, como vingança, cortou o rabo do cachorro, e o

outro engoliu o insulto. Além disso, pouco depois desvirginou Concetta, uma sobrinha do rival.
Agora, dos dois lados, as casas os encaixotam. Muros por todos os lados, menos à frente, para atrair o carro cada vez mais para o fundo do alçapão. Os semáforos obstinam-se em regular um tráfego quase nulo àquela hora, os anúncios luminosos piscam mecanicamente, como sinais zombeteiros. De vez em quando, surpresas inquietantes: o repique estrepitoso de uma sirene que não alarma ninguém, o fragor repentino de um trem pelo viaduto metálico sob o qual estão passando, ou algum mugido e um cheiro de esterco inexplicáveis em pleno centro urbano.

– O matadouro – esclarece o filho, apontando para os tapumes à direita. – Aí nós compramos vísceras para a fábrica.

"Quer dizer então que é também uma armadilha para os animais."

Embocam numa avenida. "O que é aquela fogueira com mulheres se movendo ao redor das chamas, como bruxas no páramo?"

Um semáforo vermelho os detém justo ao lado, e uma das mulheres se aproxima do carro, abre o casaco e exibe as tetas.

– Não se animam, rapazes? Tenho para os dois! – grita sua boca pintada.

O semáforo muda para o verde, e o carro arranca.

– Que vergonha! – murmura o filho, como se a culpa fosse dele.

"Pois era um belo par de tetas", pensa o velho, regozijado. "Andam pondo melhores iscas no alçapão."

O labirinto continua a encerrá-los. No fim, o filho freia e estaciona entre os carros adormecidos junto à calçada. Descem. O velho lê admirado uma placa na esquina: *viale* Piave.

– É aqui? – comenta. – Não me lembro de nada.
– A outra casa ficou pequena quando o menino nasceu – explica o filho, enquanto abre o porta-malas.
– Este bairro é melhor; só podemos pagar um apartamento aqui porque nossas janelas dão para os fundos, para a rua Nino Bixio. Andrea está adorando.

"O menino, claro!", pensa o velho, censurando-se por não o ter mantido mais presente. Mas, com a morte de sua mulher e, depois, com sua própria doença, tantas coisas lhe ocuparam a cabeça...!

Atravessam um vestíbulo, com terno e espelho, detendo-se diante do elevador. O velho não gosta, mas desiste de subir a pé ao saber que são oito andares: "Como ficaria a Rusca?".

Ao chegarem lá em cima, o filho abre a porta devagar e acende uma luz suave, recomendando silêncio ao velho porque o menino deve estar dormindo. Aparece uma silhueta no corredor:

– Renato?
– Sim, querida. Chegamos.

O velho reconhece Andrea. Sua boca delgada e séria entre os pômulos salientes, sob o olhar cinzento. Mas antes ela não usava óculos?

– Bem-vindo à sua casa, papai.
– Olá, Andrea.

Abraça-a, e aqueles lábios roçam sua face. É ela, sim. Lembra-se dos ossos nas costas, o peito liso. "E continua me chamando de papai, o senhorastro!", pensa o velho, desgostoso. Não suspeita o esforço que custou a ela pronunciar a sacrossanta fórmula de boas-vindas – Renato recomendou-lhe muito –, pois relembra suas duas semanas horríveis de recém-casada na selvagem Calábria, onde todos a analisavam como a um inseto sob uma lupa. As mulheres chegavam até a entrar no quintal sob pretextos para ver pendurada para secar a fina roupa de baixo "da milanesa"!

– Por que demoraram tanto?
O velho reconhece também o tom incisivo. Renato culpa a neblina, mas Andrea já não o escuta. Afasta-se pelo corredor, certa de que vêm atrás dela. Acende uma luz e faz o velho entrar em seu quarto, indicando para Renato o armário embutido onde são guardados os lençóis para o sofá-cama.
– Não tive tempo de arrumá-lo – conclui –; o menino demorou muito para dormir... Desculpe, papai, amanhã dou a primeira aula... Boa noite.
O velho responde, e Andrea se retira. Enquanto Renato abre o armário, o velho percorre o aposento com o olhar. Cortinas tampando a janela; uma mesinha com uma lâmpada, uma gravura confusa com alguma coisa como se fossem pássaros; uma cadeira...
Nada lhe diz nada, mas ele não se surpreende.
Mentalmente encolhe os ombros: não sendo lá embaixo, o que mais importa?

O sofá-cama resiste a ser desdobrado. O filho faz força, e o velho não sabe ajudá-lo, nem quer se relacionar com uma máquina daquelas, tão diferente da sua velha cama. A cama de toda a vida, desde seu casamento: alta, maciça, dominando a alcova como uma montanha cujo cume fosse a crista da cabeceira de castanheiro polido, cujos prados fossem os colchões macios, dois de lã sobre um de crina, como em qualquer lar que se preze... Opulenta, definitiva, para gozar, parir, descansar, morrer!... Evoca também outras camas de sua vida agitada: a terra dura das malhadas pastoris, os enxergões dos quartéis, o feno seco dos paióis, o capim estendido sobre pedra nas grutas quando era *partigiano*, os colchões camponeses de palha de milho estalando como soalhas debaixo do arroubo amoroso... Todo um mundo alheio àquele artefato híbrido da cela, com molas acaçapadas como cepos para apanhar lobos.

Finalmente o mecanismo cede, e o móvel se desdobra quase de repente. O filho estende os lençóis e põe só um cobertor porque – ele avisa – há aquecimento. Para o velho dá na mesma: trouxe sua manta de sempre, já desgastada por meio século de uso. Impossível abandoná-la; é sua segunda pele. Protegeu-o de chuvas e nevascas, suou com ele as melhores e piores horas de sua vida, foi inclusive condecorada com um buraco de bala, será sua mortalha.

– Precisa de mais alguma coisa? – pergunta finalmente Renato.

Precisar, precisar... Tudo e nada! Sobra-lhe tudo o que vê, por outro lado desejaria tanto! Tem vontade principalmente de um grande, grande gole de vinho, mas do tinto de lá, forte e áspero, para gargantas de homem; o de Milão deve ser pura química... Com o que poderia tirar o gosto ruim da boca? Alguma coisa que seja de verdade... tem uma ideia:

– Você tem fruta?

– Umas peras ótimas. Da Iugoslávia.

O filho sai e volta logo com duas belas peras e uma faca, sobre um prato que ele deixa na mesinha. Depois faz o pai ir até o corredor, para lhe mostrar a porta da cozinha – na geladeira tem de tudo – e a do banheiro, um pouco além.

– Procure não fazer muito barulho ao se lavar quando o menino estiver dormindo, pois o quarto dele é bem ao lado... Amanhã o senhor vai vê-lo, não é? Não vale a pena acordá-lo agora. Está mais bonito! É parecido com o senhor.

– É, amanhã é melhor – responde o velho, aborrecido com a observação final, que acha bajuladora. "Bobagem! Os recém-nascidos não se parecem com ninguém. São apenas crianças. Nada, vultos que choram."

– Boa noite, pai. Seja bem-vindo.

O velho fica sozinho, e seu primeiro gesto é abrir as cortinas; odeia qualquer pano de enfeite. Através do vidro vê um pátio e, em frente, outra parede com janelas fechadas. Abre e se assoma. Em cima, o que em Milão é o céu noturno: um baixo dossel de neblina e fumaça devolvendo a violácea claridade da rua, de faróis e neon. Embaixo, um poço escuro exalando cheiro de comida fria, roupa molhada, encanamentos, emanações de combustível...

Ao fechar percebe que abriu instintivamente, por um reflexo dos tempos de guerra: verificar se a abertura pode servir de escapatória. Resultado negativo. "Como na Gestapo de Rimini... Aqueles dias à beira do paredão de fuzilamento, até que consegui enganá-los, e eles me soltaram... Graças a Petrone, que aguentou a tortura e não disse uma palavra! Pobre Petrone!"

As peras sobre a mesinha: aquilo não havia no calabouço de Rimini. Pega uma e tira seu canivete, ignorando a faca. Começa a descascá-la. "Ruim, não tem cheiro!" Prova um pedaço: fria como gelo e não tem gosto de nada, a pera de magnífica aparência. "As câmaras frigoríficas as matam." Também descasca a segunda, sem a experimentar; só para Renato ver as cascas de manhã. Depois abre a janela e joga as duas frutas no poço; uma dupla pancada no telhadinho metálico chega até ele lá de baixo.

"Parece mentira que sejam iugoslavas!", ele pensa, enquanto fecha, pois o nome do país revolveu a lembrança de Dunka. "Dunka! Seu corpo sim era frutal, doce, cheiroso!" E nunca fria, a pele morna: sempre cálida, viva, a inesquecível companheira de luta e de prazer... Ó Dunka, Dunka! Sua figura esfumada nos últimos tempos, mas sempre habitando o velho coração, animando-o quando ressurge do passado...

Ao se despir, o velho acaricia, como todas as noites, a bolsinha pendurada em seu pescoço, com seus amuletos contra mau-olhado. Enfia-se na cama depois de estender por cima sua manta, apaga e arruma o embuço para aconchegá-lo ao pescoço, como num saco de campanha.

"Também estou vivo, Dunka...! Vivo!", repete, saboreando a palavra. E outra, mais recente, soma-se à antiga lembrança da mulher: "Tão vivo quanto o casal do museu, esta manhã... Grande ideia, aquela tumba de barro bem cozido, em vez da madeira que apodrece...! Durar, como o azeite em minhas talhas...".

Em seu mar interior reflui a imagem de Dunka:

"Num divã não, mas era na cama que jantávamos como aquele casal, ela e eu, sem outra luz a não ser a da lua, por causa dos aviões e das rondas da Gestapo... A lua resvalando sobre o mar como um caminho reto até nós... Para que mais luz? Pois nos tocávamos, nos beijávamos...! E como nos beijávamos, Dunka, como nos beijávamos!"

Ainda sorri à lembrança quando o sono o envolve.

O velho acorda, como sempre, antes de amanhecer. Lá ele se levantaria imediatamente, para sua ronda matinal: pisar a terra ainda úmida do relento noturno, respirar o ar recém-nascido, ver a aurora ampliar-se pelo céu, escutar os pássaros... Lá sim, mas aqui...
"A estas horas Rosetta deve estar levantando... Muito choro ontem, despedindo-se do pai, mas já deve tê-la consolado o sem-vergonha do marido. O bobalhão do Nino, mais falso que ouro de cigano! O que minha filha terá visto nele para se apaixonar como uma boba? Mulheres, mulheres!... Ainda bem que não tiveram filhos; fariam deles uns desgraçados. Poucos me deu minha Rosa; ser raça de ricos não a fez boa parideira. Abortos, sim; todos os anos, mas bem-sucedidos só três, e o Francesco para nada, vive perdido lá em Nova York. Só tenho esse filho do Renato, esse pirralho, como será seu nome? Mandaram o cartão do batismo, claro, mas eu não

estava em condições de lembrar, em plena briga pelo Soto Grande com o Cantanotte... Decerto Maurizio, Giancarlo, um nome assim, de menino rico, ao gosto de Andrea... Bem, pelo menos ela foi capaz de me dar um neto, enquanto que o Nino..."

Pelo corredor chega até ele um choro infantil, como que suscitado por seus pensamentos. Não soa irritado nem queixoso, mas cadenciado, tranquilo: afirma uma existência. "Eu gosto", pensa o velho, "se algum dia eu chorasse, choraria assim... Esses passos, é Andrea?... Não, é outra voz que está cantarolando; é Renato... Que coisa, todos os velhos ficam surdos, mas o meu ouvido se aguça; agora valho mais para escuta do que quando ia de batedor na guerrilha... Renato de babá, que vergonha! Nesta Milão os homens não têm o que é preciso ter, e Andrea transformou-o em milanês."

A cobra, remexendo-se dentro dele, o apazigua. "Tem razão, Rusca, dá na mesma... Você está com fome, sim, paciência! Como fincava o dente a outra Rusca, a defunta! Quando Renato voltar ao seu quarto, vou buscar comida para nós dois; vai ver que o menino está chorando de fome, Andrea podia levantar para lhe dar o seu! Mamadeira, claro; outra coisa essa mulher não tem."

Cessa o choro, e ele ouve Renato voltar para a cama. O velho levanta, põe a calça e vai para a cozinha. Não acende a luz para não se denunciar, a claridade difusa da rua é suficiente. Abre o armário: na sua despensa da aldeia assaltava-o uma lufada de odores, cebola e salame, azeite e alhos. Aqui, nenhum; tudo são frascos, latas, caixas com etiquetas de cores vivas, algumas em inglês. Pega um pacote cujo rótulo promete arroz, mas dentro aparecem uns grãos ocos, meio torrados e insípidos.

Na geladeira, o queijo é uma coisa amarelada, mole e quase sem sabor; ainda bem que pode misturá-lo com uns pedacinhos de cebola encontrada numa caixa de plástico de fechamento hermético... O vinho, toscano, e ainda por cima gelado... Pão, só industrializado: *panetto*... Se pelo menos pudesse pôr as mãos numa *fogazza* de verdade, da padaria do Mario! Que sopas de leite!... E essa coisa preta no cilindro transparente dessa engenhoca com certeza deve ser café, mas como se faz para esquentá-lo?

Alarme repentino: um despertador no quarto. A casa se anima, e Renato aparece dando bom-dia em voz baixa. Aciona o aparelho do café e tira outro artefato do armário, liga-o na tomada e põe para torrar duas fatias quadradas de *panetto*. Vai para o banheiro e ouve-se a água correr. Andrea aparece e exclama com exagero:

– Mas papai! O que faz de pé tão cedo?

Sai sem esperar resposta e tropeça no corredor com o marido, sussurrando palavras um para o outro. Multiplicam-se os ruídos: torneiras abertas, gorgolejos em ralos, batidas de frascos, ronco de barbeador, o chuveiro... Depois o casal na cozinha, um estorvando o outro ao preparar o café da manhã. O velho aceita uma xícara daquele café aguado e vai para o banheiro lavar-se. Dali a pouco entra Renato:

– Pai, nós temos água quente central!

– Não quero água quente. Não aviva.

Renuncia a explicar ao filho que a água fria lhe fala de regatos na montanha, cheiro de fogueira recém-ateada, visão de cabras podando uns matos ainda brancos de orvalho. Nesse ínterim, os filhos vão e vêm cautelosos do quarto para a cozinha, vestindo-se enquanto mordem as torradas saídas do aparelho.

– Venha ver o menino, pai. Vamos trocá-lo e dar-lhe de comer.

"Será que as mamas de Andrea dão leite?", surpreende-se o velho, pois não os viu preparar mamadeira.

Zombeteiramente intrigado, ele vai atrás de Renato até o quartinho onde Andrea, sobre uma mesa com flanela, acaba de trocar a criança.

O velho fica atônito. Paralisado de surpresa. Não há nenhum recém-nascido, mas um menino já capaz de se sentar. Um menino que, por sua vez intrigado com o surgimento daquele homem, rejeita com a mãozinha a papinha oferecida pela mãe e crava no velho seus redondos olhos escuros. Solta um pequeno grunhido e, finalmente, digna-se a abrir a boquinha para a comida.

– Que grande! – acaba exclamando o velho.

– Não é mesmo, papai? – ufana-se a mãe. – E só tem treze meses!

"Treze meses já!", pensa o velho, ainda não refeito da surpresa... "Meu neto, meu sangue, aí, de repente... Como eu não soube antes?... Está lindo, agora acredito!... Mas por que me olha tão sério, por que gesticula? O que estará querendo me dizer?... Será que meus filhos foram assim, este Renato e os outros?... Agora está sorrindo: que carinha de sem-vergonha!"

– Olhe seu avô, Brunettino; veio conhecer você.

– Brunettino? – exclama o velho, outra vez colhido pelo espanto, levando a mão até sua bolsinha do pescoço, única explicação possível do milagre. – Por que o chamaram de Brunettino, por quê?

Olham para ele admirados, enquanto o menino solta uma risadinha. Renato o interpreta mal e se desculpa:

– Desculpe, pai; sei que ao primeiro sempre se dá o nome do avô e eu queria Salvatore, como o senhor; mas Andrea teve a ideia, e o padrinho, meu colega Renzo, insistiu, porque Bruno é mais firme, mais sério... Desculpe, sinto muito.

O velho o interrompe, impulsivo, a voz estrangulada:

– Que sentir nem desculpar coisa nenhuma! Estou muito feliz; vocês lhe deram meu nome!

Andrea olha-o atônita.

– Você devia saber, Renato, que os *partigiani* me chamavam de Bruno. Ambrosio não lhe contou muitas vezes?

– Sim, mas seu nome é Salvatore.

– Bobagem! Salvatore me puseram, seja quem for; Bruno fui eu que criei, é meu... Brunettino! – conclui o velho, sussurrando, saboreando o diminutivo e pensando na força de sua boa estrela, que inspirou Andrea. Até lhe parece, olhando aqueles olhinhos agora marotos, que o menino está entendendo tudo. E por que não? Tudo é possível quando sopra o bom vento da sorte!

Timidamente, ele avança um dedo até a face infantil. Não se lembra de jamais ter tocado a pele de uma criança tão pequena. Pode ser que alguma vez tenha pego um dos seus por um momento, bem vestidinhos, para mostrá-lo aos amigos.

O pequeno punho ligeiro, ávido como um filhote de águia no ninho, agarra o dedo encarquilhado e pretende levá-lo à boca. O velho ri com deleite: "Que força tem esse bandido!". Assombra-se ao descobrir que o menino tem músculos e nervos. Quantas surpresas o mundo oferece!

Seu dedo fica livre. O menino, atraído pelo velho, esquiva as colheradas.

– Vamos, tesouro, coma um pouquinho mais – pede a mãe, olhando o relógio. – Para o vovô.

Hoje é uma manhã de assombros: Andrea consegue uma entonação carinhosa! Mas o menino inclina energicamente a cabecinha. De repente vomita uma golfada esbranquiçada.

Está doente? – alarma-se o velho.

– Pai, por favor... – ri Renato. – É ar, um arrotinho. Veja, já está comendo outra vez... Parece que o senhor não teve filhos!

"Não, não os tive", compreende o velho, percebendo que nunca viveu o que está vivendo. "Na aldeia, nós, os homens, não temos filhos. Temos recém-nascidos, para gabar-nos deles no batismo, sobretudo quando são machos, mas depois desaparecem entre as mulheres... Embora durmam no nosso quarto e chorem: isso é só para a mãe... Depois são notados apenas como um estorvo quando engatinham pela casa, mas não contam enquanto não os vemos levar o burro pelo cabresto para lhe dar água ou jogar ração no cercado para as galinhas: é então que começamos a gostar deles, quando não se assustam com o burro ou com o galo... E as filhas, pior ainda: para a gente só nascem quando começam a manchar a cada mês e é preciso ter cem olhos para guardar sua honra... Portanto, você é o primeiro filho, Brunettino, todos dependendo de você, até seus pais esquecem suas pressas..."
– Quer pegá-lo?
Assim, de repente?
Antes que o velho possa preparar-se, já tem nos braços aquele peso tão leve mas tão difícil de carregar. "*Madonna*, como se segura isso?"
– Levante-o mais, assim (acomodam bem o menino). Curve os braços, homem! (sente-se desajeitadíssimo)... A cabecinha sobre seu ombro... (como numa dança *agarrada*, face contra face). Assim soltará o ar: e esta toalha sobre seu casaco para não sujar... Sem chorar, tesouro; é seu vovô e gosta muito de você... Mexa-se para frente e para trás, pai... Isso, assim, viu como fica quieto?
O velho se balança cautelosamente. Andrea desapareceu. Renato sai de perto – volta-lhes a pressa –, e o velho sente-se desconcertado como nunca, perguntando-se que emoção é aquela que o toma... Por sorte ninguém da aldeia está vendo e não poderão rir-se dele, mas o que faz um homem sozinho num caso como esse?

Aproxima sua face da do menino, mas este afasta a sua, embora tenha bastado o contato para conhecer uma pele mais suave do que a de mulher. E aquele cheiro inefável envolvendo o velho: suave, leitoso, morno, como um ponto agridoce de fermentação vital, como cheiram de longe os lagares! Cheiro tênue, melífluo e, no entanto, tão embriagador e possessivo!

O velho se surpreende esmagando contra o peito o corpinho cálido e, assustado, afrouxa o abraço com medo de afogá-lo, para voltar a estreitá-lo na mesma hora, para ele não cair... Aquele cordeirinho não se agita, mas pesa como o Menino Jesus sobre são Cristóvão, um dos poucos santos com que o velho simpatiza, porque era grande, forte e atravessava os rios.

De repente o menino dá um leve pontapé contra o ventre do avô, enchendo-o de um pasmo supersticioso, porque é o ponto em que a cobra o morde. O menino também compreende isso? Vira depressa a cabeça para escrutar o rostinho e volta assim a roçar a face da criança, provocando gemidos de protesto que o desconcertam mais ainda.

— É sua barba, senhor — diz uma voz desconhecida, enquanto duas mãos o aliviam do terno peso. — Sou Anunziata, a empregada. Os patrões acabaram de sair.

A mulher acomoda habilmente o menino em seu bercinho.

— Está com sono; vai dormir logo... Com sua licença, vou continuar a limpeza.

O velho se surpreende com uma coisa... É isso! Como não percebeu antes?

— O menino dorme aí? — e, diante da confirmação muda, insiste: — À noite também?... Mas — explode indignado — aqui em Milão essas crianças tão pequenas não dormem com seus pais? Quem cuida delas, então?

— Isso era antes, quando eu trabalhava como babá. Agora não; os médicos querem que elas durmam sozinhas.

— Que barbaridade! E se chorarem? E se lhes acontecer alguma coisa?

— Nesta idade, não... Olhe, ninguém cuida melhor de uma criança do que a patroa. Ela mede o menino, pesa, leva-o ao melhor médico... E tem um livro cheio de figuras que explica tudo!

"Um livro!", pensa o velho com desprezo, enquanto a mulher sai do quarto. "Se fosse preciso ter livros para isso, como teriam criado seus filhos todas as boas mães que não sabem ler? É claro, por isso elas os criam melhor e não os afastam antes do tempo!"

Agora enche-o de compaixão o pequeno rosto adormecido, a mãozinha agarrada à beirada da colcha com movimentos bruscos de inquietude... "Como o deixam indefeso!" Passa a mão pelo próprio rosto e, de fato, a barba o arranha.

"Coitadinho, a noite toda sozinho! Pois ainda não fala!... E se não o ouvirem chorar? E se tiver uma cólica sem ninguém por perto ou se sufocar com o lençol? E se for mordido por uma ratazana ou uma cobra, como o mais velho do Piccolitti? Bem, aqui não há cobras, elas não aguentam Milão, mas acontecem tantas coisas...! De bruxas isto deve estar cheio, e de muito feiticeiro malnascido...! Pobre inocente abandonado!"

Crava os olhos naquele mistério adormecido em seu berço. Depois de tantos anos, três filhos em casa e sabe Deus quantos em ninhos alheios, acaba de lhe nascer a primeira criança... O que vai acontecer agora?

De repente Brunettino levanta as pálpebras e lança um olhar agudo. "Será que está sentindo meu pensamento? É uma bobagem, mas esse menino..." As duas bolinhas escuras intimidam o velho, que se encolhe como que sob o dedo do destino. Depois as pálpebras se fecham lentamente, enquanto a boquinha floresce num sorriso. O menino, confiando-se àquele homem, finalmente se entrega a um sono tranquilo.

O velho respira fundo. Admira-se de novo de que Andrea não o soubesse e que, no entanto, entre tantos nomes escolhesse aquele... Sussurra:

– Quer dizer então que você se chama Brunettino, que vai ser Bruno...

No dia seguinte o velho sai à rua.
— Vai saber voltar, papai? Lembre-se: 82, *viale Piave*.
Nem responde. Está achando que ele é um imbecil? Antes se perderia ela na montanha! Chega ao fim da rua. Uma grande praça com tráfego intenso. Do outro lado, uns jardins; ali não encontrará o que procura. Regressa dando voltas por ruas menores e mais promissoras. Com seus hábitos de pastor, fixa-se em detalhes — vitrines, portões, placas — para lembrar o caminho seguido, porque em Milão o sol não se mostra para orientar ninguém. Numa ruazinha, acaba encontrando um barbeiro; *via* Rossini, nome de bom agouro. Sua tática deu resultado.

Sim, sim, bom agouro! Totalmente ao contrário. Já o põe em guarda a instalação aparatosa e enchem-no de suspeita o palavrório viscoso e a insistência em lhe oferecer cosméticos. Embora recuse todos, no final do serviço pedem-lhe seis mil liras simplesmente para lhe fazer a barba.

Seis mil liras! E sem as mãos e o pulso de Aldu, em Roccasera, que pela quarta parte ainda lhe passa pedra-ume e lhe deixa o rosto como um jaspe, todas as quartas e sábados!

— Aí estão cinco mil e já é demais — declara secamente, jogando a nota em cima da vitrine de cosméticos. — Não espero o troco para não continuar nem mais um minuto entre ladrões. Nem Fra Diavolo, que pelo menos arriscava a vida!... Alguma reclamação?

— Ouça, cavalheiro... — começa o dono. Mas se cala ao ver o velho levar a mão ao bolso com gesto resoluto.

— Deixe-o, chefe! — sussurra um rapaz afetado, com guarda-pó verde.

Há um longo silêncio em torno do velho imóvel, centro de olhares que batem nele e rebotam. Finalmente, ele sai muito lentamente e se dirige para sua casa. No caminho, compra um aparelho simples de lâminas. Renato lhe ofereceu seu barbeador elétrico, mas ele sabe que alguns se eletrocutam com aquilo no banheiro. Além disso, seu aparelho não faz barulho, e ele quer fazer a barba todo dia sem acordar ninguém.

Que fracasso a barbearia! Claro, o dia já começou mal. Sozinho com Renato tomando café da manhã, enquanto Andrea tomava uma ducha, perguntou-lhe por que o menino não dormia com eles, como tinham dormido a vida toda. Renato sorriu, condescendente:

— Agora começam a ser educados mais cedo. Devem dormir sozinhos quando chegam a essa idade, pai. Para não terem complexos.

— Complexos? O que é isso? Alguma coisa contagiosa dos adultos?

Renato, piedosamente, mantém sua seriedade e explica em palavras simples, ao alcance de um camponês.

Em resumo, é preciso evitar sua dependência excessiva dos pais. O velho olha-o fixamente:

– De quem vão depender então? Pois ele ainda não anda, não fala, não pode valer-se de si mesmo!

– Dos pais, é claro. Mas sem exagero... Vamos, não se preocupe, pai; o menino está tendo a atenção adequada, Andrea e eu estudamos bem.

– É... Naquele livro, claro.

– Naturalmente. E, principalmente, orientados pelo médico... É assim, pai; não se deve provocar carinho demais nessa idade.

O velho se cala. Meio carinho? Que carinho será esse? Controlado, reservando-se?... Não explode porque, afinal de contas, eles são os pais. Mas foi assim que o dia começou mal, sentiu-se irritado a manhã inteira e, claro, descarregou diante do roubo da barbearia.

Felizmente, outro estabelecimento o reconcilia com o bairro. Fica na *via* Salvini, outra ruazinha onde, ao passar, é atraído pela modesta fachada de uma casa de produtos alimentícios. Além do mais, acaba de entrar uma mulher com aspecto de quem sabe comprar. Tudo promete uma casa como deve ser.

De fato, assim que entra é envolvido pelos odores da terra: queijos fortes, azeitonas em potes, ervas e especiarias, frutas soltas, sem invólucros transparentes com etiquetas nem papelão moldado para fazer peso... E, como se não bastasse, que mulher atrás do balcão, que mulher!

Quarentona, a boa idade. Viçosa como suas maçãs. Pede licença à freguesa recém-chegada, evidentemente já sua conhecida, e sorri para o novo comprador, com os olhos vivazes mais ainda do que com a boca glutona.

– O que o senhor deseja?

E a voz. De verdadeira *stacca*, de boa égua.

– Desejo? Tudo! – sorri por sua vez, mostrando ao redor.

Porque a loja é um tesouro: contém exatamente o que ele procura e muito mais, coisas que nunca viu em outras vitrines. Têm até pão de verdade: redondo, bengalas, roscas e inclusive o especial, para rechear com o refogado gotejante de molho de tomate que transborda ao morder. Como diz o refrão de Catanzaro: "Com o *morzeddhu** comes, bebes e lavas a cara."

A mulher sai do balcão para atendê-lo. Boas cadeiras, sem gorduras. Panturrilhas moderadas, mas tornozelo fino. E aquele sotaque emocionante, que o impele a perguntar:

— A senhora é do Sul, não é?
— Como o senhor. E de Tarento.
— Bem, eu sou de perto de Catanzaro. Roccasera, na montanha.
— É a mesma coisa! — ela ri. — Apúlia e Calábria, hem?, como este e este!

Emparelha expressivamente os indicadores das duas mãos, enquanto insinua uma piscadela. Aquele gesto que acopla as duas regiões parece unir também ambos numa equívoca cumplicidade.

O velho escolhe produtos com calma, discute qualidades e preços. Ela o atende acompanhando suas brincadeiras, mas sem lhe dar confiança excessiva, e olha-o intrigada, até que não consegue ficar quieta:

— Por que é o senhor que faz as compras? Mora sozinho?

---

* As expressões calabresas de minha narrativa provêm da obra *Catanzaro d'altri tempi* (E. P. per il Turismo de Catanzaro, 1982), a cujo autor, Domenico Pitelli, desejo expressar minha gratidão por elas e, além do mais, por meu deleite como seu leitor, pois o livro — escrito não só com erudição como apaixonadamente — conserva vivo em suas páginas o aroma de uma nobre cidade e de suas tradições. Que os antigos deuses da Calábria recompensem largamente o cavalheiro Pitelli. (J. L. S.)

— Não, moro com meu neto!... Bem, e seus pais!

Acrescentou vivamente a segunda frase e volta a pensar naquelas quatro palavras – "Moro com meu neto" – nunca antes pronunciadas. "Certo", admira-se, "é meu neto. Sou seu *nonnu*."

— Deve ser bonito o garotinho – adula ela, olhando-o, calibrando-o.

"Bonito? Brunettino é bonito?... Preocupação de mulher! Brunettino é outra coisa. Brunettino é... o menino. E pronto."

— Pois é... – responde evasivo, enquanto pensa: "Essa sabe vender. Se eu me descuidar, me empurra o que quiser, mas quem manda sou eu. A mim ninguém vai seduzir assim... Bem, é sua função; vive das pessoas".

Lembra a mulher do Beppo, no café, servindo bebidas, sempre roçagante com seu peito generoso. "Você vende com as tetas da sua mulher", dizem ao marido os que têm intimidade, e ele finge zangar-se para acompanhar a brincadeira, porque sua Giulietta é muito honrada, e todos sabem disso; a frase é dita sem má intenção. Além do mais, é verdade; o homem teve aquela sorte como outros têm outra. Mas essa mulher da loja é mais fina. Fina, sim, que mãos empacotando e dando o troco!

"Será tão honrada?", duvida o velho, que nisso sempre acerta. "Aqui na cidade é outra vida..." Mas vem-lhe à mente outro assunto obsessivo e pergunta de repente:

— Desculpe minha pergunta, senhora, mas é por causa do meu neto: até que idade seus filhos pequenos dormiram com vocês?

— Ah, nós não tivemos filhos!... Deus não nos mandou nenhum.

"Em que estaria pensando Deus quando fez aquela fêmea?", cavila o velho enquanto se desculpa, confuso. Ela diz que não tem importância, compreendendo... E, para romper o silêncio, muda de assunto:

— Sinto muito não poder mandar o pacote à sua casa. Temos um garoto para isso, mas hoje ele está doente. E meu marido saiu para comprar mercadorias.

Uma mulher que tem delicadeza: sabe que não fica bem para o homem levar pacotes pela rua. O velho se despede:

— Adeus, senhora..., senhora...

— Maddalena, às suas ordens. Mas nada de adeus! *A rivederci!* Porque o senhor vai voltar, não é mesmo? Aqui temos de tudo.

— Quem não voltaria para vê-la?... Com certeza, *a rivederci*.

Já na rua, o sorriso do velho ainda perdura. Mas "por que será que não teve filhos aquela mulher, com tais carnes e do Sul?... Enfim, não é da minha conta e dá gosto tratar com ela. Além do mais, a casa é minha solução. De tudo e a preços decentes. A partir de agora, meu amanhecer será sempre como Deus manda".

Decidiu isso depois que Andrea tirou-lhe do armário seu queijo de cabra e sua cebola para o café da manhã – "Jesus, papai, empesteia o quarto", exclamou ela – pretendendo sepultar tudo nas caixinhas, como ataúdes, da geladeira. Esconderá seus mantimentos embaixo do sofá-cama, entre os ferros da complicada armação, enfiados em sacos de plástico por causa do cheiro, que além do mais o cigarro ajudará a dissimular, pois Andrea concede que fumem nos lugares em que o menino não fica. Por sorte, a nora e a empregada andam muito mal de olfato. Compreende-se: a vida milanesa mata os sentidos.

De modo que, a partir de agora, vai tomar café da manhã de homem, com cheiros e sabores de verdade, cortados com seu canivete sobre pão autêntico e molhados no bom tinto arranha-goela que Andrea não encontrou pretexto para expulsar para a cozinha.

"Pelo menos de manhã estarei livre do *panetto*, de suas massas preparadas para requentar, de seus congelados e de todas as porcarias industrializadas... Você e eu, Rusca, vamos comer pelo menos uma vez por dia as coisas boas da terra!"

Senta-se num banco da grande praça e começa a enrolar um cigarro para fumar fora de casa. Um ou outro transeunte olha-o com curiosidade. Quando vai passar a língua pela borda adesiva do papel, um pensamento detém-lhe a mão no ar:

"Pois pode ser que nisto Andrea tenha razão e que a fumaça não faça bem para o menino...! O que você me diz, Rusca? O caso é que a você ela acalma, mas o médico diz que a mim não convém. E agora, além do Cantanotte, preciso durar pelo Brunettino... Admita, *Rusca*, a fumaça não faz bem para ele, apesar de só fumarmos no meu quarto."

Molha o papel, pega o cigarro e acende-o com um fósforo. Aspira parcimoniosamente, mas não tem o mesmo gosto de sempre. Sente-se culpado fumando: é uma traição a Brunettino.

É um sacrifício ir suprimindo o fumo, mas em compensação os cafés da manhã clandestinos são um gozo, sobretudo o de três dias mais tarde, quando não deveria comer nada. Vão lhe tirar sangue às nove para o exame prescrito pelo médico famoso, a cuja clínica Andrea o levou na véspera. Prescrito, na verdade, pela ajudante ou seja o que for aquela mulher – tão gorda quanto Andrea é magra, mas falando do mesmo jeito –, pois, depois de muita recepção organizada, espera, corredores e outros ritos preliminares, não chegaram a penetrar no santuário do médico. O velho ri, pensando em como Andrea vai gostar, quando se levantar e aparecer na cozinha, de ver a docilidade com que ele se abstém de comer qualquer coisa.

"Esse negócio de fazer jejum antes dos exames", ele pensa enquanto saboreia seu requeijão com cebola e azeitonas, "é bobagem dos médicos. Teatro para cobrar mais.

Exame para quê? De qualquer modo o resultado vai ser ruim, não é mesmo, Rusca? Disso você se encarrega!"

O sangue não é extraído na clínica do famoso, mas no Hospital Maior. Renato leva-o em seu carro; tem tempo e o deixa na ida para a fábrica, na zona industrial de Bovisa. Estaciona, entram, e ele o guia pelos corredores e guichês da burocracia hospitalar até a mesma sala de espera, onde lhe repete mais uma vez suas instruções:

– Então já sabe, pai, na saída tome um táxi na mesma porta para voltar para casa.

O pai escuta atento, mas seu sorriso torna-se desdenhoso quando Renato se afasta. "Queria ver esses rapazes de agora durante a guerra, fugindo dos alemães por uma cidade desconhecida...! Tomar um táxi: é nisso mesmo que estou pensando! No mínimo dez mil liras!"

A senhora Maddalena explicou-lhe na véspera – aquela mulher resolve tudo – que o ônibus 51 passa na frente do Hospital e para no *piazzale* Biancamano, de onde, pela *via* Moscova e pelos jardins, ele chegará direto em casa. Por isso não dá ouvidos a Renato e por isso outro paciente de sua idade, que percebeu tudo, olha-o depois com olhos cúmplices.

O velho, por sua vontade, iria embora sem se picar, mas o médico famoso exigirá o exame para prosseguir a rotina. "Rotina e comédia, é isso que me irrita... Acham que sou um velho bobo? Pensam que vim para me curar? Desgraçados! Se não fosse o filho da puta do Cantanotte ainda estar respirando, droga!, em dia nenhum eu teria consentido em sair do povoado, onde acabaria à vontade na minha cama, entre os amigos e com minha montanha à vista, a *Femminamorta* tranquila sob o sol e as nuvens."

Pois o Cantanotte respira, embora já não se mantenha em pé, imobilizado até a cintura pela paralisia. Mas continua resfolegando, com seus óculos escuros de fascista da vida toda. O velho teve de enfrentar aquela visão no dia de ir embora, porque o cachorro fez-se levar até a praça numa cadeira de rodas, por seus dois filhos, assim que amanheceu. Ali juntou-se com um grupo de bajuladores, conversando na porta do Cassino, até chegar o momento do grande espetáculo.

O grande espetáculo, o adeus do velho, que agora o revive enquanto espera a enfermeira chamá-lo. A praça, como numa fotografia amarelada, e, em seu centro, o carro de Renato rodeado de crianças. Delimita seu chão desnivelado um quadrilátero irregular de fachadas expectantes cujas portas e janelas, embora parecendo fechadas, são implacáveis observatórios da vida local e espreitam naquele dia a retirada final do velho Salvatore. Especialmente opostos, como sempre, os dois lados maiores do retângulo: o da igreja e do Cassino, presidido pelo Cantanotte, e o do café do Beppo com a Prefeitura, território do velho e seus camaradas, com a casa do próprio Salvatore, herdada do sogro, ao lado do café.

A luz matinal ia se afirmando enquanto o velho procurava ganhar tempo, com a louca esperança de que a paralisia do inimigo lhe subisse de repente como espuma de refrigerante, até asfixiar o odiado coração; mas tocava em vão sua bolsinha de amuletos por cima da camisa, pedindo aquele milagre. O velho já tinha pegado sua manta e seu canivete e discutia com a filha sobre se levaria ou não a *lupara*, a antiga espingarda que foi sua primeira arma de fogo, sua investidura de homem. Renato impacientava-se ao lembrar o encargo de Andrea em Roma, que os deteria. Quando o sol estava a ponto de aparecer, não aguentou mais:

– Pai, não será melhor eu trazer o carro por trás até a porta do quintal para sairmos de uma vez?

A proposta infamante fez o velho decidir, fulminando o filho com o olhar. Largou a *lupara*, beijou Rosetta, dirigiu ao genro um vago aceno com a mão e decidiu violento:

— Vamos embora, mas pela porta principal! E você, Rosetta, se ficar chorando na sacada, volto a subir e lhe sento dois tapas. Se não puder se conter, não apareça.

O velho desceu mais uma vez as escadas fazendo soar seus passos de dono e emergiu, mais altivo do que nunca, das sombras do vestíbulo. Seus amigos acudiram do café, comportando-se como os homens que eram: tudo foram sorrisos e projetos para quando Salvatore voltasse curado. Renato instalou-se ao volante, aguardando impaciente.

Finalmente o velho desatou-se de sua gente e dirigiu-se sozinho até o carro, o que o aproximou do Cassino. Avançou olhando fixamente para o inimigo sentado, para os filhos em pé ao lado da cadeira de rodas, para o grupo sombrio de sequazes.

— Adeus, Salvatore! — disparou então, com pachorra, a boca alquebrada sob os óculos escuros.

O velho cravou-se no chão. Bem plantado, as pernas ligeiramente separadas, os braços a postos.

— Ainda pode falar, Domenico? — respondeu com voz firme. — Há muito tempo você já nem balbuciava.

— Pois é. Nós que temos vida temos palavras.

— Então estava morto quando cortei o rabo do seu cachorro Nostero, pois você não deu um pio.

— Já falei com antecedência ao matar a sua Rusca. Boa coelheira, sim senhor! — replicou o paralítico, fazendo rir seus cupinchas.

— E você também estava morto quando desonrei a sua sobrinha Concetta! Morto e podre, como agora! — lançou furioso o velho, já apertando o canivete dentro do bolso. Naquele momento desejou acabar ali de uma vez: morrer levando o outro na frente.

Podia-se cortar no ar o súbito silêncio da praça. Mas o Cantanotte havia colocado em tempo as mãos sobre os antebraços, já nervosos, de seus dois filhos. E concluiu dizendo, com gesto de desprezo da gorda mão cheia de anéis:

– O tempo reparou-lhe a honra... Melhor do que os médicos poderão consertar você... Vá, vá, boa viagem!

Nada mais.

"Tudo está dito", pensou o velho num lampejo. "Aqui todos nós sabemos tudo. Que a Concetta casou por dinheiro com um contrabandista de guerra e é agora uma grande senhora em Catanzaro. Que minha viagem vai acabar no cemitério, e a dele não vai demorar para dar na mesma. Que eu ainda tenho tempo para lhe cravar o canivete e senti-lo morrer por baixo enquanto seus filhos me apunhalam... Para quê? Tudo está dito."

Além do mais, a passividade do outro bando diante do seu desafio deu-lhe direito de subir digna e lentamente em seu carro, cuja arrancada lançou uma nuvem de poeira sobre os Cantanotte.

– Muito bem, Renato – felicitou o velho, satisfeito. – Gostei de você ter apeado, por via das dúvidas, mas só eu bastava diante daquela raça ruim.

No entanto, alguma coisa não estava em ordem e o entristecia: a inexplicável ausência de Ambrosio entre os que se despediram. Ninguém soube dar-lhe informações sobre o *partigiano* fraternal que o tirou das águas do Crati, onde estava se esvaindo em sangue, por ocasião do ataque aos alemães em Monte Casiglio.

Mas Ambrosio estava em seu posto, como não haveria de estar? Na primeira curva monte abaixo, junto do olmo da ermida, esperando com o sempiterno raminho verde na boca. O velho fez o carro parar e apeou, exclamando alegremente:

— Irmão!... Aí está o Ambrosio!... Também você, como todos, vem me perguntar por que vou embora?

— E algum dia eu fui bobo? — replicou Ambrosio, com fingida indignação. — É claro! Você não quer que o Cantanotte vá ao seu enterro, se é que você vai ter esse azar! — acrescentou, fazendo figa contra mau-olhado com a mão esquerda. Estouraram numa gargalhada.

— Agora — acrescentou gravemente Ambrosio — você tem de aguentar para se dar ao gosto de acompanhar o enterro dele. E depois até o convido para o meu!

Compôs seu habitual trejeito de palhaço — seu famoso tique em pleno combate — e rematou:

— Aguente como naquele tempo, Bruno; você sabe.

— Será feito o que for possível — prometeu o velho.
— Como naquele tempo.

Num súbito impulso eles se abraçaram, se abraçaram, se abraçaram. Cada um apertando em seu peito o do outro, até se beijarem com os corações. Sentiram-se pulsar, soltaram-se, e, sem mais palavras, o velho subiu no carro. Os dois olhares abraçaram-se ainda, através do vidro, enquanto Renato arrancava.

Ambrosio levantou o punho e começou a entoar para o velho a vibrante marcha dos *partigiani*, enquanto seu vulto ia ficando para trás.

Quando uma curva o encobriu, no peito do velho continuavam cantando vitoriosas as palavras de luta e esperança.

Está nevando!

O velho salta da cama iludido como uma criança: em sua terra a neve é maravilha e jogo, promessa de pasto rico e gado gordo. Ao ver cair os flocos, sai à janela, mas no fundo do pátio não há brancura. A cidade a corrompe, como a tudo, transformando-a em charcos enlameados. Pensa em não sair, mas muda de ideia: talvez nos jardins a nevada tenha se solidificado. Além disso, assim se livra de Anunziata, que hoje vem antes porque Andrea dá aulas cedo.

Não é que se entenda mal com ela; é que Anunziata é maníaca por limpeza, e sua invasão sucessiva dos cômodos lembra os alemães: até faz seu aspirador avançar como um tanque! O velho bate em retirada de um aposento para outro, recolhendo também suas provisões secretas do esconderijo do sofá-cama, enquanto limpam seu quarto. Por cúmulo, ela não deixa as coisas como estavam, mas as reordena conforme sua vontade. Ainda bem que fala pouco; prefere escutar o rádio de pilha que leva para todos os lados.

"E quanta bobagem solta esse aparelho!", pensa o velho, enquanto vê cair a neve pela janela do quartinho com o menino adormecido. "Por sorte mal dá para entendê-las, nesse italiano do governo. Claro, o mesmo da televisão, lá no bar do Beppo, mas com a tela não tem importância, porque se compreendem as coisas vendo os explicadores."

O pior de Anunziata, no entanto, é sua vigilância dissimulada para afastar o avô do menino. O velho supõe que Andrea faça advertências contra possíveis contágios de um doente que, além do mais, é fumante. "Pois estou fumando cada dia menos!", indigna-se. "Está certo não acordar o menino adormecido, mas agora que já começa a se mexer e gesticular abrindo aqueles olhinhos de zorrilho..."

– Não o pegue, senhor Roncone! – adverte Anunziata, aparecendo de repente na porta. – A patroa não gosta.

– Por quê? A velhice não é contagiosa!

– Ora, o senhor diz cada coisa! É que não se devem pegar as crianças no colo. Elas se acostumam, sabe? Está no livro.

– E a que deverão se acostumar? A que ninguém toque nelas?... Livros! Sabe onde eu os enfio? Certo, senhora, aí mesmo! Livros! Até os cabritinhos, que vão sozinhos à teta assim que nascem, a mãe os lambe o dia inteiro, e são animais!

– Falo conforme me ordenam – a mulher se retira muito digna.

O menino se aconchega naqueles braços e, rindo, tenta agarrar os cabelos crespos e grisalhos. O velho estreita aquela vida palpitante pulsando toda à flor da pele.

Nos primeiros dias temia deformar aquelas carninhas: agora sabe que o menino não é tão mole. Minúsculo, sim; necessitado de ajuda também; mas exigente, imperioso. Quanta energia quando, de repente, explode em gritos agudíssimos, agita os pés e os braços violentamente! Causa assombro essa vontade total, essa determinação obscura, essa condensação de vida!

Assim o velho, quando era rapazinho, pegava nos braços seu Lambrino; mas o comportamento daquele cordeirinho de estimação nunca oferecia imprevistos. O menino, ao contrário, surpreende a cada instante; é um perpétuo mistério. Por que rejeita hoje o que aceitou ontem? Por que lhe interessa agora o que antes foi desdenhado? Tudo ele investiga e bisbilhota: apalpa, gira o objeto nas mãozinhas, leva-o à boca, experimenta sua resistência, cheira... Fareja, principalmente, como um cachorrinho, e com que intensa fruição!

O menino está sempre procurando. Então, se não se sente procurado, certamente deve pensar que o mundo se omite e o rejeita. Por isso o velho abraça-o carinhosamente, beija-o, cheira-o com a mesma avidez animal com que o menino fareja, identificando-se assim com ele. "Imagine precisar de livros para criá-lo!... Não é assim que se ensina a viver, mas com as mãos e com os beijos, com a carne e com os gritos...! E tocando, tocando!... Olhe, meu menino, eu abraçava o Lambrino do mesmo jeito que minha mãe me aconchegava; aprendi a pegar conforme me pegavam, e me pegaram bem!..." Sorri, evocando outro aprendizado: "E depois acariciei como me acariciavam e tive boas professoras! Também você acabará acariciando, disso eu me encarrego."

A mãozinha que esgaravata seu cabelo machuca-o com um repentino puxão voluntarioso, e o velho ri prazenteiro:

"Isso, assim, viu como está aprendendo? Assim, com golpes e com carícias... Assim somos nós, os homens: duros e amantes... Sabe o que repetia o Torlonio? Isto: A melhor vida, Bruno, é brigar às facadas por uma mulher."

Percebe no corpinho uma tensão – "este menino compreende!" – que se comunica a ele e o estremece. Não é capaz de pensar e menos ainda de expressar, mas sim de viver profundamente aquele momento sem fronteiras entre as duas carnes, aquele intercâmbio misterioso em que ele recebe uma pulsação renascida do verde raminho em seus braços, enquanto lhe infunde sua segurança de velho tronco bem enraizado na terra eterna.

Chega até a se esquecer da *Rusca*, em sua obsessão por tornar homem aquele menino, que não pastoreiam como se deve. Que ele não acabe sendo um daqueles milaneses tão inseguros sob sua ostentação, sempre temerosos de não sabem o quê, isso é o pior: medo de chegar tarde ao escritório, de ser passado para trás nos negócios, de que o vizinho compre um carro melhor, de que a esposa exija demais na cama ou de que o marido se negue quando ela está com mais vontade. O velho o percebe à sua maneira: "Nunca estão em seu ser; sempre no ar. Nem totalmente machos nem totalmente fêmeas; não chegam a ser adultos mas já não são crianças", sentencia, comparando com seus camponeses: "Lá há alguns frouxos, sim; mas quem é macho é macho, e disso eu entendo".

Claro, ninguém pode chegar a ser homem sem comer coisas de homem. Aqueles frascos de farmácia para o menino; puros remédios, embora os chamem "vitela" ou "frango". Aquele leite que nunca deixa nata! E assim é tudo... Quando o velho perguntou a Andrea se não davam de vez em quando ao menino castanhas cozidas com aguardente de amoras, que limpa a tripa e dá tanta força, como ela se horrorizou! Por uma vez seus olhos cinzentos se endureceram e não conseguiu encontrar palavras. "No entanto, qualquer criancinha sabe que para um varãozinho é preciso dar aguardente de amoras para ele não gorar. Mas da autêntica; nada de farmácia."

"Não, Andrea não encontrou palavras, e isso que elas nunca lhe faltam. Pelo contrário, ela abarrota o menino de palavras: sempre no italiano do rádio, que também não é de homens." Como aquele professor jovem – lembra o velho – designado para Roccasera quando morreu o bom *don* Pedro. As crianças não o entendiam, claro; embora também não lhes importassem muito as histórias sobre velhos reis ou sobre países onde não se vai; mas as contas sim, convém sabê-las bem para não ser enganado pelo patrão ou nas feiras. Ainda bem que, quando as crianças faziam alguma barbaridade – e o velho era mestre em urdi-las, quando no inverno podia ir à escola –, o novo professor as insultava até em dialeto, e então elas o entendiam. Porque ele era de Trizzino, perto de Reggio, embora o cretino o escondesse.

O menino, claro, com tanta falação naquele italiano frouxo, dorme, como agora. Então Andrea, muito satisfeita, instala-se em sua mesa, entrincheira-se atrás dos livros, acende sua luz e escreve, escreve, escreve. Sem óculos porque, conforme o velho já averiguou, passou a usar lentes.

O velho aproveita para ir sentar perto do berço, cavilando. Depois de um tempo seu filho entra no apartamento e aparece no quartinho, beija o menino e vai para seu quarto pôr roupa de casa. O velho vai atrás dele, incitado por sua obsessão, embora evite entrar no dormitório conjugal. Precisa insistir, convencê-los. Seu filho acabará compreendendo.

Renato, que está vestindo o roupão, admira-se ao vê-lo entrar:

– Queria alguma coisa, pai?

– Nada... Mas, veja só, aí mesmo vocês têm lugar de sobra para o bercinho.

Renato sorri, entre impaciente e benévolo.

– Não é questão de lugar, pai. É para o bem dele.

– De quem?

– Do menino, naturalmente... Já expliquei outro dia: assim se evitam complexos. Coisa psicológica, da cabeça. Não devem ser fixados em carinho, compreende? Devem se soltar, ser livres... É complicado, pai, mas acredite em mim: os médicos sabem mais.

Cada palavra provoca no velho uma reação de contrariedade. "Complicado? Pois é muito simples: basta querer!... Livres? Pois se esses pobres milaneses vivem assustados!... Sabem mais? Que saber é esse de estorvar o carinho dos pais! Pois de quem se há de gostar mais? Será que agora os pais não querem ser queridos?"

Apesar de sua exasperação, não tem tempo de contra-atacar. O menino acordou, e, além do mais, é hora de seu banho... O banho, jubilosa festa diária!

A primeira vez o velho sentiu-se incomodado em assistir, como se o fizessem cúmplice de um assalto à intimidade. Depois descobriu que o menino, além de seu prazer na água, adora ser o herói da cerimônia. Além disso, desde que passou a fazer a barba diariamente e a fumar menos, o garoto aprecia suas carícias e até se deixa beijar, quando o velho ousa fazê-lo porque a mãe não está presente. O banho, enfim, revelou ao velho que Brunettino não só ostenta uns genitais promissores como também já tem autênticas ereções e então se manipula e cheira os dedinhos com sorriso de bem-aventurado. "Bravo, Brunettino!", pensou o velho ao fazer tamanha descoberta, "tão macho quanto seu avô!"

Por isso mesmo aumenta seu medo de que acabem estragando o menino esses livros e esses médicos que mandam desterrá-lo durante a noite, deixando-o indefeso diante de sonhos maus, acidentes ou poderes inimigos... "Se continuar assim essa gente vai acabar decidindo que o homem e a mulher durmam separados, para não se fazerem carinho..."

"Ai, meu Brunettino!... Você precisaria de uma de lá, bem formida, conhecedora de homens. Minha própria mãe, ou a Tortorella, que pariu onze; ou a *zia* Panganata, que teve três maridos... Mas não se preocupe: se você não a tem, aqui estou eu. Deixe-se guiar por mim, menininho meu! Irei pô-lo no bom caminho para escalar a vida, que é dura como a montanha, mas que nos enche o coração quando estamos no alto!"

— Está vendo, senhor Roncone? Está vendo?

O velho deixa o menino sobre o tapete ao lado do berço e se volta para uma Anunziata triunfante, bem plantada na porta.

— *Zio* Roncone, lembre-se! E... o que é que eu tenho que ver?

— Que a patroa tem razão, não se deve pegar o menino no colo... Ele mesmo queria descer agora há pouco, eu vi!

É verdade. O menino, dos braços do velho, apontava insistente para o chão com seu dedinho de imperador romano e gritava: "A, a, a", enquanto se debatia para se soltar.

— Pois já desceu. Não desceu?

— Só faltava essa!... E isso quer dizer – reforça – que a patroa tem razão.

— Não, isso quer dizer o que repetia *don* Nicola, o único padre decente que passou por Roccasera; por ser decente durou tão pouco.

– Foi promovido para outra paróquia? Porque em qualquer outra estaria melhor.

O velho ignora a alfinetada.

– Não. Pendurou a sotaina, farto de não entender o Papa, e foi-se para Nápoles, ganhar a vida com seu trabalho num colégio.

O menino, sentado no tapete, deleita-se com o contraste daquelas vozes e presta atenção como se compreendesse a amistosa escaramuça de muitas manhãs.

– Ah... E que barbaridade dizia aquele modelo de virtudes?

– Uma barbaridade do Evangelho. Aquela tal de "têm olhos e não veem; têm ouvidos e não ouvem", ou algo assim... E isso que acontece com minha nora e você... E com tanta gente como as duas, médicos e não médicos!

Anunziata se desconcerta. Por fim, contesta, enfatizando com ironia o tratamento:

– Com o senhor ninguém pode, *zio* Roncone.

Retira-se com ares de digna vencedora.

O menino, nesse ínterim, entornou uma caixa a seu alcance e se concentra nos brinquedos esparramados: peças educativas de montar, moldadas em plástico colorido, bichinhos de pano, um joão-teimoso com guizos e um cavalinho basculante que o velho lhe comprou e obteve grande sucesso imediato. Depois caiu no esquecimento infantil e neste momento é novamente o objeto preferido, para regozijo do velho, que senta perto do menino e começa a sussurrar:

– É claro que ninguém pode comigo! O que essas duas imaginaram?... Anunziata é uma boa mulher, Brunettino, e gosta de você à sua maneira de solteirona, mas não sabe de nada, como seus pais... Acham que você não gosta do meu colo e é o contrário: por eu ter entendido você e o aconchegar desde que cheguei, você vai ganhando segurança. Está se tornando homem ao meu lado, e, claro, está ousando mais, meu anjinho; a pisar o chão e a se deslocar.

Assim vem acontecendo nas duas últimas semanas. Brunettino mostra um afã crescente por ampliar seu campo de experimentação. Quando senta no berço e lhe dão brinquedos, acaba jogando-os fora energicamente e aponta para eles: não para que lhe sejam devolvidos, como achava antes, mas para que o coloquem entre eles. Às vezes até se agarra à grade do berço de tal modo que é preciso estar atento para ele não oscilar por cima e cair no chão.

– Sua mãe vai dizer – continua o velho – que assim você vai dependendo menos deles... Coitadinha! Pois não é isso!... Como ela não sabe que vou ensinando você a se defender, não entende que seu avanço é ir aprendendo o principal da vida, meu menino: que ou você se fortalece ou lhe pisam o pescoço. Por isso sempre repito quando o tenho nos braços: aproveite-se do mundo e não se deixe manobrar, e, claro, você começa a praticar por aí... Aprenda bem: torne-se duro, mas desfrute os carinhos! Como fazia meu Lambrino, dar cabeçadas e mamar... Só que o coitadinho era um cordeiro e não podia chegar a ser forte, mas você é homem!

O menino pratica, de fato, cada vez mais. À custa de tentativas já fica de gatinhas e assim percorre o quartinho ou o estúdio. Agora mesmo está começando a se deslocar, atraído pela calça do velho, quando de repente soa um barulho mecânico persistente, e o menino levanta a cabeça com olhar atento.

"Tem o ouvido aguçado como eu!", pensa o velho, reconhecendo o aspirador de Anunziata. "Que carinha, meu menino! Lembra-me a testa enrugada de Terry, o assessor militar inglês que nos mandaram de paraquedas, quando ficava pensando por onde aproximar-se melhor, à noite, da posição alemã. Que sobrancelhas grossas tinha o sujeito!"

Obstinado, o menino engatinha até a porta e assoma a cabecinha. Olha para um lado e para o outro: o corredor deve lhe parecer um túnel infinito. Mas não arreda e retoma a marcha em direção ao ruído fascinante. Seguido pelo velho, que compartilha, divertido, a aventura, aparece no quarto onde, de costas para a porta, Anunziata limpa o tapete.

"Assim, meu menino, é assim que se avança! Em silêncio, como os gatos, como os *partigiani*! A surpresa, sempre a surpresa! 'Inimigo surpreendido, inimigo fodido!', repetia o professor... Bem, ele dizia 'inimigo perdido', porque tinha instrução; mas soava mais verdadeiro do nosso modo... Isso, agora, atacar!"

– Ai!

A gargalhada do velho explode ao mesmo tempo que o gritinho feminino de pânico quando ela sente um roçar em seu tornozelo: a mão do menino. Em sua reação assustada, Anunziata desvia-se para um lado e solta o cabo do aspirador, que fica imóvel, sem cessar seu estrépito.

Deslocada assim a barreira humana defensiva, o menino avança imperturbável para seu objetivo e abraça com sorriso feliz a máquina vibrante.

– Vai se queimar, vai se machucar! – grita Anunziata, correndo para desligar o motor. O súbito silêncio torna mais ruidosa ainda a gargalhada do velho, que em seu entusiasmo bate palmas nas próprias coxas, para maior irritação da mulher.

O menino contempla o aparelho emudecido, assume uma expressão frustrada e golpeia o metal com a mãozinha. Por um momento parece prestes a chorar, mas depois prefere escalar até montar a cavalo na máquina lustrosa, golpeando-a mais para excitá-la.

O velho alcança o cabo do aspirador e aciona o interruptor. O estrépito reiniciado alarma o menino por um instante e quase o faz apear, mas no ato ele guincha feliz e ri sobre sua cavalgadura trepidante, sobretudo quando o velho o segura pelos ombros para que não caia.

– Pare com isso, senhor Roncone! O senhor está louco! – grita Anunziata, mas tem de se resignar por um momento, apesar de reclamar o aspirador a cada instante. Finalmente Brunettino se cansa do brinquedo monótono, deixa-se escorregar para o chão e se volta para outro objetivo. O velho também se põe de quatro e fala com ele cara a cara:

– Como você é grande, meu menino! Venceu o tanque, bloqueou-o! Você se dá conta da sua vitória? Como o Torlonio com suas garrafas inflamáveis e suas bombas manuais! Como você é grande!

O velho está arrebentando de orgulho, enquanto Anunziata o ouve estupefata. O menino, detendo-se por um instante diante do novo quadrúpede, introduz-se entre seus braços e enfia-se debaixo do peito do velho, que então troca de lembranças:

– Isso, agora aqui, quieto, como o cordeirinho com a mãe. É o que eu dizia, dar cabeçadas e mamar!

Mas o garotinho continua avançando e aparece por trás, passando entre as pernas do velho, cuja memória volta assim à guerra, enquanto o menino finalmente senta para descansar, satisfeito com suas proezas.

– Vamos ao golpe final! Assim, escapulir como nós nos infiltrávamos nos bosques! Isso é que é estar encurralado e escapar da cilada!... Você já sabe tudo! Assim nós, homens, conseguimos vencer os tanques e os aviões!... Você é dos nossos, é um verdadeiro *partigiano*, atacando e batendo em retirada...!

Conclui com um grito:

– Viva Brunettino!

De repente, uma inspiração:
— Você merece desfilar a cavalo!

Pega o menino, ergue-o por cima da cabeça, provocando nele guinchos de susto e de regozijo, e instala-o a cavalo sobre seus ombros. O menino agarra-se com as mãozinhas ao cabelo crespo, o velho segura-o pelas perninhas e sai do estúdio, em meio aos sustos de Anunziata, dobrando os joelhos à porta com medo do batente, como quando na capela tiram e põem santa Clara.

O velho vai e vem trotando pelo corredor com o menino no alto, cantando a famosa marcha triunfal:
— Brunettino, *ritorna vincitor...* Brunettino, *ritorna vincitor...*!

O velho está sentado em sua poltrona, diante da janela, dando as costas, portanto, para o canto de Andrea. "A poltrona dura", como a chama Anunziata. Não compreende que o velho a prefira por ser um móvel florentino de nogueira sem estofo, com espaldar reto e braços. Mas o velho não gosta do sofá: nele se afunda, não tem firmeza, é para a gente mole de Milão.

– Gosta dos arranha-céus, não é? – perguntou Andrea, quando o viu instalar-se ali pela primeira vez. – São magníficos!

Buracos começam a se iluminar nos incontáveis apartamentos: no arranha-céu da Piazza della Reppublica e no famoso Pirelli, com seu perfil como proa de navio. Mas não gosta nada deles, nem falar! Como se pode comparar aquela vista com a de sua montanha, do terraço de Roccasera? Majestosa, maternal e austera, sua Femminamorta, com suas variações de cor conforme as estações e as nuvens.

Ouve-se o ruído da porta do apartamento. Renato entra silencioso, para não acordar o menino. Cumprimenta o pai e vai até Andrea, beijando-lhe a nuca. Em meio ao cochicho do casal, o velho ouve o farfalhar de um envelope sendo aberto. São seus exames, com certeza: Renato passou pelo Hospital para apanhá-los. O velho sabe, sem se virar, que estão lhe dirigindo olhares compadecidos. Sorri: aqueles dois jovens são engraçados.

Renato aproxima-se do pai, menciona de passagem os exames e começa a se queixar com exagero do trânsito, enquanto Andrea vai ao corredor telefonar, em vez de fazê-lo de sua mesa. "Estão assustados", pensa o velho; "basta ver como tentam disfarçar... O que eles esperavam do exame? Que par de infelizes!"

Andrea volta, anunciando que tem hora marcada no médico para quinta-feira, quando ela poderá levá-lo. O sorriso sereno do velho torna-se abertamente zombeteiro diante do embaraço do casal. O choro repentino do menino salva a situação: Andrea sai apressada para preparar-lhe o banho, e Renato a acompanha. O velho vai atrás deles, antegozando a cerimônia cotidiana, que hoje vai ser excepcional.

O velho o compreende quando já estão enxugando o menino, que, como de costume, acaricia seu membrozinho, rósea turgidez semelhante aos botões de castanheiro na primavera. E então, grande surpresa!, antes de levar os dedinhos ao nariz, Brunettino oferece as primícias ao velho, sorrindo-lhe convidativamente, enquanto o penetra com seu insondável olhar de azeviche.

– Menino! – exclama Renato, fingindo escandalizar-se.

– Deixe-o – comenta a mãe, sisuda. – Está superando a fase anal.

Esse palavrório resvala pelo velho. Em compensação, o gesto infantil lembra-lhe lendas de bandoleiros misturando seu sangue em ritos de fraternidade, e por isso interpreta a mensagem no ato.

Inclina-se para a mãozinha e aspira comovido a oferenda. Uma luz lampeja no olhar do menino, que, por sua vez, cheira seus dedinhos ungidos. Assim, entende o velho, está consumado o pacto mágico.

Uma imensa serenidade o envolve mais tarde, já deitado em sua cama, até que o sono o invade. Porque o menino já sabe e decidiu confiar-se ao velho.

Não é preciso dizer mais: está tudo encaminhado.

Por isso o velho abre os olhos muito antes do que em outras madrugadas. Sempre soube despertar na hora desejada: tanto na guerra como nas caçadas, tanto na clandestinidade como para o amor.

Os sinos do Duomo confirmam que são três horas. A última nevada limpou a atmosfera e pode-se ouvi-los melhor. O velho olha pela janela: a parede oposta do pátio é de prata lunar.

"Claridade ruim para uma emboscada daquelas, mas boa para esta guerra... Como você compreendeu cedo que sou seu companheiro, meu menino!"

Calça lentamente as meias grossas e pega sua manta. Não faz frio no apartamento aquecido, mas sem ela sentir-se-ia vulnerável. Sempre o acompanhou nas grandes tarefas, e esta é mais uma: salvar o menino da solidão.

Avança pelo corredor com passos felinos e detém-se diante da porta semicerrada do quartinho. Pela fresta escapa a luz avermelhada da lamparina elétrica ligada na tomada. Com a mão na maçaneta, ele se pergunta se as dobradiças irão ranger: girando silenciosas, elas demonstram estar unidas ao pacto. O velho entra e fecha a porta em silêncio.

A janela é toda lua; o chão, um lago prateado; o berço e sua sombra, uma ilha de rocha. No travesseiro feito espelho reflete-se serena a cópia da lua, aquela carinha adormecida e tíbia cujo alento acaricia a velha face que se inclinou para cheirá-la, senti-la, aquecer junto dela os velhos pômulos.

"Está vendo?", sussurra o velho. "Aqui você tem o Bruno. Acabou-se o avanço solitário e perdido. Avante, companheiro, conheço o terreno!"

Do berço, o menino enche a noite com sua respiração e com o palpitar de seu coraçãozinho; no chão, costas apoiadas na parede, o velho se abre a essa presença como uma árvore às primeiras chuvas: com elas germina sua ampla memória de homem, desdobra-se seu passado como uma semente vertiginosa, e uma ramagem de lembranças e vivências estende um invisível dossel protetor sobre o berço.

Os minutos, como toque-toque de lançadeira, entretecem o velho com o menino no tear da vida. O recinto é um planeta de lua e sombra só para eles: o menino o distinguiu no banho, com seus dedinhos ungidos, tal como os javalis delimitam seus territórios – o velho os viu fazer isso na primavera – semeando eflúvios genesíacos em pedras ou estevais.

O que acontece, o que se forja, o que se cristaliza nesses minutos? O velho nem o sabe, nem o pensa, mas vive-o em suas entranhas. Ouve as duas respirações, a velha e a nova: confluem como rios, entrelaçam-se como serpentes enamoradas, sussurram como na brisa duas folhas irmãs. Assim o sentiu dias atrás, mas agora um ritual instintivo torna-o sagrado. Acaricia seus amuletos entre o velo de seu peito e lembra, para explicar sua emoção, o olmo já seco da ermida: deve seu único verdor à hera que o envolve, mas ela, por sua vez, só consegue crescer na direção do sol graças ao velho tronco.

61

    A madeira e o verdor, a raiz e o sangue, o velho e o menino avançam companheiros, como que num caminho, por esse tempo que os está unindo. Ambos ombro a ombro, em extremos opostos da vida, enquanto a lua se desloca acariciando-os, entre o remoto girar das estrelas.

A enfermeira é um encanto.
– Roncone, Salvatore?... Entre, por favor.
Na elegante sala de espera, o velho levanta do sofá. Andrea roça-lhe a mão com os dedos e dirige-lhe um sorriso alentador. "Bobagem de mulheres!"
Passada a porta, outra enfermeira menos jovem deixa-o num cubículo para que se dispa completamente – sim, claro, também a bolsinha do pescoço – e coloque uma bata verde cujas orlas de trás se aderem sozinhas, conforme o velho descobre depois de procurar em vão pelos botões: "Deviam vestir o menino assim!".
Dali passa para um recinto com vários aparelhos e um médico jovem o faz deitar-se num divã de exames. A princípio, o velho acompanha a exploração com curiosidade, mas logo começa a se aborrecer e responde mecanicamente: "sim, aí dói", "aí embaixo já não", "é como uma cobra passeando por dentro de mim e às

vezes morde". O doutor ri ao ouvi-lo e exclama: "Bravo, amigo!", enquanto lança um olhar cúmplice para a enfermeira.

É levado de uma prova para outra, de um médico para seu colega, de uma sala com janelas claras esmerilhadas para outra mergulhada em penumbra, onde o exploram com raios X.

– Caramba! O senhor tem uma bala ali! Não o incomoda?

– Não. Uma recordação. A tomada de Cosenza.

Imóvel durante meia hora para ser radiografado em série, quase chega a adormecer. Até esquece a vontade de fumar, como que esvaziado de si mesmo. Embora alguma coisa lhe pese por dentro: o mingau ingerido pela manhã, que o faz odiar mais ainda as mixórdias farmacêuticas administradas ao pobre Brunettino. Justo naquela manhã o menino tinha se negado terminantemente a engolir as malfadadas colheradas, e Anunziata acabou desistindo e voltando às suas limpezas. O velho aproveitou para dar clandestinamente ao menino um pedaço de *panetto* molhado em vinho, que foi devorado gulosamente, para júbilo do avô.

Andrea tinha sido amável levando-o de carro à clínica do professor Dallanotte. Certamente em homenagem à eminência médica tinha se enfeitado e vestia saia. Sentada no carro, apareciam seus joelhos ossudos e no peito do pé salientavam-se seus tendões ao pisar nos pedais. "Fica melhor de calça", pensou o velho. Ela interpretou mal o olhar e esticou a saia pudicamente.

– Renato me disse que em Roma o senhor se interessou muito pelo sarcófago dos *Esposos*. Uma peça magnífica, certamente!

– É! Estavam tão vivos!

O comentário surpreendeu Andrea, mas ela iniciou com calma uma dissertação em linguagem de divulgação. O velho começou prestando atenção, mas, como ela se expressava em seu italiano, acabou por não a escutar, embora agradecendo que falasse sem parar, porque assim não era obrigado a lhe dar conversa.

– Veja – interrompeu Andrea, apontando para os edifícios da Universidade Católica –, ali eu dou minhas aulas. E também o professor Dallanotte. Não pense que ele atende qualquer pessoa, mas, como somos colegas de docência...

Sim, a mulher tinha sido amável, reconhece o velho, no momento em que o levantam de sua posição incômoda, uma vez terminadas as radiografias. Reinicia-se então a ronda exploratória e, de tantos corredores e quartos azulejados de branco, aparelhos cromados, eletrodos ligados ao corpo, luzes na pupila, perguntas e apalpações, o velho acaba flutuando como uma rolha à deriva e perdendo interesse pelo que o cerca, e quase por si mesmo.

Por isso, quando o despem outra vez, e ele se vê num grande espelho, parece-lhe estar contemplando um corpo alheio. Ele não é aquele couro ossudo, curtido no tórax peludo e branquelo nas nádegas e nas cadeiras. É ofensivo exibirem aquela figura senil ao veterano prazenteiro, desejado e abraçado por tantas mulheres. Embora... ofensivo? Não, nem isso. Só os humanos podem sentir-se ofendidos e, na rede clínica, tão esquartejadora quanto a de um matadouro, os seres humanos acabam transformados em meros tecidos, vísceras, orelhas, membros. E, ainda por cima, a hipocrisia: todos ali tão melosos, tão falsamente otimistas.

Que diferença do reconhecimento de *don* Gaetano! O velho, enquanto torna a se vestir, lembra a indiscutível autoridade médica de Catanzaro, em seu consultório do Corso. "Lá a pessoa entra como é e sai sendo-o mais ainda." Sua reação irada contra a clínica milanesa permite-lhe recompor-se antes de sair do cubículo.

Finalmente, depois de uma última porta, digna-se a acolhê-lo a eminência, atrás de uma mesa que parece um altar. Andrea, sentada em frente, adota um sorriso instantâneo quando aparece o avô, a quem o médico, levantando-se, oferece uma cadeira.

– Muito prazer, professor – cumprimenta o velho. E acrescenta com malícia: – Já estava com vontade de vê-lo.

– Já nos conhecemos antes, amigo Roncone, mas a sala de radiografia estava às escuras, e o senhor não pôde me ver. Eu, sim, repito, e muito a fundo.

"Ainda bem", tranquiliza-se o velho. "Achei que ia me consultar só com base em papéis." Pois o professor tem os informes e dados abertos sobre a mesa. Entra um assistente, e os dois médicos trocam algumas palavras. Frases crípticas e gestos de negação ou assentimento, entre monossílabos dubitativos enquanto refletem. Finalmente a eminência escreve alguma coisa, dá algumas instruções ao assistente, que se retira para cumpri-las, e, cruzando as mãos, olha sorridente para o velho e para Andrea.

– Bem, amigo Roncone, bem: o senhor tem uma constituição esplêndida e um estado geral invejável para sua idade, salvo, é claro, o problema que o traz à minha clínica... Mas por esse lado, na verdade, não há surpresas; posso garantir. Em resumo, falando em linguagem corrente, a situação consiste em que o senhor Roncone apresenta uma síndrome...

Como a "linguagem corrente" do professor é a do rádio quando faz divulgação, o velho se arma de paciência, captando apenas algumas expressões: "processos patológicos", "recursos da ciência", "progressos modernos", "alternativas terapêuticas"... Andrea, em compensação, avançando avidamente seu perfil, sorve as palavras magistrais com verdadeiro deleite intelectual; e inclusive satisfaz à eminência intercalando perguntas que inspiram considerações complementares.

"Tudo isso tem alguma coisa a ver comigo?", pergunta-se o velho nesse meio-tempo, porque com *don* Gaetano bastava seu modo de olhar para saber se era cara ou coroa. Até que, no fim, o professor dedica-lhe um sorriso cativante:

– Compreendeu, meu caro senhor?

"Está zombando de mim, ou o quê?", reage o velho. E contra-ataca tão impassível quanto na guerra:

– Não, não compreendi. Nem preciso.

Faz uma pausa, saboreando o desconcerto no rosto doutoral, e continua:

– A única coisa que necessito saber, professor, é quando vou morrer.

O ambiente refinado que impregna o ar do consultório, cheio de tato, compreensão e eficácia, desinfla-se como um balão. A eminência e Andrea trocam um olhar. Ela se perturba:

– O senhor diz cada coisa, papai!

Encantado com o efeito produzido, o velho os observa. O professor desfia umas frases sobre processos imprevisíveis, evoluções atípicas, esperanças... mas perdeu a segurança. O velho o atalha:

– Semanas?... Meses?... Talvez um ano?... Não, estou vendo que um ano é demais.

– Não afirmo nada, caro amigo! – prorrompe o doutor. – Qualquer previsão é arriscada nesses casos, e, dada a sua sólida constituição, até pode acontecer que...

– Não se esforce, professor; já compreendi. Não vamos falar mais nada. No final das contas, prefiro minha *Rusca* à paralisia que mantém encravado numa cadeira de rodas um conhecido meu. Chega-lhe até a cintura e, se Deus quiser, logo vai subir até o coração e então ele embarca, não é isso?... Diga-me, doutor, essas paralisias sobem depressa?... Em suma, para viver numa cadeira, é melhor que o coitado do homem deixe de sofrer!

– Como quer que lhe responda sem ver esse paciente? O senhor pergunta umas coisas...! – esquiva-se o médico, já totalmente na defensiva. Aquele velho o fez apear de sua cátedra professoral.

– As que me importam. Minha morte é minha, professor... E a do paralítico também! Cabe a ele morrer antes!... Veja, vou lhe explicar seu mal e será como se o senhor o tivesse visto. Em junho ele ainda andava, mas já em agosto...

O velho relata o que sabe do Cantanotte e de seus sintomas, mas o professor, depois de ouvi-lo por um momento com impaciência, nega-se a dar definições e acaba se levantando cortesmente, enquanto anuncia o envio em domicílio de seu laudo, com as prescrições e o tratamento. Diante daquele velho, a eminência preferiu dispensar seu habitual discursinho de esperança, limitando-se a saudar muito efusivamente sua colega Andrea e, com estudada afabilidade, o paciente, dispensando-os na porta de seu consultório.

À saída, Andrea não sabe como começar, mas o velho se antecipa:

– Esse aí não sabe nada de paralisia – afirma. E suspira. – Meu azar foi a Marletta morrer em janeiro passado. Grande amiga minha!... Ia levando muito bem o assunto do Cantanotte. Já estava para conseguir, mas...

– De quem está falando, papai?

– Da Marletta, a bruxa de Campodone. A melhor *magàra* de toda a Calábria... E de toda a Itália! Não errava uma, a *Madonna* a tenha em sua santa glória.

Por fim conseguiu: seu penico. O urinol, como dizem estes estranhos de Milão.
Andrea resistia, claro:
– Isso não se usa mais, papai.
– As pessoas aqui não mijam à noite?
– Sim, mas no banheiro. Não é como nas aldeias; não é preciso descer até o quintal.
Andrea guarda uma terrível recordação da latrina em Roccasera. Quando ela atravessava o pátio, nunca faltava por ali algum trabalhador ou uma rapariga controlando seu tempo e conjecturando suas operações.
– Para mim o banheiro não dá certo. Ir até lá me tira o sono; depois demoro para dormir. Em compensação, com o penico, me ponho de lado, mijo meio dormindo e abundantemente.
Andrea não cedia, mas um belo dia permitiu que Renato o comprasse. "Claro", compreendeu o velho, "o

médico disse-lhes que me resta pouco e que me tragam o que for. Ainda bem, para alguma coisa serviu a consulta ao professor. Mas estão enganados: viverei mais que o Cantanotte. Não vou dar àquele corno o gosto de ir ao meu enterro!"

Foi assim que conseguiu seu penico. Então, por que o escondem?

– Senhora Anunziata! – grita, colérico. – Senhora Anunziata!

– Não berre – acode a empregada. – O menino está dormindo.

– Onde escondeu meu peniquinho? – pergunta em voz baixa, com medo de ter acordado Brunettino.

– Onde pode estar aquela joia? Embaixo da sua cama!

– É mesmo? Veja: não está.

– Do outro lado, senhor. Jesus, que homem!

A mulher tem razão.

– Do outro lado, do outro lado...! – resmunga. – E não me chame de senhor, já disse! Sou o *zio* Roncone!... Por que do outro lado? Eu o quero aqui; sempre o pego com a esquerda. Com a direita eu seguro o... Bem, está entendendo.

– A patroa diz que do outro lado não se vê da porta.

– E quem diabos aparece nessa porta? Só a senhora, que já sabe!... Malditas mulheres!

Anunziata, antes de se retirar resmungando, promete obedecer, mas o velho sabe que não. Vai deixá-lo onde quiser, como tudo o que arruma.

Ela e Andrea juntas o trazem no cabresto... Conseguiu salvar por acaso a manta de toda a vida e agora a esconde durante o dia no fundo do armário. Quando ele chegou, Andrea queria tirá-la e lhe dar outra nova. Cedeu diante da cólera do velho, mas ele a ouviu dizer ao marido que aquele trapo velho cheirava a cabra. "Quisera eu que essa desgraçada cheirasse à vida tão intensamente quanto cheiram as cabras!"

Recuperado seu urinol, o velho senta-se na cama e sofre a tentação de enrolar um cigarro, para acalmar a *Rusca*, que esta manhã está alvoroçada e parece queixar-se de que o velho esteja conseguindo deixar de fumar. Já tirou o papel quando o choro do menino o salva. Esquecendo a cobra, corre para o quartinho.

Anunziata já está lá sussurrando consolos, mas o menino não se acalma. A mulher pede ajuda ao velho: também ela observou que a voz grave sossega o garotinho. Decerto também deseja voltar o quanto antes a seu adorado aspirador. Em todo caso, o avô cantarola uma tranquila toada camponesa. Mas – coisa rara – Brunettino continua gritando, agita os pequenos punhos, como se estivesse tendo um ataque... Até tira os sapatinhos, apoiando sucessivamente contra o calcanhar de cada pé a ponta do outro: truque aprendido recentemente para exercer seu poder infantil, obrigando alguém a calçá-lo porque, segundo Andrea, "quer tiranizá-los". Mas agora o transforma em gesto agressivo, jogando o sapato para o ar como um sinal de desafio.

– Vai ser preciso trocá-lo – diz Anunziata, saindo.

Logo volta com uma bacia de água morna, a esponja e aquelas fraldas de plástico, algodão e gaze, já preparadas, que em Milão eles põem nas crianças. Tudo impermeável e muito apertado. "Com isso a hombridade dele não pode crescer direito!"

É preciso trocá-lo, com certeza, mas será que também não está incomodado com alguma outra coisa? O velho faz a pergunta:

– Escute, aqui não acendem lamparina nas casas hoje? Pois é Dia dos Mortos.

– Esses costumes já passaram.

– É. E também passou o costume de dar brinquedos às crianças?
– No Dia dos Mortos? Quem ia ter essa ideia?
– Nós, do Mezzogiorno, como vocês dizem. É, os mortos trazem brinquedos para nossas crianças.
– Que esquisitice! Aqui são os Reis Magos ou Papai Noel!
– Esquisitice? Esquisitos são os Reis e esse tal Noel; o que eles têm a ver com as crianças? Além do mais, são mentira! Em compensação, os mortos são verdade, são nossos... Não entende? Eles são os avós dos avós das crianças. E gostam delas porque são seu sangue.

"São verdade", repete o velho para si mesmo, contente por ter defendido os mortos, rendendo-lhes esse tributo em seu dia. "Veja, dirão entre eles, este ano alguém se lembrou de nós em Milão... Ah, claro, o Bruno de Roccasera!" Além do mais, acenderá uma vela para eles em seu quarto; tem uma na sua mala, pois a luz elétrica falta quando mais é necessária. E nesta noite é preciso acender para os mortos, para que eles nos encontrem quando nos vierem visitar.

Anunziata já está com o menino em cima da mesa coberta com moletom e começa a despi-lo. "Não sabe fazê-lo no colo, sentada numa cadeirinha baixa, como a vida toda se fez", pensa o velho reprovadoramente.

Sim, o menino precisava ser trocado. Agora sorri, limpo e fresquinho, enquanto lhe passam um creme contra as irritações. "Nem que sua bunda fosse o rosto de uma rapariga!", pensa o velho, mais indignado ainda porque a mulher lhe passa o dedo untado entre as pequenas nádegas e se detém no centro. "Aí não se toca um homem!" Ainda bem que o menino, sem dúvida para mostrar que tais carícias não diminuem sua virilidade, volta a colocá-la rigidamente em evidência. "Não se pode negar que é meu neto!... Bem dizem que os meninos se parecem mais com os avós do que com os pais..." Mas o galhardo espetáculo é desfeito uma vez mais pelo implacável apetrecho de plástico. "Que barbaridade!"

Anunziata faz as perninhas entrarem nas do macacão e vira o menino para abotoá-lo por trás. O velho se ocupa com empenho do botão de cima, mas ainda não terminou quando Anunziata já fechou todos os outros. "Deixe que eu termino", ela diz, mas o velho faz de sua tarefa uma questão de honra. No entanto, a rodinha de plástico sempre escorrega entre seus dedos rudes, e, como o velho persiste, Brunettino começa a grunhir, e o avô se dá por vencido, sufocando no peito uma maldição gemente.

Anunziata fecha o botão no ato, e o menino é instalado no berço. O velho senta-se a seus pés e recomeça sua cantoria, como há meio século ao lado de seus cordeiros. Toada melancólica, porque continua lhe pesando o fracasso diante do botãozinho. "Quer dizer que, se estivéssemos nós dois sozinhos", cavila, "eu não poderia vesti-lo para ele não se resfriar? Não, não ia envolvê-lo na manta; não é jeito para um menino."

O velho, absorto em seus pensamentos, não percebe a chegada de Andrea, a quem Anunziata recebe no vestíbulo.

– O avô está fazendo ele dormir, senhora. O homem é cheio de esquisitices, mas pode-se deixá-lo com o menino. Senta-se ao lado do berço como um mastim.

Andrea, de todo modo, aproxima-se da porta entreaberta e fareja, pois aquele casmurro do sogro é capaz de começar a fumar. Não por má intenção, mas porque não tem ideia de higiene nem de criar crianças... Não sente cheiro nenhum. Ainda bem, mas é preciso ter paciência com o homem!

Dentro, o velho se calou quando o menino adormeceu. A luz escassa delimitada pela fresta entre as cortinas cai diretamente sobre suas mãos. O velho as contempla obcecado: as costas, as palmas. Fortes, largas, com veias azuladas, dedos como rudes sarmentos, unhas duras e curtas, pardas manchinhas visíveis por entre o velo...

Contempla-as: aquelas duas garras que sabem degolar e acariciar. Trouxeram cordeiros ao mundo e refrearam cavalos, lançaram dinamite e plantaram árvores, resgataram feridos e domaram mulheres... Mãos de homem, mãos para tudo: salvar e matar.

Tudo? Agora não tem certeza. E o botãozinho? E segurar bem o menino? Suas mãos servem?

O fracasso de agora há pouco o aflige. Aqueles dedos que mexe diante de seus olhos... Nodosos, ásperos... Não são para aquela pele de seda.

Será possível? Pela primeira vez na vida não sente orgulho de suas mãos! "Brunettino necessita de outras; servem-lhe melhor as de Anunziata... mas que loucura estou pensando? Invejando uma mulher, como um milanês! Não, não, minhas mãos são como elas são: estas, as minhas!"

Necessita de um tempo para sossegar, para perdoar a si mesmo tamanha aberração; mas nem por isso deixa de matutar. "Será que a força atrapalha? Tem que valer! Também para botõezinhos, para trocá-lo, para o que for!... Fora as mulheres! Meu Brunettino e eu; ninguém melhor para torná-lo homem!"

Os dois sozinhos: essa ideia o encanta. Assim não o perverterão. Mas então..., ele, babá? O sufoco repentino obriga-o a passar o indicador entre o pescoço e o colarinho da camisa. Empertiga-se, sublevando-se contra tais imaginações, sentindo o sangue acumular-se em suas faces. "Não, meu papel será outro! Professor, isso sim, seu professor!" Mas o temor dos equívocos não se desvanece. "Que vergonha! A cobra está me devorando a coragem!"

Contempla aquela brancura redonda sobre o travesseiro, com a cor suave dos beicinhos e a mecha escura na frente. Um violentíssimo arroubo de ternura arranca-lhe um suspiro surdo e leva sua mão até aquela carinha. Seu dedo a roça e recua num reflexo, como se tivesse se queimado, porque, na memória carnal do dedo, aquela face despertou o tato de uma carícia em Dunka. A mão recorda e desencadeia uma explosão de memórias no homem: Dunka! Aqueles dias, aquelas noites!... Dunka dormindo a seu lado; a face de Dunka como esta... Ou foi ao contrário: a mão de Dunka no rosto do menino, ou no rosto do velho?... Sentidos anuviados, confusões do tato, ambiguidade.

Outra vez a luz declinante sobre as mãos, e o velho olhar cravando-se nelas. Mas que mãos? Atônito, descobre-as diferentes, aquelas mãos inseridas em seus pulsos: brancas, delicadas, femininas... Femininas? Pois se são cheias de força!... E daí? Também Dunka empunhou virilmente a metralhadora mortífera!

O espanto do velho torna-se angústia. "Puseram-me mau-olhado? Por favor, Santos Mortos: quero minhas mãos!..." Aperta a bolsinha de seus amuletos...

Cessa o terremoto interior e o mundo volta à sua ordem. O velho se recompõe, reafirma-se em seu ser, percebe o lugar, a hora... Terá dormido, talvez sonhado? Resfolega e agita a cabeça, sacudindo seus fantasmas como um cachorro molhado sacode a água. Verifica suas mãos: as de sempre.

...Só que, lamenta: "Se também fossem as de Dunka!". Elas o acariciariam, pousariam em sua fronte, livrando-a de malefícios... Ressuscita em sua quietude interior uma pequena canção sentimental, na moda quarenta anos atrás, que em plena guerra permitia esquecer os tiros... Um entardecer em Rimini, cantarolando-a juntos encosta abaixo rumo ao mar, partindo do Templo Malatestiano que tanto a impressionava... A casa na praia, no pátio a velha parreira sobre suas cabeças, uvas maduras ao alcance da mão... Dunka deitada apoiou-se no cotovelo, arrancou um cacho e... Isso, exatamente a dama etrusca!

Brotam fundos soluços no velho peito; reprime-os sua escandalizada hombridade... Mas a ternura o submerge num mar aprazível de onde – inesperado delfim – saltam estas palavras:

– Brunettino, o que você vai fazer de mim?

Sussurrou-as em dialeto. Também em dialeto perguntou-o a Dunka, rendendo-se, quarenta anos atrás... Revive em seus lábios o sabor do beijo que então recebeu como única resposta.

Dois anseios, duas idades, dois momentos vitais fundem-se em seu peito, arrancando-lhe esse conjuro, gemido, confissão, entrega...

– Meu Brunettino!

Às quartas-feiras Andrea não dá aula e se dedica à "revisão de casa". O velho já sabe o que isso significa: que Anunziata já está fazendo limpeza há um bom tempo quando sua nora finalmente sai do quarto enfiada em sua calça de bombazina verde. Faz umas gracinhas para o menino, quando ele está acordado, dá uma volta de inspeção fazendo advertências e acaba entrincheirando-se atrás de seus livros num canto do estúdio, como chama a sala de estar. De vez em quando investe de repente, como falcão sobre a presa, para ver onde a empregada está trabalhando ou para procurar o velho, que costuma estar refugiado em sua cadeira da cozinha. Olha-o com santa paciência e às vezes diz:

– Papai! O que está fazendo aí? Seu lugar é no estúdio, na sua poltrona florentina!

O velho a preferia com os óculos de antes; davam-lhe um ar simples de professora. Com lentes parece outra, mais estranha... "Se não fosse para não presentear o Cantanotte com meu próprio enterro...! *Madonna mia*, dê-me apenas um mês a mais de vida do que àquele corno; só para voltar para lá!" É a jaculatória cotidiana.

Andrea aparece pela terceira vez esta manhã na cozinha. "Hoje seus estudos não vão bem", pensa o velho. Por isso, ao ouvi-la mandar Anunziata comprar frutas e pão, oferece-se para a tarefa, para sair dali.

– Claro que entendo de peras! Pois sou homem do campo!

Andrea cede e, depois de um bom tempo, o velho volta triunfante com sua compra. Pavoneia-se, rindo:

– Eh! Queria me enganar dando-me daquelas embrulhadas em plástico para eu não poder examiná-las!... Ora, pois sim! Deixei-a plantada!

– Quem, papai? – alarma-se Andrea.

– A fulana da sua loja. Ela que as coma! Uma ladra!... Veja as peras que eu trouxe, pela metade do preço.

Anunziata desembrulha o pacote e pergunta:

– E o pão?

– Ah, o pão! Bem... Nem me fale! É aquilo que chamam de pão? Eu entendo de pães, mas não daquela coisa. E como esqueci a marca que você queria...

Há tantas marcas de pão em Milão! E todas a mesma coisa: artificiais. Andrea olha-o com desespero de vítima.

– Mas veja, mulher, veja estas peras! São naturais e não como as outras, tão iguais que parecem de cera... E, depois, com aqueles truques para a gente nem poder cheirá-las e pagar pelo peso do papelão... Bem, se você me lembrar a marca, desço outra vez para buscar o pão.

– Não, papai, não se preocupe. Eu tenho de comprar umas coisas minhas. De... de perfumaria, é isso.

O olhar e o tom de Andrea denunciam mau humor, e o velho decide sair também enquanto ela não está.

Não quer estar em casa quando ela voltar, pois qualquer dia ainda vai se fartar e mandar tudo às favas...

Quando ele sai, Andrea já chegou à sua frutaria habitual e está dando explicações à dona, ofendidíssima com o comportamento do velho. Andrea se esforça para acalmá-la.

— Chegou até a me chamar de ladra, senhora Roncone, na frente dos meus fregueses! Ladra, eu, que sempre respeito os preços, como todo o bairro sabe!

— Desculpe-o, senhora Morante; é velho e está doente. Além do mais, é do Sul, um camponês, a senhora compreende... Se soubesse cada uma que me faz passar! Perdoe-o por mim.

— Desculpo pela senhora, que é uma pessoa fina de verdade... mas ele que não volte, por favor... Pois não é que queria rasgar o plástico das embalagens para apalpar as frutas?... Um rústico, um grosso e, desculpe, sem ideia de higiene!... Depois implicou com minha balança automática, a mais moderna: dizia que queria testá-la com pesos de verdade... Desconfiando, senhora, desconfiando! Uma balança Veritas auferida pela Prefeitura...! E toca a discutir e regatear, com a loja cheia de gente esperando... Mas o que menos lhe perdoo é a desconfiança. Trabalhamos assim há trinta anos e nunca ninguém se queixou!

Andrea, envergonhada, suporta a tormenta para não cair em desgraça, pois as outras frutarias do bairro são inferiores. É claro que nunca lhe ocorreu entrar na dos tarentinos, justamente onde o velho fez sua compra. Finalmente a fruteira se abranda:

— Parece mentira que seja o pai de seu marido, tão distinto. E a senhora, tão fina, dona Andrea, filha de um senador, professora de Universidade...

Enquanto a fruteira vangloria-se da freguesa diante das outras compradoras, Andrea prolonga seu papel de vítima:

— Nem me diga, pois sou eu que o aguento! Com o menino fico de sobreaviso; ninguém sabe o que pode dar na ideia daquele homem. Às vezes até parece que não é bom da cabeça.

— Pois ele deveria se controlar, morando em sua casa... Como seu marido consente?

— Não podemos fazer nada... Está morrendo.

— Seu sogro? Com aquele gênio e aqueles modos? — espanta-se a fruteira.

— Um câncer.

A palavra fatídica gela a assistência. Até a ofendida se apieda:

— Coitado!

— E rápido. O professor Dallanotte está tratando dele. Como é meu colega na Universidade...

— Dallanotte! Uma eminência!

Andrea explica que estão fazendo o impossível para evitar sofrimentos ao sogro, mas ele torna tudo tão difícil com suas manias...! Acaba pedindo outros tantos quilos de frutas como devem ser: conservadas, higienizadas e plastificadas:

— Aquelas ali estão com boa aparência... São boas?

— Das melhores. Como as iugoslavas, que a senhora leva das outras vezes e agora acabaram. Estas são gregas.

— Sim, sim, da Grécia!

Despedem-se, ambas satisfeitas. A fruteira, por ter recebido desculpas em público, e, afinal de contas, diante de um câncer nenhum bom cristão pode fazer exigências. Andrea, por ter resolvido o incidente: não quer criar inimizade com aquela mulher, que vende caro, mas onde compram as pessoas mais ilustres. Assim, levantando a cabeça, Andrea volta para casa, comprando no caminho seu *panetto*.

Enquanto isso, num banco dos jardins, defendendo-se do frio com sua peliça, o velho fuma em paz o único cigarro que se permite durante todo o dia, além de outro depois do jantar, já em seu quarto. Sua mente rumina o espanto experimentado ao conhecer o marido da senhora Maddalena quando foi comprar as peras. Um homem alto, sim, mas molenga, cara de beato, cabelo repartido muito assentado e voz aguda.

– E a senhora? – perguntou-lhe o velho, cortesmente.
– Foi à Prefeitura, tratar da questão das licenças. Dessas coisas é ela quem cuida... E já deveria estar aqui! – conclui, dando uma olhada no relógio pendurado atrás do balcão.
– Dê-lhe lembranças do Roncone, o de Catanzaro.

"Por que o sujeito então me lançou um olhar atravessado?", evoca o velho... "Não, não é o tipo da senhora Maddalena. Aquela mulher magnífica pede outra coisa. Grande *stacca*!"

E vai daí que Milão destampa mais uma vez sua caixa de surpresas, pois, quando o velho chega ao *corso* Venezia, dando a volta pelo Museu, avista justo à sua frente, na esquina da *via* Salvini, um carro parando ao lado da calçada. Primeiro chama sua atenção a cor verde-metálica e, ao se deter, também nota o perfil aquilino com bigode e a tez escura do motorista. Que, com certeza, despede-se com um beijo de alguém sentado a seu lado e prestes a apear.

Muda a cor do semáforo, e o velho começa a atravessar o *Corso*, enquanto o carro arranca veloz e o passageiro fica na calçada. É uma mulher, claro, e ninguém menos do que a senhora Maddalena, plantada na calçada com sua bela figura, bem vestida e acenando com a mão levantada para o carro que se afasta. Depois, sem ver o velho às suas costas, envereda pela *via* Salvini rumo à sua loja.

O velho dá um sorriso largo. "Ora, ora, ora, a senhora Maddalena...! Assim dá para entender!"

O velho, passeando para além dos jardins, chega a uma praça grande com um monumento no centro: uma figura equestre no alto de um imponente pedestal, com alegorias de bronze dos lados. "Esse barrete e essa barba... Garibaldi! E que cavalo!... Bem, alguma coisa os milaneses fizeram. Pelo menos se lembraram de Garibaldi, esses caras do Norte que o abandonaram quando ele acabou com os reis de Nápoles. Como o explicava bem o professor na guerrilha! Do mesmo modo como abandonaram a nós, os *partigiani*, quando atacamos os alemães. Voltaram a manobrar os barões e seus caciques, comandando a partir de Roma, como sempre...!"

Continua andando sob as árvores de outra avenida e volta a se deter ao avistar, ao fundo, as imponentes muralhas avermelhadas que a fecham.

"Que torre! Boa fortaleza, com suas seteiras! Resistindo como nossos castelos; esta nem os aviões de Hitler conseguiram atacar... Até conserva seu campanário lá no alto!"

Detém-se diante de uma banca de jornal. As capas das revistas o fascinam; como as figuras fascinam as crianças.

"Que bundas, que tetas! Agora mostram tudo. Dá gosto, os olhos não envelhecem... Mas também incomoda. Pura mentira, só de papel! Excitar-se e não tocar; é preciso ser frio como os milaneses para aguentar."

Aquelas imagens o fazem olhar para as transeuntes de outro modo. "Como as mulheres se vestem hoje em dia, *mamma mia*!" São roupas tão curtas que o fazem sentir frio por elas, apesar de sua peliça, e acelera o passo depois de acender o cigarro do dia. Já perto das muralhas vermelhas, chama sua atenção um anúncio turístico que proclama, em vários idiomas: *Castelo Sforzesco. Museus.* Puxa!, um museu surgindo oportunamente, quando não sabia aonde ir até a hora do almoço. Resolve entrar, com repentinos desejos de ver de novo aqueles etruscos.

Pois não os esqueceu. Inclusive perguntou a Andrea, que lhe emprestou um livro grosso, recomendando-lhe muito que o manuseasse com cuidado.

– É um livro de arte, papai; nunca deverá abri-lo mais de noventa graus. Quer dizer: assim.

O livro estava cheio de etruscos, decerto, mas não o impressionaram. Eram como as bundas e tetas da banca de jornal: mentiras de papel. "Esta gente, com tanto livro, confunde as figuras com as coisas."

Por isso tem esperança de agora poder ver etruscos como aqueles. Mas o primeiro vigia a quem pergunta, lá dentro, avisa que ali não há etruscos.

– Como não? – indigna-se. – Isto é um museu ou não é?

– É, sim, senhor; mas não temos antiguidades etruscas. Isso é em Roma ou no Sul.

"Claro que os etruscos são mais ao Sul, desgraçado! Aqui nunca iriam rir daquele jeito!... Mas, então, que diabo de museu é este?... Quando digo que de Roma para cima já não é Itália... E nem mesmo a própria Roma!"

O guarda, entretanto, justifica suas coleções:

– Temos peças esplêndidas. Algumas são o que há de melhor do Renascimento. De tudo: pintura, escultura, tapeçarias, armas...

"Armas! Ainda bem; já que paguei..."

As armas valem a pena, sem dúvida. Fica impressionado.

"Aqueles caras, sim, eram homens! Carregados de ferro e, ainda por cima, empunhando espadões como lanças. E aquelas clavas! Como deviam soar bem no capacete ao achatar uma cabeça!... Se dessem uma para o Cantanotte e outra para mim, eu acabaria com meus problemas! Eu amarrado a uma cadeira, é claro: jogo limpo... Como aqueles caras, que guerreiros! Que bela turma de lenhadores se formaria com gente assim! Em compensação, estes milaneses de agora...! Degenerados!"

As armas valem a pena, sim; mas o resto nada a ver. Quadros de santos, florzinhas, *madonne*, retratos de marqueses e bispos... Às vezes uma fulana bem peitudona, mas nada mais... E as crianças, nem uma que valha a pena! Bochechudas, bracinhos de manteiga, como o menino Jesus. "Claro que o Menino Jesus está na dele; por ser tão manso deixou-se crucificar, porque se fosse eu e fazendo milagres, como dizem... Mas essas crianças, nada; esses milaneses ficam assim depois que crescem. Ainda bem que o Brunettino tem a mim; havemos de aguentar até ele falar, tenha paciência, Rusca, deixe-me um pouco mais para ensiná-lo a não ser como esses aí... Já está aprendendo... Você notou ontem à noite, quando voltei a seu quarto enquanto eles dormiam? Porque a noite é nossa, como na guerra. Estava adormecido, lembra?, e de repente abriu os olhos, foi pedir colo, chorar, sei lá!, mas me viu a seu lado e sorriu tranquilo. Você reparou que sorriso, como se fosse um beijinho?... Fechou os olhos, mas escutava todas as minhas palavras, até aquelas que só penso, sem as pronunciar. Elas penetram nele, Rusca, aquele menino é um bruxinho. Percebe tudo, nele entram aquelas minhas palavras que não se usam aqui, palavras de homens que falam claro!"

Não, no museu inteiro não encontra uma criança que valha a pena. Outras telas até provocam riso, como uma com um grupo de ovelhas. "Onde será que esse pinta-monos as viu assim? Com cara de coelhas, parece cruzamento de cachorro com coelha." Um determinado quadro o faz indignar-se: "Pastores, isso?", ele bufa, olhando para um visitante que se safa diante do tom de voz ameaçador. "Se Morrodentro o visse, pois ele sim é um pastor...! Nem na tal Arcádia, seja lá onde for, se pode ser pastor com aquelas meias brancas, aqueles calções de faixas na cintura e aqueles gorros... E o lacinho colorido no cajado? E aquelas pastoras com saias feito bolas?... Sem-vergonhas! Isso é carnaval!... Dá vontade de tirar o canivete e rasgar a cara de todos nesse quadro, pois são todos maricas!... Pastores, bah!"

Sua irritação o induz a ir embora, acelerando o passo rumo à saída. Mas, de repente, uma escultura o detém inexplicavelmente.

Nela não há nenhuma brandura: pelo contrário. Parece ainda inacabada, mas já tão carregada de expressão, que sua própria rudeza, mais vigorosa que o acabado, é um grito de chamada para o velho, um toque de clarim.

Aquelas duas figuras lavradas a golpes, tão unidas que se tornam uma, lembram-lhe suas próprias talhas rústicas em paus e raízes. Quando era pastorzinho, lá em cima na montanha, tirava o canivete à sombra de um castanheiro e, fazendo talhos e cortes, ia extraindo alguma coisa: uma cabeça com chifres, um apito, um cachorro, uma mulher bem tetuda na qual não se esquecia da incisão marcada entre as pernas... Uma vez saiu-lhe o pai do Cantanotte; reconheceram-no pela corcunda e lhe rendeu uma surra do rabadão, embora não tenha sido intencional: como iria sequer suspeitar as rixas de anos mais tarde? Só que aquela raiz tinha um coto bem no lugar certo. Talvez tenha sido fruto de uma praga que alguém quis lançar no velho Cantanotte.

Agora, no entanto, não se trata de um pauzinho tosco, mas de um mármore considerável. Ele se assombra: um escultor digno dos guerreiros com as clavas, nada de pequenezas. A impressão cresce no velho: aquele artista foi de sua têmpera. Por isso anseia por conhecê-lo melhor: o que lavrou naquela pedra, o que nos quis dizer?... O personagem em pé, com capacete redondo e manto, sustentando um homem nu cujos joelhos se dobram em desmaio ou em agonia... que mistério encerra?

Para desvendá-lo, o velho lê a indicação, mas agita a cabeça, incrédulo: *Michelangelo. Pietà Rondanini*, diz a placa.

"Impossível!... uma mulher com capacete?... E, embora seja um manto cobrindo a cabeça, como poderia ser uma *madonna*, que sempre pintam pouco mais que menina? Uma virgem, com essa força, plantada tão firme, sustentando, levantando o Cristo?... A não ser que Michelangelo fosse da Calábria, onde ainda restam mulheres com essa valentia... Não; é que esses milaneses não entendem; escreveram *Pietà* porque não sabem o que têm aqui... Claro, se entendessem do que é bom, teriam etruscos!"

Justamente porque em Milão não compreendem aquela escultura, o velho se interessa mais ainda por aqueles corpos enigmáticos.

"Dois guerreiros, certamente é isso que eles são; dois *partigiani* da época, não há dúvida... Sim, está claro: feriram um, e o companheiro o sustenta, levando-o a um lugar mais seguro!... Como o Ambrosio e eu, são como irmãos... Sim, porque o do capacete está sofrendo. Tem cara de valente, mas dá pena... Quem seriam, de quando?"

O velho pergunta-o ao mármore, de homem para homem, para admirar melhor tão vigorosa ternura, tão profundo amor viril, misteriosamente encarnado na pedra. Interroga de igual para igual porque, se alguma vez ele tivesse pego no cinzel, teria enfrentado assim a rocha de sua montanha.

Depois de um tempo, desiste, embora lhe custe ir embora sem saber mais, deixando atrás de si aquele par de guerreiros, como deixou em *Villa Giulia* o de etruscos; e isso que agora é o contrário. Ou só parece? Pois as duas esculturas o detiveram, dirigiram-se a ele, falando-lhe profundamente: aquela força na dor e aquele sorriso sobre a tumba. Afasta-se, levando consigo uma tremenda impressão. E também o dissabor de não poder definir uma lembrança importante que luta por surgir em seu interior.

Nas noites de vento sul o velho ouve os sinos do *Duomo* apesar da janela fechada. Por acaso agora o despertam, ou talvez a lembrança tenaz dos dois guerreiros que durante todo o dia, e inclusive pelo visto no sono, continuaram batendo às portas fechadas de sua memória. O caso é que de repente acorda, senta-se abruptamente na cama, os olhos muito abertos, todo o corpo alerta. Aqueles passos furtivos... quem estava de vigia aquela noite na vanguarda? Tê-lo-ão surpreendido?... Prestes a pegar a metralhadora, lembra que não está na montanha. Aqueles passos deviam ser de Renato, que foi ter com o menino... O velho sorri e volta a deitar sossegado.

Mas não adormece, pelo contrário, porque finalmente os dois guerreiros derrubam as portas da lembrança, e o passado se ergue na escuridão, deslumbrantemente:

Torlonio, o mais alto e mais forte da guerrilha, com seu gorro como o capacete-manto da estátua, sustenta David moribundo quase em pé, o mais alto possível, para permitir que ele veja, lá embaixo no vale, o espetáculo fascinante provocado pelos *partigiani*: o trem de munição alemão explodindo por todos os lados como um traque gigantesco... Relâmpagos e detonações despedaçam a noite, tetos de vagões saltam no ar, fogem espavoridos os poucos soldados sobreviventes, e alguns, com o uniforme em chamas, atiram-se nas águas do Crati... A façanha é um duro golpe para as tropas germânicas do Sul, e seu protagonista é David, com seus detonadores, suas fórmulas, seus cabos e seus grossos óculos de míope.

O pequeno David, o judeu florentino, o estudante de química destinado à guerrilha por seus conhecimentos técnicos. David, de quem todos se riam quando confessava seu medo antes de cada operação em que, no entanto, depois se arriscava por ser o primeiro. David, que aquela noite, quando falhou a prova de fogo, voltou a descer sozinho até a estrada de ferro, consertou os contatos quando o trem estava quase chegando e, descoberto ao se retirar, tentou em vão escapar montanha acima das metralhadoras, embora ainda tenha tido forças para chegar até os companheiros. David, que, tendo perdido os óculos na última corrida de sua vida, revelava sob a luz vermelha das explosões uns belos olhos escuros, expressivos e profundos.

Belos até se imobilizarem e começarem a se velar enquanto o corpo, joelhos dobrados, pendia para a terra nos braços piedosos de Torlonio, cujo olhar ia se embaçando de lágrimas num rosto descomposto pela ternura.

Ris..., ris..., ris...

A lâmina passa e repassa sobre a barba ensaboada. Um ruído apenas perceptível, pois o velho ouve-o mais por dentro, através dos ossos. Tampouco ressoa a água correndo, porque cai sobre a esponja colocada por baixo de propósito. O velho não acende a luz do banheiro: recebe luz suficiente da noite citadina, nunca negra, sempre manchada por uma turva claridade.

Para despertar, não, mas para fazer a barba a água quente é melhor do que a fria: alguma vantagem havia de ter. Mesmo assim, o fio sobre os grossos canhões de barba produz aquele leve ruído de serrote. Cada duas vezes tem de jogar fora a lâmina, embora compre das baratas, mais duras. Isso o tranquiliza, compensando-o de se sentir diariamente com rosto de mulher, e não só duas vezes por semana, como em Roccasera. Barba bem de homem; como suas mãos, que só em seus devaneios daquele dia lhe pareceram femininas, pensa: embora se apure muito, é azulada. Enfim, graças a esse cuidado, Brunettino já não retira sua face, aquela suavidade de seda e jasmim.

Pega-o e estreita-o quando não estão vendo. Andrea não gosta; ontem queixava-se com Anunziata, acreditando não estar sendo ouvida: "Parece que esse menino está com cheiro de fumo", ela disse. "Meu Deus, que cruz!" O velho indignou-se diante da mentira; primeiro, porque ela não tem olfato, e segundo porque já suprimiu até o cigarro do meio da manhã, que acalmava a cobra. "*Rusca*, compreenda, você vai ter que se aborrecer como eu. Mesmo que nos custe."

Cortou-se ligeiramente. Alegra-se: a pedra-ume dá um jeito nisso e, além do mais, um pouco de sangue dá ar de macho numa cara tão lisa. Seu pensamento divagante agarra-se a essa palavra:

"Lisa. Andrea também. Sem peito, nem cadeiras, nem bunda, como os Santos de Reggio... O que lhe agradou nessa mulher, meu filho? Por isso você está sempre tão sério. Aposto que na cama você só faz o que ela deixa, e quando não diz que está com enxaqueca... Foi a vaidade do pai senador?... Que senador, sem uma lira!... Nunca confiei nos senadores: todos se cagaram pelas calças abaixo diante de Mussolini."

Uma mordida da Rusca quando já está enxugando o rosto o faz se dobrar. Não o surpreende; à noite esteve muito inquieta, dando voltas sem conseguir se acomodar, como um cachorro antes de dormir. E, quando se acalmou, o velho demorou para conciliar o sono; sentia falta da dor, como se esta fosse o normal.

Senta-se na privada e termina logo. Levanta-se e olha. "Sangue outra vez. Claro, a agitação da Rusca esta noite. Na latrina do povoado eu não me dava conta, mas nestas bacias tão finas aparece como se estivesse numa vitrine.

Meu sangue, minha vida, derramando-se um dia sim e outro também... Quanto me restará? O caso é que meu pulso não vacila nem aqueles sinais que dizem."

Olha-se no espelho; seu rosto não mudou. É verdade que os olhos, pretos como os de Brunettino, mostram uma névoa branca em toda a volta da íris, mas isso já faz tempo. Sim, como os de Brunettino, só que num velho; em compensação, o filho herdou a cor de avelã da mãe.

"*Madonna*, deixe-me viver um mês mais do que o Cantanotte, por favor. Eu lhe levarei uma vela; a mais grossa que encontrar!... E, se fosse mais tempo, melhor para o menino..."

Sim, já não se conforma com o mês que antes lhe bastava para triunfar sobre o inimigo; agora pensa em Brunettino, que precisa dele para sair do poço milanês... Toca em sua bolsinha de amuletos e volta a se olhar no espelho: não percebe mudanças.

"Será que Rosetta me acharia igual, se me visse agora, um mês depois que saí de lá? Um mês justo, num dia como hoje, quando de passagem encontrei os etruscos. Os etruscos!... Coitadinhos, se tivessem de viver em Milão! Alegro-me por eles de que não os tenham neste museu: se sentiriam como presos."

De repente, aguça o ouvido. Essas paredinhas de cidade permitem que se ouça tudo. Renato e sua mulher no quarto.

– Não está dormindo, Andrea?
– Para você, o que importa...
– Mulher, deitei cansado... Não está bem?
– Estou farta!... Aquilo do outro dia foi o cúmulo. Vai nos indispor com todo o bairro. Quando eu já tinha conseguido que a fruteira me atendesse bem, no meio de tanta freguesia distinta!

Ouve-se o suspiro de Renato. "Quantas vezes ela lhe terá repetido a história da ladra das peras?", pensa o velho, divertido... Como injuriou aquela sem-vergonha! Naturalmente, não presta atenção no resto do diálogo, pois quer acabar de se arrumar e recolher tudo para que não percebam suas incursões pela madrugada. Mas de repente volta a escutar; agora soa a briga.

— ... culpa sua. Como fui ter a ideia de encarregar você da gestão em *Villa Giulia*? Devia ter adivinhado que acabaria estragando tudo!

O velho não consegue ouvir a resposta. Renato fala baixinho, mas ela se excita mais.

— Isso é desculpa! As coisas iam muito bem com minhas influências em Roma. Todos os amigos do papai, até o subsecretário de Belas-Artes, lembrando-me que tio Daniel foi seu predecessor!... Mas, claro, você chegou e... que impressão deve ter dado ao diretor do Museu? Como pôde meter os pés pelas mãos desse jeito?

— ...

— Você não serve para nada, Renato!... Cale a boca, cale a boca; na fábrica é a mesma coisa! Você é explorado, não é ninguém, todos passam na sua frente, todos! Já devia ser chefe de laboratório! Você mesmo esperava isso!

— ...

— Negar aquele cargo a mim, com meu Prêmio Extraordinário! À filha do senador Colomini, além do mais! Se o coitado do papai fosse vivo, isso custaria o cargo de mais de quatro! Mas, claro, veem que estou sozinha... Porque você, nada, e seu pai...!

Ouve-se uma risadinha. Depois uma só palavra, mas cuspida como veneno:

— Desgraçado!

Diante do supremo insulto o velho fica cego. Está com o cinto na mão, que ainda não pôs na cintura. Empunha-o pela fivela e abre violentamente a porta do banheiro. Se seu filho não sabe domar aquela mulher, ele vai ensiná-lo.

Mas a porta contígua no corredor, com sua luz avermelhada pela fresta, é a de Brunettino. Detém-se diante dela por um instante; justo o necessário para que na casa exploda o grito.

Um grito, sim; violentíssimo, embora a voz sufocada:
– Cale a boca! Cale a boca senão a arrebento!

"Não seria capaz", pensa o velho, mas o grito de Renato lhe basta para exultar de júbilo, porque o súbito silêncio da mulher e o baque de seu corpo caindo na cama a declaram submetida. Tão desconcertada que nem chora. E o silêncio imposto por Renato se aprofunda, se apodera da casa.

O velho regressa ao banheiro, voltando a fechar a porta sorrateiramente. Respira fundo. Até que enfim! Já estava quase duvidando de que fosse seu filho, de que tivesse seu sangue.

"Esta é uma noite ruim... Quem sabe seja bruxaria, quem sabe o Cantanotte esteja pagando alguma *magàra* contra mim... Quando eles adormecerem em sua cama, vou até Brunettino ficar de sentinela; montarei guarda ao lado dele... Aquele sim é meu sangue, embora essa aí o tenha parido! Compreende, fareja e ouve como eu... Aquele sim é meu sangue!"

Sangue... Ainda está ali, tingindo a água entre brancos reflexos de louça. Tinha esquecido de puxar a descarga; não chegou a criar o hábito.

Gira a manivela e precipita-se um ruído, levando embora o silêncio, uma catarata levando embora seu sangue.

Andrea vai e vem frenética, pois detesta chegar atrasada à aula, e Anunziata não aparece. O velho, prudente, recolheu-se ao quarto para não interferir. De repente, ela aparece:

– Tem coragem de ficar sozinho com o menino, papai? Está dormindo, e Anunziata não vai demorar. Ela deve vir; quando acontece alguma coisa, me telefona!

"Imagine perguntar se tenho coragem...! Quem não tem coragem de deixá-lo comigo é você!" O velho, rindo por dentro, dissimula sua felicidade fazendo cara de circunstância. Andrea vai embora a toda pressa, e ele fica pedindo à *Madonna* que acorde Brunettino, para pegá-lo nos braços. Nesse ínterim, vai ao quartinho, contempla o menino e dispõe-se a sentar no tapete. Mas não dá tempo: ainda se ouve o contrapeso do elevador em que Andrea está descendo quando rangem as polias do de serviço... "A velha me atrapalhou!", pensa, enquanto sai ao corredor com má vontade.

Detém-se espantado: diante do cabide, uma moça pendura um cachecol amarelo comprido e tira um casaco de tricô. Veste saia roxa como que meio cigana, com motivos orientais estampados, e calça botas altas cor de avelã. Também pendura uma bolsa grande de couro e agora tira a boina, soltando o longo cabelo preto. Ao se virar, mostra bordados de cores no colete, sobre a blusa. Sorri: boca grande, dentes muito brancos. Adianta-se:

– *Zio* Roncone, não é? Sou Simonetta, a sobrinha de Anunziata. Minha tia ficou doente.

Estende a mão como um rapaz. O velho a aperta e só consegue dizer "Bem-vinda!". Ela continua:

– Estou chegando tarde, não é? Maldito trânsito! De Martiri Oscuri até a praça, o vinte parando a cada instante! Ufa, Milão é odiosa!

Enquanto fala, avança até o banheiro de serviço, quase sem fazer barulho, apesar das botas. O velho segue-a com os olhos até a saia esvoaçante desaparecer, justo antes de ficar presa na porta que ela fecha.

Também as mulheres de Roccasera vestiam saias rodadas, quando ele era jovem. Vermelhas, as casadas; pretas, as viúvas; marrons, as solteiras; todas com sanefa de outra cor. Também elas bordavam motivos populares de cores vivas em seus corpetes pretos. Mas, além disso, punham em volta dos ombros umas mantilhas triangulares, amarradas nas costas. Algumas cobriam a cabeça com a *vancala*, o touado de Tiriolo e sua comarca. Nenhuma calçava botas, mas abarcas ou alpercatas, e nunca, nunca saíam do quarto com o cabelo solto. "No entanto, esta é como elas: ri com os mesmos dentes e com os olhos pretos... Sim, os mesmos olhos: aquelas raparigas de Roccasera!"

A moça reaparece. O guarda-pó da tia cinge suas formas de mulher. Só calça grossas meias de lã.

— Os chinelos de sua tia estão na... — explica o velho, mas ela o interrompe:
— Não preciso deles. Em casa sempre ando assim.
Aquelas raparigas de Roccasera também costumavam andar descalças com tempo bom, inclusive fora de casa. Evitavam meias e...
O velho suspende suas nostalgias e corre para seu quarto, onde se enfiou a menina com os trastes de limpeza: *"Madonna, vai descobrir o penico!"*.
Com efeito; os dois quase tropeçam na porta. Ela o leva na mão para esvaziá-lo, e o velho se aflige. "Por quê?", repreende-se no ato. "É serviço dela, trabalho de mulheres."
— Deixe, deixe, eu o levo — diz a menina, risonha, mantendo o urinol na mão. — Em casa eu esvaziava o do meu pai... Também era do Sul. Siracusano.
— Então devia gostar dos queijos fortes... — acode previdentemente o velho, preparando assim uma explicação para sua despensa particular e secreta, para o caso de a moça a descobrir. Mas a tia de Simonetta já avisou que ela deve fingir que não sabe do esconderijo nos vãos do sofá-cama.
— É, gostava muito, e eu também... Acabou-se numa obra; era pedreiro. Minha mãe morreu pouco depois. Irmã de Anunziata.
A menina, enquanto fala, inicia com eficácia a arrumação do quarto. O velho, em vez de bater em retirada, como nos outros dias, continua a conversa, satisfeito. "Uma rapariga que odeia Milão... Ora, vale a pena ouvi-la!"
— Claro que odeio Milão. Adoro o campo e os animais. Todos... Todos — insiste, rindo —, até as moscas!... Por isso estudo veterinária.
O velho lembra o veterinário de sua juventude, gordo e corado, de colarinho duro e gravata, sempre deixan-

do cair cinza de um charuto, até quando estava tratando dos animais.

— Era preciso levá-los até ele, lá embaixo, em Sersale — conta a Simonetta —, só se dava ao trabalho de subir a Roccasera para mandar matar ovelhas ou cabras, quando a epidemia lhes inchava as tripas... Nós as escondíamos dele, mesmo que viesse com os carabineiros, porque algumas se salvavam, e uma cabra é uma cabra!... Com certeza você subirá a montanha melhor do que aquele come-sopas do governo, amigo dos marqueses... Porque, seja você a estudante que for, logo se vê que não se importa de limpar nem de trabalhar com suas mãos... Não está sentindo calor com o aquecimento e essas meias tão grossas?

— Imagine! Pois não é meia-calça! São meias três-quartos, para as botas não me machucarem.

Levanta a bata até descobrir o joelho nu. "Assim andavam as raparigas de Roccasera nos meus tempos", ele explica a Simonetta, "só que isso elas chamavam de meias, porque não havia mais compridas." O velho se abstém de acrescentar que nenhuma teria mostrado o joelho tão facilmente. O rapaz que o conseguisse de alguma, já podia esperar tudo... e acabava obtendo.

O velho a ajuda a terminar a cama, e ela o aceita com naturalidade, assim como nos outros quartos. Num dado momento, Simonetta olha-o admirada, como que caindo em si:

— Pensei que no Sul os homens não fizessem esses trabalhos.

— E não fazemos. Mas aqui não é o Sul.

O velho compreende que isso não basta e sente-se como que surpreendido fazendo algo feio. Mas vem-lhe uma lembrança justificatória:

— Também não cuidamos de crianças, e eu me ocupo do meu menino... Além do mais, durante a guerra, na guerrilha, nós fazíamos tudo: lavar, costurar, cozinhar... Tudo.

A menina desliga o aspirador e, no súbito silêncio, olha-o com olhos brilhantes:

– O senhor foi *partigiano*? Que fantástico!

Agora é a vez de os olhos do velho se iluminarem: é tão raro encontrar jovens que se interessem pela guerra! Não querem ouvir falar nela, mas o que seria desses infelizes se os velhos de agora não tivessem lutado? Trabalhariam como escravos para os alemães!

– Onde lutou, onde? – pergunta Simonetta.

– Onde haveria de ser? Na Sila, nas minhas montanhas! Lá ninguém podia nos pegar, na Grande e na Pequena Sila. Às vezes chegávamos até a Sila Grega, para fazer contato com os da região. Mas não precisavam de nós, são grandes lutadores! Descendem de albaneses, sabe?, vindos no tempo dos turcos. Ainda conservam até seus popes, porque também têm de aguentar padres, mas os popes se casam e são muito firmões. Uma vez...

Trabalham e falam, afainam-se e recordam. Para o velho é como ter se reunido com um camarada e ressuscitar aqueles tempos... De repente, o choro do menino: os dois correm para o quartinho. O velho olha as horas no relógio. Incrível, como passou a manhã!

Simonetta faz trejeitos para o menino, que ri e bate palmas sentado no berço, deixando cair um fiozinho de baba.

– Ele gosta de mim, ele gosta de mim! Veja como ri! – orgulha-se a moça, e acrescenta: – Posso pegá-lo, ou o senhor também acha que não é bom?

E, como o velho ri por sua vez, protestando por lhe serem atribuídas tais aberrações, a moça levanta o menino e o estreita, num gesto vivo, tão instintivamente maternal, que o velho se comove. A *zia* Panganata, Tortorella, aquelas mães de Roccasera...!

O menino também percebe o calor do gesto e se instala como um gatinho entre os peitos e os braços que o estreitam. Com uma mãozinha rodeia o pescoço da moça, enquanto estende a outra para o velho, que se aproxima até sentir o bracinho em torno de seu pescoço. O garotinho aperta e ri.

Aquele outro cheiro, junto com o de Brunettino; aquela carícia de cabelo preto em sua pele! Revelação para o velho de que seu companheiro de labuta e de lembranças guerreiras é uma mulher. De mulher aquele alento, aquele rosto tão próximo, tão próximo ao dele...

A descoberta o perturba, mas de um modo novo, porque, com aquela criança nos braços, a moça se faz mãe. Mãe de Brunettino?

O velho suspira na confusão. O menino logo se cansa. Esperneia e estende a mãozinha para seu prato vazio, disco de plástico amarelo sobre a cômoda.

– É sua hora, não é mesmo? – observa Simonetta.

– É, deve estar com fome.

– Fique com ele; vou fazer a papinha.

– Sabe prepará-la? – admira-se o velho, porque as moças de agora ignoram essas coisas.

– Minha tia me explicou. Além do mais, já cuidei de crianças. Estive *au pair* na Suíça, no ano passado, o que está pensando?

Disse-o já no corredor, com um risonho tonzinho de desafio. O velho permanece no quartinho. "Quanta coisa é preciso fazer por uma criança! Alimentá-la, trocá-la a cada passo, dar banho, fazê-la dormir, tratar dela... E outras coisas mais difíceis: calçar aqueles sapatinhos que Brunettino tira com tanta facilidade, fazê-lo soltar o ar que engole, abotoar aqueles malditos botões... É preciso ser mulher para aguentar, meses e meses... Bem, mulher como deve ser!"

O velho se admira de como uma estudante já conquistou o garotinho, que nunca tomou uma papinha mais docilmente. Depois eles o levam para a cozinha, onde as travessuras do menino mexendo em tudo, tão exasperantes para Andrea, desatam o riso de Simonetta, que brinca com Brunettino enquanto prepara uns pratos. O velho, incorporando-se à festa, revela o segredo de sua despensa particular e traz iguarias meridionais para alegrar o frio mundo gastronômico de Andrea.

– Que queijo delicioso! – exclama Simonetta, devorando-o. E, naturalmente, Brunettino também exige experimentá-lo.

– Pois se você visse os que fazemos em casa...! *Rascu* defumado, ou o *butirri*, com manteiga dentro...! Mas é preciso comê-los lá, são mais gostosos; principalmente no terraço de trás, vendo a montanha ao longe. Ou em dia de lanche, à sombra do castanhal... Ali, debaixo das árvores, nos dias limpos se domina quase todo o país, até nosso mar, ao longe!

– Adoro o mar! – exclama Simonetta, com a boca cheia.

– Bobagem! Onde tem montanha não é preciso mais nada. O mar não é para homens; se fosse, nasceríamos com nadadeiras, não é mesmo?... No entanto – acrescenta, pensativo –, eu vivi uns dias junto ao mar, o de Rimini, tão azul ao meio-dia, tão roxo à tarde...

A moça se levanta para pegar o vinho e se detém ao dar a volta na cadeira do velho. Acaricia-lhe a cabeça por trás, interrompendo sua nostalgia, e declara com desarmante naturalidade:

– Gosto do seu cabelo, *zio*. Um grisalho tão igual, tão crespo e denso...! Tomara que meu Romano seja como o senhor quando ficar velho!

– E eu gosto de que você me chame de *zio* – replica o velho, escondendo sua perturbação, que aumenta ao vê-la beber com tal vivacidade, que um fiozinho vermelho escorre pelo queixo feminino, sugerindo sangue. Sangue, como se tivesse mordido o lábio, sangue daquele corpo redondo e jovem... Mas ela já se limpa com as costas da mão, e o rosto recupera a inocência perdida.

Depois explica, rindo, que Romano é seu namorado.

— Estuda medicina, *zio*. Assim nós dois vamos curar todo o povoado, homens e animais! Ele é comunista, como eu. Minha tia Anunziata não o suporta! — conclui, rindo mais ainda.

— O comunismo são fantasias, moça. Minhas terras são minhas terras; como vão ser de outro?... Uma coisa é verdade, seus comunistas lutaram na guerra com valentia e eram bons companheiros. Deixaram de ser no final, como todos, quando se entregam à política e aos discursos.

— Todos não! — ela se exalta. — E é preciso fazer política para a liberdade... Ou você acha que dá para resolver alguma coisa a partir de cada povoado, ocupando-se cada um apenas de suas terras?

Em seu arrebatamento começou a chamá-lo de você, como a um camarada. E, terminada a arrumação da casa, vão ver televisão... Na sala de estar a discussão se acirra, interrompida de vez em quando para descer Brunettino da poltrona onde subiu ou para tirar de suas mãos o frágil cinzeiro de Murano. "Fala como nos encontros", pensa o velho, escutando-a. "A esses comunistas, lábia é o que não falta!"

Simonetta expõe ideias e admite que as deve a seu namorado. Antes de o conhecer só pensava em passar nos exames e depois ganhar dinheiro, mas Romano a fez tomar consciência... Oh, Romano!

— Claro que quer dormir comigo! — responde abertamente a uma alusão do velho. — E eu com ele!... Quinze anos, o que está dizendo, *zio*? Não tem olhos? Já fiz dezenove!

"Aos treze, minhas raparigas de Roccasera já eram tão precavidas e reservadas quanto mulheres. Em compensação, esta Simonetta..., livre como um rapaz!... O caso é que faz bem, é até bonito, limpo", pensa o velho, admirando-se por ter essas ideias.

– Não, ainda não fizemos amor. Não sei por quê... – e, subitamente séria, continua. – Não deve ter chegado a hora... Não queremos começar de qualquer jeito. Romano diz que não se deve estragar o início. Pensamos em fazer uma boa viagem, nós dois, quando tivermos dinheiro... Logo vamos nos desforrar, logo! – prossegue, novamente alegre. – O que está dizendo? – trejeito de ofendida. – Pois é claro que é bonito; mais do que eu!

"Mais do que ela?", duvida o velho. "Decerto, bonita, bonita não se pode dizer que seja... Nem precisa! Do jeito como enche a casa... Até a televisão fica interessante com seus comentários."

As horas voam. Quando Andrea chega, paga a moça e se entrincheira atrás de seus papéis, parece que Simonetta, outra vez na porta, acaba de chegar. Mas é o contrário: acabou e se prepara para ir embora. O menino quer impedir, agarrando-se à sua saia e gritando, mas Andrea aparece e o leva para dentro.

O velho ajuda Simonetta a vestir o casaco, e ela coloca a boina e arruma femininamente o cabelo. Pendura a bolsa no ombro, enrola no pescoço o cachecol amarelo e se vira, deixando resplandecer seu sorriso:

– Como me senti bem! – exclama simplesmente.

Estende a mão como quando chegou, como se fosse a um camarada. Mas muda de ideia antes que o velho a aperte e põe as mãos em seus ombros, beijando-lhe suavemente a face.

– *Arrivederci*, *zio* Bruno.

— Até a vista, *sciuscella* — responde o velho, gravemente, abençoado pelo roçar daqueles lábios.

Simonetta entreabre a porta, desliza pelo vão e a fecha devagar, deixando como oferenda a esteira de um último olhar risonho, candidamente cúmplice.

O velho ouve a porta do elevador. Lentamente vai até o quartinho, onde se senta ao lado do menino, por fim adormecido. Na penumbra crepuscular, destaca-se a luz da lamparina acesa por Andrea. O ar se faz cálice para o odor lácteo e carnal de Brunettino; o silêncio emoldura sua respiração tranquila.

Soam os sinos do Duomo, nas asas do vento sul. Já são seis horas! O velho se dá conta de que a cobra esteve tranquila o dia todo... Claro, conquistada também por essa menina que é como aquelas raparigas.

Para Santa Chiara as pessoas subiam até os castanhais comunais pelo caminho da ermida, ao longo do arroio, levando no andor os pães da santa, que ao meio-dia leiloariam. No bosque, depois das últimas vinhas, brotava o manancial numa cova claríssima, onde a água abundante só se deixava notar pelas ondulações da superfície. Já se podiam comer as uvas, e, embora as tardes, lentas e douradas, ainda fossem de verão, os crepúsculos já derramavam uma melancolia outonal. O povoado havia descansado da colheita e se preparava para outra grande tarefa na roda do ano: a vindima.

"Por que estou me lembrando disso, Brunettino, como se estivesse ali quando jovem?... Será que agora me espera outra tarefa como a daquela gente, meu menino? Depois de minha colheita, minha vindima?... E essa moça, será que sabe o que quer dizer *sciuscella*: além de bonita e boa, não há palavras em Milão?... Mas o que importa saber? O que adianta?... Também não sei como em nenhum momento me senti assanhado com ela; nem quando o vinho se derramou de sua boca...

Veja só, nem me incomodou pensá-la depois na cama com Romano. Isso antes me enfurecia, e não é que eu esteja tão acabado, embora a Rusca tenha começado a me morder mais embaixo... É que hoje aconteceu alguma coisa..."

Cavila por um momento, sem palavras, e depois pensa para o menino:

"Lembre-se bem do que estou dizendo, filhinho: não esqueça, as mulheres sempre irão surpreendê-lo. Você acha que já conhece todo o baralho, da sota ao ás, e sai uma carta nova... O que aconteceu hoje? Ela abraçando você como mãe feita, quando ainda nem sabe de homem!... E eu, vendo suas cadeiras, sentindo sua mão em meu cabelo, e sem me animar... Você entende?"

No entanto, desfranze o cenho e sorri.

"De qualquer modo, que bom companheiro tivemos hoje, não é mesmo? O melhor para você, e para mim... Se você fosse menina teria que ser como Simonetta, para dar prazer ao seu avô... Mas que bobagem! Menino, quero você menino para ser homem!... Estou caduco, será isso? Será que estou ficando velho?... Esses pensamentos serão um sinal? Mandado por você, Salvinia? Será que você está vindo de novo se pôr em meu caminho, como quando me guiou para atravessar a praça contra todos, quando me meteu na cama de Rosa?... Se não, por que essas coisas estão me passando pela cabeça?... Por que me aparecem agora, tão vivas, as raparigas de Roccasera? Por que se apresentou outra moça como elas, aqui nesta Milão?"

Uma ideia de repente se mostra possível:

"Para você, meu menino? Para me ajudar a fazê-lo homem? Para seus bracinhos aquele corpo, para você aqueles peitos, para sua boquinha?"

Contempla os beicinhos no rosto adormecido e ri de si mesmo, em silêncio.

"Mas não é sua mãe, tesouro, não é sua mãe! Você não tem mais peitos do que os meus. Estamos sozinhos, eu é que vou fazer tudo, tudo... Ah, minha vindima, agora estou vendo com clareza!"

De repente, sem prévia decisão consciente, ele se levanta, abre com cautela o armário do menino e tira um boneco que esconde debaixo do casaco. Andrea não irá notar o volume se cruzar com ela no corredor; é tão pequeno aquele corpinho!

Chega a seu quarto e esconde o boneco do menino em outro vão de sua cabeceira. Às noites, irá treinar para abotoar e desabotoar os botõezinhos que dias atrás derrotaram suas mãos. Pois, embora sejam de homem, ai de quem duvidar!, ele as fará também mãos de mulher para Brunettino.

As rajadas de vento alpino fazem tremer de frio as pobres árvores citadinas, com os pés de seus troncos cingidos pelo gelo das alcorcas. O velho imagina o sangue de suas veias com as mesmas angústias da seiva para continuar subindo pelo tronco. Porém mais lhe doem os golpes que sacodem o jardim como pazadas de coveiro; machadadas cuja torpeza acaba incitando sua cólera de lavrador. Que maneira desastrosa de podar! Virou-se de costas para não ver.

Cala-se o machado, e o velho tenta pensar em outra coisa, mas o que assalta sua mente não acalma sua irritação, pelo contrário. Renato não tem conserto, está domado. Depois de seu grito da outra noite, voltou a submeter-se ao jugo de Andrea. Inclusive parece arrependido: ontem ela telefonou anunciando seu atraso para o jantar, por causa de uma reunião acadêmica prolongada, e Renato assentia mansamente:

— Sim, vou dar o banho e o jantar... Sim, vou pô-lo para dormir; não se preocupe, amor...

Ela continuava, prolixa como sempre, e o velho ouviu seu filho justificar-se assim:

— Desculpe a rispidez, minha vida, mas vou desligar; o menino está no banho.

"Pedir perdão por isso!", continua a censurá-lo o velho, cada vez que lembra, como agora. "A essa mulher, que é a rispidez em pessoa!"

Recomeçam as machadadas, reinstalando-o no presente. De repente um estalo e, depois de um brevíssimo silêncio, prolongado queixume de madeira quebrada, queda de ramagem cortada, estrepitoso choque contra o pavimento. O velho se vira sem conseguir se conter e dispara seu olhar irado contra a copa da árvore.

No alto da escada apoiada no tronco, um homem com o casaco amarelo dos jardineiros municipais. Seu machado levantado já ameaça outro galho. O velho explode; seu grito é uma pedrada:

— Ei, o senhor aí! Respeite esse galho, animal!

"Agora vai descer e vamos brigar", pensa.

O podador, paralisado por um instante, de fato inicia a descida. "Agora", repete o velho, cerrando o punho e pensando em como compensar sua inferioridade de combate diante do machado. Mas muda de atitude quando se aproxima o podador, um rapaz com sorriso embaraçado e jeito amistoso.

— Estou fazendo mal, não é?

— Pior que mal, sim! Esse galho é justamente o que deve ficar. Não está vendo que acabou de cortar outro embaixo, na mesma linha?... Onde aprendeu esse ofício?

— Em nenhum lugar.

— Diabo! E permitem que continue matando árvores?

— Preciso comer.

— Procure outro trabalho!

– Podador eventual da prefeitura ou nada, foi o que me disseram na divisão de desemprego... O que eu podia fazer?... Sinto muito – acrescenta depois de uma pausa –; gosto das árvores. Por isso corto pouquinho, e só os galhos menores.
– Pois é, os novos... E deixa os velhos! É o contrário, homem.
– Sinto muito – repete o rapaz.
O velho olha suas mãos: de escritor, de rabisca-papéis. Depois olha seu rosto: simpático, honrado.
– O que fazia antes?
– Estudava.
– Nos estudos não há desemprego! – volta a se irritar o velho, temendo estar diante de um trapaceiro.
– Meu pai só me dá dinheiro para seguir a carreira de direito, e eu não quero ser advogado. Estudo outra coisa.
O velho sorri: "Bravo, bom rapaz! Equivocado, porque ser advogado dá dinheiro, mas bom moço. Antes podador que enreda-leis, bravo!... Advogados, a praga dos pobres!...". Estende a mão para o machado:
– Dê-me isso.
Subjugado pela entonação, o jovem entrega-lhe a ferramenta, e o velho vai até a árvore. O rapaz teme que aquele ancião possa cair, mas o vê escalar os degraus sem vacilar. Dali a um momento, que segurança nos golpes! Primeiro considera brevemente a ramagem, reflete, acaba se decidindo por um galho e zás, zás, derruba-o habilmente. Ao terminar, deixa a escada para instalar-se numa forquilha baixa, de onde poda ao redor. Volta à escada, desce, muda-a de lugar, volta a subir... No final, desce definitivamente. O jovem o recebe confuso.
– Que vergonha! – murmura.
– Vamos, vamos, rapaz, ninguém nasce sabendo... Mas ainda bem que não lhe deram uma serra mecânica, porque teria estragado todos os cortes.

— No primeiro dia me entregaram uma, e eu a estraguei — confessa o rapaz, com um esboço de sorriso. — Desde então trabalho com o machado... O senhor sim é que sabe... Podador?

— Não de profissão, mas entendo. Sou homem do campo, não dá para ver?

— De onde?

— De Roccasera, passando por Catanzaro — proclama o velho, desafiador.

— Calábria! — alegra-se o rapaz. — Tenho que ir por aqueles lados no próximo verão.

— Verdade? — o velho se anima diante do interesse. — Para quê?

Como explicar àquele camponês os objetivos de uma pesquisa de campo para catalogar as sobrevivências dos antigos mitos no folclore popular?

— Eu coleto tradições, contos, versos, canções... Gravo tudo e depois estudo, entende?

— Não.

"Que coisas mais estranhas esses escritores inventam para não trabalhar!... Os contos são contados para rir, e as canções, para se animar: que diabo tem para ser estudado nisso?"

— Bem, depois é publicado... É um trabalho bonito — acrescenta o jovem, que não sabe como simplificar mais a explicação. E diz, para romper o silêncio:

— Eu sou florentino.

O velho volta a sorrir. "Ainda bem; pelo menos não é milanês."

— Quer um cigarro? — acrescenta o jovem, temendo tê-lo ofendido com seus propósitos de estudar as tradições. Nas aulas foram advertidos sobre a suscetibilidade potencial dos sujeitos de estudo quando se realizam trabalhos de campo.

— Obrigado. Acabou-se. Embora a Rusca ache ruim.

— A Rusca?
— Uma amiga minha. Gosta de meu fumo, mas ela que ache ruim.

"Agora é a vez de esse moço não me entender", pensa o velho, regozijando-se. E continua:
— Escute, não tenho pressa. Suba nesta outra árvore, e eu vou lhe indicando os cortes... Mas preste atenção! Segure o machado por aqui, assim, está vendo como balança?... E mão firme. Vamos, não é tão difícil.

Trabalham até depois do meio-dia, observados por mães e crianças. Para o velho é reconfortante ser útil, salvar pobres árvores que sofrem com o frio em Milão e, ainda por cima, são assassinadas pela burrice dos funcionários públicos e escritores. O rapaz é dócil e nada desajeitado.

"Meu Brunettino será assim, só que ele vai saber muito mais; eu o ensinarei... E esse aí dá para a gente ajudar, embora não seja certo trabalhar no que não se conhece. Mas não é culpa dele, e, além do mais, não é milanês."

Concluída a tarefa, o rapaz lhe agradece e propõe:
— Aceitaria um café, senhor?

O velho vacila.
— Uma xícara de café e um título de doutor não se negam a ninguém, como dizemos na Universidade – insiste o jovem.

O velho começa a rir:
— De um desempregado sem dinheiro?

O riso não é ofensivo.
— Tenho dinheiro... Ontem queimei meu último cartucho: vendi o Código Civil! A melhor edição comentada, a Roatta-Brusciani, totalmente nova.

Os dois riem. O rapaz prende a escada num tronco com uma corrente com cadeado, pendura o machado no boldrié traseiro de seu cinturão municipal e mostra um bar em frente. Mas nesse momento estaciona ao lado deles um furgão da prefeitura, e um capataz assoma à janela da frente.

— Ei, você...! Venha, vamos levá-lo ao centro.

O rapaz olha para o velho com um gesto de desculpa.

— Sinto muito.

— Fica para outro dia. Fica prometido esse café à saúde do Código!

— Palavra... Procure-me, continuarei alguns dias pelo bairro, não é, chefe?

O capataz confirma. Esteve olhando as árvores e mostra-se surpreso:

— Escute, você; muito bem! Está aprendendo o ofício!

O velho e o jovem trocam um sorriso cúmplice e apertam-se as mãos.

— Ferlini, Valerio – apresenta-se formalmente o jovem.

— Roncone, Salvatore – declara cordial o velho.

O furgão arranca, e a mão jovem acena pelo vidro de trás. O aperto de despedida era sadio e firme. De homem.

"É, mas meu Brunettino será mais homem ainda."

Não, não quer ver o que está acontecendo.

O velho fecha os olhos, mas então aparece Lambrino, o primeiro amigo de sua vida, sua primeira paixão.

Sua mãe..., sim, era sua mãe, mas estava acostumado com ela e, além do mais, só subia na montanha uma vez por semana... Lambrino, em compensação, era seu a todas as horas. Prodígio do universo, aquele cordeirinho branco triscando entre os arbustos e os matos perfumados; os olhos doces de adoração; a morna suavidade entre os braços do pastorzinho quando adormeciam juntos, e a lã jovem acariciava o peito nu da criança, enleando-se as duas pulsações.

Lambrino inesquecível, primeira lição de amor em sua longa história de carinhos, agora a revive na escura cavidade das pálpebras cerradas. Mas lembra precisamente seu final, e o velho há de abrir os olhos para não o ver: o pescoço muito branco dobrado pelo braço do magarefe, cuja mão direita esgrime o cutelo... Os pastores riam da dor e do desespero do rapazinho, como certamente riram, bestiais, os algozes crucificadores de Cristo.

Quando agora abre os olhos ninguém ri, naquele pequeno círculo de semblantes angustiados, nem os envolve a luz viva da montanha; mas, quanto ao resto, é a mesma coisa: um corpinho imóvel, uma cabecinha forçada para baixo, um pescoço delicado entregue ao carrasco. Só que então era a cabeça de Lambrino, seus olhos saltados e seus balidos lamentosos; agora é Brunettino emudecido, seu olhar velado por pálpebras quase transparentes, como de mármore jacente.

Haviam pedido ao velho, momentos antes, que segurasse o menino, mas ele se negou violentamente a tamanha cumplicidade e recuou até a porta, apoiando-se no umbral para que ninguém saísse sem prestar contas do que acontecesse. Desde aquele momento sua mão aperta o canivete, fechado no bolso da calça. "Se esse sujeito lhe causar alguma desgraça, cravo-lhe o canivete aqui mesmo", sentencia, contemplando aquele carrasco que, com o indicador esquerdo, sonda a veia na garganta vulnerável.

Aquele carrasco não empunha um cutelo de magarefe, mas uma seringa vazia cuja agulha se dispõe a enfiar. "E se picar mal? Se então ele sangrar, se asfixiar?... Eu o mato, Rusca, eu o mato!" A agulha penetra, se afunda... "Em compensação, esse covarde seria incapaz de furar a barriga de um rival; é só olhar para ele."

O cilindro transparente vai se enchendo com o sangue tão precioso de Brunettino. "Como o de San Gennaro", pensa o velho, pois sob a luz leitosa da janela nem parece vermelho, mas estranhamente escuro, quase sinistro. "Envenenado?", ocorre-lhe de repente, lembrando que assim o despejou pela boca o Raffaele, aquele rapaz de sua cavalariça, que morreu vomitando sangue quando uma mula o escoiceou na barriga. Claro que lhe haviam posto mau-olhado – todo o povoado sabia – por cortejar a Pasqualina. "Haverá alguém capaz de ter posto mau-olhado nesse anjo?"

O carrasco terminou. Verte o sangue num vidrinho com alguma coisa dentro; tampa-o e o guarda em sua maleta. O menino parece não ter percebido; só gemeu um pouco quando o picaram. O carrasco se despede de Andrea e, como o velho não sai da porta, explica, esperando poder passar:

– Com crianças tão pequenas, o mais seguro é a carótida. Compreenda, senhor.

Mas quem faz o velho se mexer é Andrea:

– Pode segurar o menino um momento, papai?

Enquanto ela acompanha o prático, o velho senta-se com Brunettino nos braços. Beija a testinha ardente e, aflito, faz-se ninho para o menino. Seu dedo segura o algodão que ainda estanca o sangue no pescocinho e aquele dedo recebe, golpe após golpe, a pulsação acelerada. Que febre!

Contempla o menino. Há duas noites começou a tossir repetidamente. Uma tosse profunda, desenfreada, de velho, mas em tom mais alto. De manhã recusou-se a comer e ao meio-dia fechou os olhinhos e caiu no torpor da febre. Desde então só os abre às vezes, olha ao redor como que perguntando por que o estão maltratando, geme, tosse, respira ruidosamente. Durante as noites foi preciso dar-lhe banhos frios, por causa da temperatura alta, e assustava tocar sua barriguinha, de tão quente que estava.

O velho não descansou; só fazia aparecer de vez em quando no quartinho, vagar em silêncio de um cômodo para outro, ajudar conforme lhe pediam e velar pelo menino, cavilando angustiado. O pior de tudo foi aquele pediatra, que, pelo visto, é como chamam o médico em dialeto milanês. "Como se pode confiar num tipo desses?", pensou o velho, quando o viu aparecer na porta, na manhã anterior.

O tal médico vestia-se como nos anúncios e estava penteado como nas fotos da famosa barbearia de ladrões da *via* Rossini. Deixou um rastro de colônia pelo corredor ao avançar com sua maleta, de um couro macio nunca visto, mostrando no dedo mindinho um anel com uma pedra azul... Trinta anos? Quarenta? Tão recomposto, não havia como saber. Óculos de ouro, claro. "E a fala, *Madonna*, sua fala! Está certo que o italiano é bonito demais para parecer de homem, mas do jeito como ele pronuncia, com todas as sílabas muito marcadas e tanta cantilena, é odioso." Lavou as mãos ao chegar e ao sair: como Andrea lhe oferecia a toalha! Como os coroinhas apresentando as galhetas ao padre; como se aquele sujeito fosse um santo.

"Claro, é que Andrea gosta dele!", explica imediatamente o velho. "Seu tipo de homem... Gostaria de ter se casado com um igual, com certeza, mas não o pescou, e meu Renato teve o azar de tropeçar com ela... Olhava-o enlevada: *dottore* daqui, *dottore* dali... E ele, presumido como um galo, sem sequer examinar o menino como se deve: só olhou seus ouvidos e a garganta com aquela lampadinha, perguntou a temperatura (que Andrea já havia tirado colocando o termômetro no menino de uma maneira indecente) e tirou o microfone, aquele com os elásticos, que pareciam sanguessugas sugando o peitinho... Em suma, para fingir que estava fazendo alguma coisa; nem o escutou pelas costas... Você reparou, Rusca? Como se o coitadinho não estivesse tão mal!... *Dottore*, esse aí? Um palerma, capaz de qualquer coisa!... Teremos sorte, Rusca? Será que ela está gamada por esse cretino?... Pena que o fulano não tenha coragem de pôr chifre em ninguém! Que oportunidade para se livrar dela, se eles se enrolassem, e o Renato se sentisse homem por uma vez!"

O velho suspira, cético... Dali a pouco, diante do menino doente, esquece todo o resto. "Tão doentinho, embora esse sujeito não lhe dê importância! Pois não é neto dele...! Porque, se é só um resfriado, para que lhe tirar o sangue assim, quase o degolando? Para quê?"

Ouve cochichos no corredor e se pergunta se o médico terá voltado... Não; é Renato, falando no corredor com sua mulher.

– O pediatra não deu importância; diz que vai ficar bom em dois ou três dias – explica Andrea. – Mas já me atrapalhou a viagem.

– Mulher, você pode ir a Roma depois.

– Agora que já tinha marcado a audiência com o ministro! Vou ter de pedi-la outra vez e... Além do mais, tio Daniele tinha começado a mobilizar suas influências.

Calam-se ao chegar à porta do quartinho. O velho entrega o menino a Renato, enquanto pensa: "Essa aí só se preocupa com sua carreira. Como se o menino a estorvasse!... Pobre do meu Brunettino!"

Já à noite, enquanto toma conta do neto durante o jantar do casal, o velho dialoga em pensamento com a fronte muito pálida sobre as faces vermelhas:

"Sim, meu menino; eles comendo tão tranquilos enquanto seu corpinho é campo de batalha; seu sangue contra o mal, a vida ou a morte, como serão capazes?... Mas, pode deixar, você não está sozinho. Seu pai não manda em casa, sua mãe entrega você a esse *dottore* de merda, mas seu avô vai levá-lo adiante, está entendendo, meu anjinho?... Por agora, eles queiram ou não, amanhã você terá aqui água fervendo com folhas de eucalipto e flores de cremelária... Sabe, as árvores são boas; as árvores gostam das crianças e vão salvar você, mais do que essas picadas. Você vai cheirar a montanha da primavera e poderá respirar... Ah, está sorrindo? Pois estou vendo que acredita em mim. Bravo, meu menininho! Avante contra os inimigos, você que venceu o tanque!"

Na manhã seguinte, Andrea acaba transigindo, depois de consultar seu maldito livro de criar filhos, onde dizem a hora exata em que devem acordar e quando devem ter fome. "Como se as mães que não sabem ler não tivessem sempre sabido disso!" Além do mais, o velho ouve-a perguntar por telefone ao *dottore*, da extensão de seu estúdio, por um bom tempo e cochichando... mas no fim ela aparece no corredor com as faces coradas e o tremor de um sorriso. "É o que eu digo, será que perdeu a cabeça por esse fanfarrão?"

Mas ela transigiu, e o velho desce correndo até a farmácia para buscar eucalipto – cremelária, os desgraçados nem sabiam o que era –, embora jogue fora as folhas, porque em Milão são vendidas em pacotes de fábrica, e não é isso. Em compensação, na loja da senhora Maddalena – e que momento saboroso olhando-a e lembrando aquele automóvel verde-metálico! –, eles têm eucalipto de verdade e lhe recomendam para as flores – claro que as conhecem! – um herbanário das proximidades. "Essa senhora Maddalena resolve tudo! E mais *stacca* do que nunca... Mas já não me surpreende; não é o frouxo do marido que rega essa flor."

Subindo no elevador, embrulha suas compras no papel da farmácia, para que as plantas salvadoras burlem os controles de Andrea e derrotem o *dottore*. "Na guerra, enganar o inimigo, meu Brunettino."

O velho de peliça camponesa e chapéu antiquado, que durante uns dias dirigiu a poda no jardim e depois sumiu, reaparece hoje empurrando orgulhoso um carrinho com um menino. As mães com seus bebês o recebem como um avô tranquilo fazendo papel de babá, mas basta um olhar do homem, detendo-se em seus corpos, para que o enxerguem de outra maneira e componham instintivamente sua maneira de sentar ou arranjem o penteado com a mão.

Mas quase sempre o velho está voltado para o menino. Tudo nele o assombra: os olhinhos tranquilos ou ávidos, o agitar incansável das mãos, a suavidade da pele, os gritinhos repentinos. Mais prodigioso ainda nesta tarde, sua primeira saída depois da doença. Que pesadelo, o que eles chamaram de resfriado! Porque para o velho foi uma senhora pneumonia, embora o doutor nem tivesse tomado conhecimento. Se ele soubesse que Brunettino só tinha se recuperado graças ao eucalipto e à cremelária, acrescentada à agua às escondidas de Andrea! A mesma planta que curou a pneumonia do velho Sareno, quando já estava desenganado.

"Graças ao seu avô, agora você está passeando, meu menininho... E, para saber de ervas para os males, ninguém melhor do que os pastores! Bem, a senhora Maddalena também tinha alguma ideia, mas não tanta. Só as bruxas, mas isso já é outra história. A *Madonna* nos livre!"

O velho se diverte ao lembrar a cara de Anunziata quando arrumavam o menino para passear: que surpresa ao vê-lo abotoar a roupinha sem dificuldade! Ninguém suspeita quanto exercício lhe custou durante as noites. Sim, seus dedos ainda são capazes de aprender; suas juntas ainda não enferrujaram... Contempla suas mãos agarradas à barra do carrinho como a um timão: rudes, cheias de veias, mas ainda vivas e ágeis. Compara com as mãozinhas de Brunettino e então seu coração se derrete. Aqueles punhinhos, aqueles dedinhos, como serão quando derrubarem um rival, quando acariciarem uns peitos jovens...!

"Não o verei, meu menino, nem você saberá, mas sou eu que o estou fazendo homem. Salvei você do medicastro e o salvarei de sua mãe e de quem quer que seja. Eu, seu avô, o *partigiano* Bruno... Sabe, só peço uma coisa à *Madonna* todos os dias: que o Cantanotte morra logo e que eu possa levar você para lá para correr pelo pátio da casa, perseguindo as galinhas. Você vai ver como Roccasera é bonita; não é como esta Milão suja! Brilha um sol de verdade; vendo ele, você não pode nem imaginar. E, ao longe, a montanha mais bonita do mundo, a Femminamorta. Parece que tira e põe vestidos como uma mulher. Às vezes está azulada, outras vezes roxa, ou parda, ou até cor-de-rosa, ou está de véu, conforme o tempo... É geniosa, isso sim; às vezes avisa da tempestade, mas outras lança-a sobre nós de surpresa... É dura, mas boa; como deve ser. Você vai se apaixonar por ela, Brunettino, quando subirmos para vê-la..."

Percebe que são sonhos e afasta-os de sua mente. Mas por que sonhos? Na realidade está salvando o menino; já está com a carinha um pouco mais de adulto, e isso não é um sonho, embora Andrea ontem o negasse, quando a fez notar. Acabou reconhecendo, embora o atribuísse ao resfriado, que havia chupado um pouco as faces do menino.

"Bobagem!, é que está se tornando um homenzinho", pensa o velho, lembrando. Cada dia engatinha melhor e até tenta ficar de pé agarrando-se a alguma coisa... Mas não se deve forçá-lo: o *zio* Benedetto ficou com as pernas arqueadas porque começou a andar cedo demais. Claro que para ser cadeireiro como ele não tem muita importância; não é como o caso de um pastor ou de um *partigiano*. Alguns zombavam dele – "é tão pesado assim o que você tem pendurado?" –, mas ele estava maravilhado por ter se livrado assim do serviço militar. Triste vantagem, quando as mulheres só se entregam aos sujeitos bem-apessoados, a não ser que se tenha dinheiro. "Vou ensiná-lo a andar pouco a pouco, Brunettino; você será um bom rapaz... Bem, você já é, tão pequenino que parece meu mindinho!"

O velho olha seu mindinho – "nem tanto", corrige-se – enquanto ouve umas palavras ao passar diante de um banco ocupado. "Olhe quem fala de sol! Uma milanesa boba", pensa o velho, levantando os olhos com desprezo para a bola amarelenta amortecida pela neblina. De qualquer modo, muda de trajeto para evitar sua luz nos olhos do menino e, assim, aproxima-se demais do caminho que margeia o jardim ao longo da calçada.

De repente, um automóvel se aproxima muito da calçada, mete a roda numa poça e salpica o carrinho, a manta e até lança umas gotas sujas na bochecha do menino, que começa a chorar. Por um momento o velho fica paralisado de indignação, mas, ao ver o carro parado num farol vermelho a pouca distância, sai correndo, cego de raiva, gritando insultos. Em sua cabeça, só uma ideia: "Eu o mato, eu o mato, eu o mato!". Sua boca a repete, suas pernas a pensam, ela golpeia seu coração. O canivete já está aberto em sua mão quando se aproxima do carro, cujo motorista tem a sorte de afastar-se rapidamente, autorizado pela mudança do farol, sem tomar conhecimento de nada.

Ao velho resta apenas esgotar os insultos e dirigir ao fugitivo uma banana, uma *vrazzata*, mas toda a sua coragem não o impede de se ver na situação cômica do perseguidor enganado, impotente ali na calçada, sem chapéu, com seu canivete inútil provocando olhares divertidos... De repente assalta-o uma ideia:

"Sou um louco, deixei o menino sozinho, sou um velho louco!"

Volta correndo também, recuperando de passagem seu chapéu caído e imaginando as mil coisas que podem ter acontecido com o menino. Chega em tempo, porque já uma mulher desconhecida inclina-se sobre o carrinho. Estaria pretendendo levá-lo embora? *Madonna*! Velhas histórias de ciganos roubando crianças vêm-lhe à mente naquele instante!

Chega perto dela. A corrida, a cólera e o susto impedem-no de falar, com o doloroso galope de seu coração. Só pode olhar ferozmente para a mulher, que se voltou com o menino nos braços ao escutar os passos. Ela o adivinha:

— Não vou roubá-lo, senhor — tranquiliza, com um sorriso. — Ouvi-o chorar, vi que estava sozinho e me aproximei.

O menino para de chorar. A mulher limpa-lhe a face com um lenço muito branco. O velho continua se recuperando e, embora ainda hostil à intromissão, é acalmado pelo rosto tranquilo: lábios viçosos entre ruguinhas graciosas, uma expressão jovem apesar da maturidade não dissimulada.

— Obrigado, senhora — consegue dizer finalmente, enquanto seu olhar, descendo, avalia os peitos marcados sem exagero, as cadeiras redondas, a bela aparência.

— O que aconteceu? — pergunta ela.

— Um corno! Veja como deixou o menino, a manta, o carrinho! Um grã-fininho de automóvel. Com uma criança!... Um corno milanês!

Arrepende-se do palavrão, mas ela sorri.

— Sua calça também: olhe só para ela! Seria bom limpá-la.

— Não importa! Se eu o pego, eu mato... Corno! E desculpe.

— Um corno — repete ela, serenamente, surpreendendo o velho. O menino já brinca com o cabelo da mulher, que continua: — De que parte do Sul o senhor é?

Agora o velho compreende: ela reconheceu seu sotaque e também deve ser lá de baixo, embora quase não se perceba. Sente-se imediatamente à vontade e ajeita bem o chapéu.

— De Roccasera, ao lado de Catanzaro. E a senhora?

— Do outro mar. Amalfi.

— Taranteleira, hem?

— E com muita honra!

A voz feminina soa orgulhosa de sua terra; sua estatura parece aumentar quando lança a cabeça para trás altivamente.

Os dois riem.

— Droga! — exclama o velho diante do barro que está secando no carrinho.

– Não dá para voltar assim, não é mesmo? A mãe vai ficar zangada... É sua filha?
– Que nada! Minha nora!... Quem é ela para ficar zangada comigo! Ninguém!

O tom é tão violento, que a mulher desiste de continuar a brincadeira e observa o velho com maior atenção: "Sem dúvida não é um avô caduco. Que homem!", pensa.

– Quietinho, menino! – diz, carinhosa, soltando seu cabelo do punhozinho teimoso. – Veja, já está querendo brincar comigo!
– E quem não iria querer?

A mulher ri com gosto. Não, avô caduco coisa nenhuma!

– Menino lindo! – exclama, instalando-o novamente no carrinho. – Como se chama?
– Brunettino... E a senhora?
– Hortensia.

O velho saboreia o nome e retribuiu:
– Eu, Salvatore.

Vacila por um instante, acrescentando:
– Mas me chame de Bruno... E diga uma coisa: a senhora passeia outros dias por aqui?

"Vá embora! Vá a Roma!"

O velho acordou com esse alegre estribilho na cabeça. Continua a murmurá-lo enquanto põe seu café matutino no fogo. "De fogo, nada", pensa mais uma vez, comparando aqueles arames avermelhados com o crepitar e a dança das chamas no fogão camponês.

"Não vai ver os etruscos, claro. Não gosta. É dos outros. Dos romanos, os de Mussolini. Pior para ela! O caso é que vai embora por uns dias; que vai nos deixar viver em liberdade... Isso aí, livres!... Parece mentira, uma mulher que fala pouco, que não sai de trás dos seus livrinhos, e só saber que ela está aí é como ter os carabineiros em cima da gente... As mulheres! Fora da cama só fazem atrapalhar!"

À noite Andrea deixou para Renato uma lista de instruções para dirigir a casa em sua ausência e, além do mais, comentou uma por uma, pois queria ter certeza.

Ao meio-dia Renato vai levá-la de carro ao aeroporto. Faltam poucas horas. O velho esfrega as mãos.

Anunziata chega, e Andrea repete para ela o código escrito. O velho aproveita para sair e dar sua voltinha, dessa vez sem o menino: hoje está muito frio. Já na porta, ouve a nora autorizar Anunziata a trazer a sobrinha se precisar de ajuda. "Simonetta!", lembra o velho, encantado, pensando que o dia está começando bem. Até a Rusca está tranquila.

E continua propício. No *corso* Venezia encontra-se com Valerio. O estudante explica que o transferiram para "Vias públicas" quando terminou a poda, e continuará tendo trabalho por algumas semanas na ornamentação das ruas para o próximo Natal. Um vereador da oposição queixou-se de que existem bairros esquecidos, e o *podestá* mandou pôr a toda pressa lâmpadas coloridas também em algumas praças da periferia. Valerio ajudará a instalá-las da Piazza Carbonari até a Piazza Lugano.

– Depois, acabou-se. Procurar trabalho de novo. A não ser – vacila o rapaz – que o senhor me ajude. Ia justamente ver se o encontrava em casa.

O velho se surpreende, e Valerio explica. Há dias falou do calabrês ao professor Buoncontoni, o famoso etnólogo e folclorista, que imediatamente se interessou:

– "Quero conhecer esse homem, Ferlini", o professor me disse – conta Valerio. – "Não voltei mais à Sila desde minha juventude, quando fiz uma pesquisa entre os descendentes dos albaneses, vindos na Idade Média, que ainda conservam seus costumes gregos... A Sila permanece bastante inalterada, e esse seu amigo pode nos dar muitas informações... Traga-o ao Seminário."

O velho escuta o estudante, ainda sem compreender. Valerio acrescenta que há verbas para gravações de testemunhos na fonoteca do departamento. Pagam honorários para os sujeitos estudados, e Ferlini conseguiria, assim, ser nomeado assistente remunerado.

– Que história é essa de "sujeito"? – pergunta o velho, irritado. – Qual é o meu papel nisso?... Você está me ofendendo, rapaz. Para mim, o dinheiro já...

Valerio o interrompe:

– Oh, não é por isso que estou dizendo; pagam muito pouco! É para que sua história não se perca, para conservar aquele mundo... Contos, quadrinhas, refrões, costumes, os casamentos, os enterros... Está tudo sendo esquecido; a história, o que somos.

– Minha história – repete o velho, pensativo. E certamente o passado está se perdendo. As raparigas jogam fora os antigos trajes, tão bonitos, como se fossem trapos.

– Vai gostar de falar de tudo isso, senhor Roncone; vai se divertir... e a mim o senhor estaria proporcionando um emprego. Faça-o por mim!

Sim, gostaria de ajudar Valerio. Além do mais, está certo, pode ser divertido... Tem uma ideia:

– Quem estará me ouvindo?

– As pessoas do Seminário, ninguém mais. E algum professor convidado, de história ou de letras.

O velho sorri: sim, a ideia lhe agrada. Para aqueles rabisca-papéis como a Andrea, ele contará o que lhe der na cabeça, inclusive as brincadeiras de seus amigos... Só com as histórias de Morrodentro ou as do velhos Mattei, que descanse em paz, irá deixá-los de boca aberta... Aqueles come-livros não sabem da vida... Além disso, o que dirá a Andrea quando ficar sabendo que ele, Salvatore, está falando na Universidade para os professores? "É o que você está ouvindo, boba", ele lhe dirá, "eu na tribuna, Salvatore, o pastor de Roccasera... Não acredita? Pergunte. Vou lhe trazer uma foto de mim falando ali..." Fantástico... E, além do mais, sua história ficará guardada... Brunettino poderá ouvi-la sempre!

— Falarei também da minha vida, da guerra?
— Claro! O senhor manda: o que quiser!
— Pois combinado. Mas um momento... Vamos primeiro experimentar um dia. Se não gostar daquela gente, mando-os passear. Com você, bem, vá lá; mas eles, tenho que ver. Eu só falo entre amigos.
— Serão seus amigos, tenho certeza! O professor Buoncontoni é estupendo, e a doutora Rossi nem se fala. Ainda não é professora, embora já tenha quarenta anos, porque não existe cátedra especial de mitologia, mas já é famosa.
— De mito... O quê?
— Mitologia. Histórias antigas. O senhor vai ver, o senhor vai ver.

"Quer dizer que há mulheres... Vai ver que é uma outra Andrea", pensa o velho, enquanto entram em um bar para celebrar o acordo. Começarão depois das férias, e por isso se despedem desejando-se feliz Natal.

Sim, o dia é inteiramente propício. Na portaria, o zelador lhe entrega uma carta recém-chegada. É de Rosetta. Longa e confusa, como sempre, com muitas bobagens, que quase dissuadem o velho de continuar lendo. Por sorte seu olhar capta uma notícia sensacional. "Essa tonta da minha filha, podia ter começado por isso, e em letras muito grossas!": o Cantanotte piorou seriamente.

O velho relê o parágrafo. Sim, é isso: seu inimigo está resvalando para o cemitério, a cova vai tragá-lo. Já não o tiram de casa nem na cadeira de rodas; nem o descem para a missa. Dizem que não mexe os braços, sua cabeça está falhando e se urina toda hora. Que alegria!

O velho abre a porta do apartamento, precipita-se para a cozinha. Só está Anunziata, pois o casal já saiu para o aeroporto, e Brunettino está dormindo.

— Está pior! O corno está pior!

– Jesus, o que o senhor está dizendo? – sobressalta-se a mulher.

– Nada, ninguém. A senhora não conhece... Está pior, está morrendo!

Anunziata pede perdão ao Senhor por aquele júbilo diante da morte do próximo. O velho entra no quarto, retira do esconderijo a sacola com os alimentos e pega queijo forte e uma cebola. Volta à cozinha e começa a beliscar as duas iguarias, entre bons tragos de vinho. Anunziata lembra-lhe que não convém beber.

– A Rusca que se dane! Hoje é um grande dia! – replica o velho, escandalizando mais ainda a mulher.

Saboreia satisfeito seu pequeno banquete, quando o menino começa a chorar. O velho larga tudo e corre para o quartinho. Brunettino estende-lhe os braços, o avô ergue-o do berço e estreita-o contra o peito.

– Está morrendo, Brunettino, está morrendo! O corno está morrendo! Você entende? Voltarei a Roccasera, e você irá comigo... Ficará forte comendo pão de verdade e cordeiro de verdade... Você vai ver que vinho de homem! Para você um pouquinho, hem?, só molhar o dedinho no meu copo e chupar... Está morrendo, meu menino, está morrendo primeiro!

O menino bate palmas, encantado. O velho se entusiasma.

– Isso, alegre-se você também! Pois somos iguais!... Está vendo que avô você tem? Até na Universidade precisam dele!... E ninguém pode com ele! Subiremos a montanha, e você conhecerá todos os bons: Sareno, Piccolitti, Zampa..., homens de verdade! E você será como eles!

Eles já estão mortos, mas ele agora vive fora do tempo. Com o neto nos braços, bate com os pés ritmos antigos e inicia uma dança. Sua voz cresce pouco a pouco, torna-se a de um profeta, e sua dança é a dos dervixes. O menino ri, grita jubiloso. O velho gira como os planetas, faz-se vento e montanha, oferenda e sortilégio. Dança no meio do bosque, à luz da fogueira crepitante, recebe a bênção das estrelas, escuta o longínquo uivo dos lobos, que temem aproximar-se porque Bruno e seu neto são forças invencíveis, tochas da Terra, senhores da vida.

Anunziata foi embora, depois de dar banho no menino. No quartinho, silêncio e penumbra. No silêncio, a respiração de Brunettino já adormecido; na penumbra, o nácar de seu rostinho. E, desfrutando desse mundo, o velho sentado no tapete. Guardando esse sono como guardava seus rebanhos: solitária plenitude, lenta sucessão de momentos infinitos. "Sinto passar a vida", pensaria, se o pensasse.

Imperceptivelmente, a penumbra se fez noite. O velho acende a lamparina avermelhada. Desde que foi levar Andrea ao aeroporto, Renato não voltou, e nunca chegou tão tarde. Teria acontecido alguma coisa? O velho teve tempo para tudo: ocupar-se do menino até fazê-lo dormir e preparar a surpresa. Mas Renato...

Finalmente, a chave na porta! Ruídos familiares de sua entrada: passos cuidadosos, aparição silenciosa. Entra e beija Brunettino muito suavemente, enquanto o velho se levanta. Saem ambos para o corredor.

— Oi, pai. Deu muito trabalho?
— O menino? É um anjo!

Renato explica brevemente seu atraso, por causa da saída tardia do avião, e conclui:

— Vamos ver o jantar que Anunziata nos deixou.

Pois Andrea deixou escrito para a empregada o preparar, sendo preciso só esquentar.

— Que Anunziata que nada! — exclama o velho na porta da cozinha. — Hoje vamos jantar como homens!

Renato observa com mais atenção o rosto do pai: um fauno com sorriso prazenteiro. O que está acontecendo com ele? Quanta vida nos olhinhos rodeados de rugas!

Uma ideia repentina entristece Renato: dói-lhe que a ausência de Andrea alegre tanto o pai. Mas o velho sempre foi assim: quando não simpatizava com alguém, não havia remédio, e isso aconteceu com ela desde aquela primeira temporada em Milão.

Ah, mas não é por isso! A notícia tira esse peso de Renato: é que o Cantanotte está morrendo. O velho o comenta enquanto põe pratos e talheres sobre a mesa, sem se deixar ajudar pelo filho, que, já tranquilizado, repara imediatamente no cheiro. Aquele cheiro conhecido, mas inclassificável; antigo e entranhável. Aquele cheiro... o velho o vê farejar.

— Você não lembra mais?

De repente:

— Migas!

— Claro, migas sovadas!... Ainda bem que você não se desnaturou completamente. Não devem ser saborosas como as de Ambrosio, ninguém nunca as fez como ele, mas são aquelas, as do monte, as de sempre... Até com seu *vasalicó*: encontrei a erva na tarentina... Essa Maddalena tem de tudo o que é nosso!

— Visita muito essa senhora, pai?

– Em má hora; cheguei tarde! – reage o velho. Mas alegra-o a alusão intencionada e também que o filho participe brincando de sua alegria. Então acrescenta:

– E, além disso, *'U Signura manda viscotti a cui 'on ava denti...* Lembra-se do nosso dialeto?

– O senhor ainda tem dentes para morder esse biscoito! – replica Renato, redobrando o júbilo do velho, que enquanto isso pega a frigideira de migas e a coloca no meio da mesa.

Assim se abre um portão para o campo na memória do filho e por ele entram pastores e castanhais, fogueiras de sarmento e canções, fomes infantis e mãos maternais. Maternais, sim, embora agora o sirvam transformadas nas do velho, cepas rugosas e retorcidas. "Meu pai me servindo", pensa Renato, e o fato insólito anuvia seus olhos por um momento. Não é o vapor da comida quente; é que toda a sua infância se condensa no círculo mágico do prato.

A mãe sempre junto dele, impelindo-o, com seu aspecto delicado, a livrar-se do mundo aldeão para que o filho não sofresse suas mesmas escravidões. Acima dos dois, o pai, poderoso como um deus, dispensador de correadas, mas também de profundos prazeres. A escola, que a princípio só servia para tornar a liberdade saborosa, transformando-se também em túnel para fugir. E, sobretudo, as festas da casa, cozinha invadida, alvoroço, esbanjamento, saciedade, manchas de vinho na toalha – alegria, alegria! – que exigiam que se molhasse nelas o dedo e se traçasse uma cruz na testa, fumaça de tabaco, vapor humano, beliscões e risadas, pessoas respeitosas para com seu pai rendendo veneração... E, depois do banquete, a música e a dança, saias que giram fazendo-se sinos e provocando o olhar, as jarras de mão em mão, casais desaparecendo, a noite com suas estrelas, o cansaço que nos pesa de repente quando cai o silêncio...

— Mas o que foi? Não está gostando mais?

A voz o reinstala no presente. Prova uma colherada, e sua expressão de menino feliz basta para alegrar o pai, que, soltando uma gargalhada, agarra a garrafa de vinho:

— Isso é melhor, homem!

— Cuidado com o vinho, pai! O médico...

— Médico? Lembre-se daquela frase *dui jiriti 'e vinu prima d'a minestra... e jetta 'u médicu d' 'a finestra.*

Como negar-lhe hoje a glória de vencedor sobre o Cantanotte? O filho continua comendo as migas, com elas saboreando o passado. Os rebanhos na montanha, aquele mundo de homens, como o recriado aqui, esta noite. Em uma de suas primeiras subidas aos pastos de verão, o pai levantou-o do círculo de pastores e levou-o até um cimo próximo. De lá mostrou-lhe outro cume, por cima dos castanhais: "Está vendo, filho? Dali se avista o outro mar, o de Reggio. Algum dia você subirá ali comigo."

Mas nunca voltaram, e anos depois, não foi estudar em Reggio, mas em Nápoles, quando já estava claro para ele que o povo das Silas não o retinha, que nunca poderia sobreviver ali... Mas aquela tarde, no alto da rocha, no auge do verão, braço apontando para longe, o indicador de seu pai era o dedo criador de Deus estendido para Adão na Capela Sistina.

O pomo de adão sobe e desce no pescoço flácido daquele deus, que joga a cabeça para trás para esvaziar o copo. Limpa-se depois com o dorso da mão, e o gesto surpreende Renato. Por que, se é um gesto habitual? Mas — percebe Renato — o pai agora reprime esse gesto. Mais ainda, nas últimas semanas deixou de fumar; e já não usa as botas em casa. Inclusive faz a barba diariamente e um dia se enfiou na banheira sem ninguém mandar. "Ora, ora", Renato ouviu Anunziata caçoar, "estamos nos arrumando, hem?" "É", replicou o velho, "quero morrer bonito."

"Milão está civilizando-o", comentou Andrea, algumas noites atrás. Mas Renato sabe: não é Milão, é o menino; Brunettino está transformando o avô. E agora o filho, numa terníssima onda de carinho, oferece seu coração ao velho. Velho, sim: no alegre perfil de bebedor, o nariz já se afila, e o queixo tremula: um velho às portas da morte.

A visão reveladora machuca Renato, enquanto ele se inclina sobre o prato e traga colheradas para esconder os olhos úmidos. O pranto reprimido ameaça por dentro. Como pode ter fim a vida de carvalhos e de águias como seu pai? Aquele homem foi o céu em suas alturas: impetuoso, arbitrário, implacável às vezes; mas também generoso, criador, bom... Aferrou-se à vida com abraço de urso; bebeu-a às talagadas... E aquela fogueira está se apagando!

O velho se deleita vendo o filho devorar as migas. É claro, a migas sovadas não há homem sobre a terra que resista; mas é que Renato, além do mais, no fundo é um bom rapaz. Sempre foi; ao velho compraz reconhecê-lo, embora nunca tenha tido arroubos. "Nunca como os meus, puxa vida!... Sempre foi fraco; a mãe o criou assim, com essa história de ser o último, sem esperança de mais filhos... E porque não pude ocupar-me dele; eram os tempos mais duros da Reforma e contra o Cantanotte, apoiado pelos barões de Roma... Não pude ocupar-me dele e, por outro lado, o Francesco foi embora para fazer dinheiro... Dinheiro! O que adianta se a nossa gente não o vê? Casa grande, terras, rebanhos, castanhais...! Isso enche os olhos e o coração, isso eu tenho!... E agora o idiota do meu genro vai aproveitar... Ai, Renato, Renato! Por que você se casou com essa cepa ressecada?"

– Vamos, beba, filho, beba; ainda não terminamos.

– Ainda tem mais, pai? Depois dessas migas?

– Cozinhei castanhas, rapaz, e encontrei figos secos!... Procurei *mustaccioli*, de que você gostava tanto, mas aqui não há esses doces; só coisas milanesas... Nem têm os *murinedhi* da *Notala*, do Natal!

A menção faz eclodir alguma coisa grande em sua memória.

– Pois estamos quase no Natal! É que aqui em Milão ninguém toma conhecimento das festas, não há... Você se lembra do ditado de dezembro?: *Jornu ottu Maria, u tridici Lucia, u vinticincu 'u Missia!...* Lembra? Temos que montar um presépio para o menino! Você não tinha pensado nisso, não?

Seus olhos brilham ao mesmo tempo de ilusão e de nostalgia.

– Para o seu eu trouxe cortiça do alto da montanha, uns galhos de liérnago e uns matos... As figuras eram coisa da sua mãe; devem ainda estar lá em casa, se não tiverem quebrado, a avó dela as comprou em Nápoles... Os *murinedhi* sua mãe banhava em mel, mas eu trazia o mosto lá de baixo, de Catanzaro; era melhor que o da montanha!... Mas era das castanhas que você mais gostava... A *Notala!*... E Brunettino precisa de um presépio, e vai ser o meu.

– Pai... – o filho se comove evocando aquelas castanhas, que chamuscavam os dedos quando eram tiradas do meio da cinza com brasas e que o rapaz oferecia à rapariga... Quando não eram as *gugghieteddhi*, as cozidas em água com sementes de anis... "Ai, pai, pai!", ele pensa. "Que culpa eu tive de não ser um deus como o senhor?"

A mão jovem pousa sobre a velha. Imóvel, evitando a carícia que seria rejeitada como fraqueza. De repente, Renato se alarma com uma certa expressão de dor no velho.

– Está acontecendo alguma coisa?

– *Aiu 'u scilu* – sorri o pai, confessando sua nostalgia. – Mas chega! É preciso estar alegre!... Prove um cálice; fui eu que misturei.

O filho reconhece a bebida: *mbiscu*, anis com rum. O pai adorava, nos dias especiais, acompanhando o café. Também sabe de *scilu*, às vezes as recordações o comovem; mas o passado ficou para trás, e ele sempre se sentiu, de algum modo, alheio àquele mundo. Herança da mãe? Reação ao pai?... "Por que não nos compreendemos, pai, se eu gosto do senhor?... Mas esta noite, pelo menos, habitamos a mesma região; estamos juntos."

– Foi um grande dia, filho! – exclama o velho, começando a tirar a mesa.

– Deixe, papai; amanhã Anunziata vem.

– E com Simonetta, com Simonetta! Que menina! Mas vou tirar; para que a velha não adivinhe a nossa festança desta noite. Foi boa, hem? E a agonia do Cantanotte bem a merece.

– O senhor, em compensação, cada dia mais saudável.

O velho leva os pratos até a pia, sem responder. Prefere não mentir. Pois a verdade é que dançando com Brunettino ficou sem fôlego; já não poderia subir a montanha como antes. O menino batia palmas, encantado, e era preciso continuar, mas o velho suava, esgotado. Na gaiola de suas costelas, seu coração era um pássaro louco se arrebentando contra as grades.

"Cuidado, Bruno, cuidado... Sim, esta noite me excedi, confiei, mas foi só. Hei de ganhar a corrida do corno; durar mais que ele... E vou durar, já deu para ver! É que o meu Brunettino me dá vida... Para ele conseguirei sentar-me debaixo da parreira vendo-o brincar... Pelo menos um verão... E por que não até a castanhada?"

Esse pensamento lhe dá um ar de segurança, que Renato atribui ao *mbiscu* e que o anima a cantarolar enquanto lava a louça. O filho o ajuda, e, depois de terminar, vão até o quartinho e se inclinam sobre o sono tranquilo do tesouro. Saem e, na hora de se separarem no corredor para entrar nos respectivos quartos, o cruzar dos olhares lança-os nos braços um do outro. É um abraço forte, forte; bonito e melancólico ao mesmo tempo. "Como entre camaradas na guerra", pensa obscuramente o velho.

Renato, já em sua cama, sente falta de outro abraço diferente. "Se gosta tanto de mim, pai, por que rejeita minha Andrea?... Certo, ela me afastou de lá, mas para me tornar mais como o senhor; mais homem!... Sim, seu corpo, será que não pode compreender?... Seu corpo! Sua carne firme se incendeia, seus nervos se desenfreiam, suas pernas me enlaçam, exige, exige, exige até que me faz transbordar ao se dar toda, exasperadamente, no limite do desmaio, do colapso!... Ao lado do senhor eu não teria crescido, não teria sido mais do que seu representante de palha; ao lado dela, em compensação... E esta noite sinto sua falta; com essas lembranças, sinto-me uma criança desterrada... Que angustiante sua ausência, esse vazio a meu lado...!"

O velho está se cobrindo. O cheiro de sua velha manta reforça a visão de Brunettino correndo no pátio atrás das galinhas ou dos gatos, enquanto seu próprio rosto recebe a mornidão do sol filtrado pela parreira.

Diante desse horizonte, tão luminoso quanto a própria montanha, em vão a Rusca – adormecida, além do mais, pelo *mbiscu* – se mexe, mudando de posição nas velhas entranhas.

O que importa a cobra? Nada, depois desta noite com um Renato recuperado e sensível a seu sangue, digno do território mágico demarcado pelos dedinhos do menino. Esta noite do Sul ocasionada em Milão só para eles. Eles três: raiz, tronco e flor da árvore Roncone.

Nos lábios adormecidos do velho pousou um sorriso, como uma mariposa: a ideia que esvoaçava em seu coração quando o sono o envolveu:
"Grande, a vida!"

Anunziata resmunga pelo corredor.

"Que homens! Não se pode deixá-los sozinhos! Toda a casa em desordem, e a patroa só foi embora ontem... E o desperdício? O peixinho ao molho do jantar jogado no lixo!... Comeram em restaurante, pois não deixaram pratos sujos... Desprezam o guisado da velha Anunziata... Senhor, Senhor, que homens! Como fiz bem em ficar solteira!"

O velho cruza com ela. Ainda não perguntou, mas não aguenta mais.

– Sua sobrinha também não vinha?

– Tem exame não sei do quê. Vai chegar mais tarde – e acrescenta, suscetível: – Além do mais, também não preciso dela.

O velho se enfia no quarto, e Anunziata pergunta, mais uma vez, o que teria acontecido aquele dia em que ela faltou e mandou Simonetta, pois a menina lhe falou entusiasmada do senhor Roncone: que foi *partigiano*, que era um homem tão interessante... Desde que está saindo com o bendito Romano, para aquela menina todos os comunistas são interessantes... Porque Simonetta pode negar, mas o avô é comunista, pensa Anunziata, e, se não é, merecia ser.

Anunziata compreende que a sobrinha simpatize com o velho: tocam a mesma nota. "Simonetta", ela pensa, "não tem perdão e vai acabar mal; puxou a seu pai, o de Palermo. Com certeza já se deita com aquele seu amiguinho vermelho. Em compensação, o pobre velho tem desculpa, porque está morrendo e sabe disso, embora fosse melhor ele ficar quietinho numa cadeira de rodas, encomendando-se a Deus. Mas, pois sim, quietinho! Não para, e sempre alegre... Não é que ele ria muito; é o jeito, a tranquilidade... Vai ver que a própria doença o engana; às vezes o Senhor tem essa compaixão... Ai, como é triste chegar à velhice! Dê-me uma boa morte, Santa Rita!... Quando chegar minha hora, claro."

Tocam à porta, e, embora Anunziata se apresse, quando chega ao corredor, o velho já está abrindo para Simonetta, que lhe dá um beijo em cada face, escandalizando a tia.

Por causa da chuva, dessa vez a moça aparece com um poncho andino. Por baixo está com uma daquelas calças apertadas e gastas que estão na moda, de cor azul de mecânico, e uma malha lilás de manga comprida, de gola alta enrolada. Ao velho faz lembrar um pajem com calças, de um dos quadros do museu, no dia em que descobriu a estátua dos dois guerreiros. Espanta-se: pela primeira vez uma mulher de calça não o irrita.

Brunettino se alvoroça no bercinho. O velho chega primeiro, Simonetta vai em seu encalço, dedicando palavras doces ao pequeno. Anunziata sente-se demais e volta a suas tarefas. É assim que Brunettino volta a se encontrar, como naquele dia, aconchegado contra os peitos da moça e, como se o lembrasse, reproduz no ato a mesma postura, o mesmo sorriso, o mesmo murmúrio de satisfação.

O olhar do velho pousa, acariciador, nas nádegas de Simonetta. Como são bem marcadas, que cadeiras femininas e, no entanto, surpreendentemente inocentes, como de rapaz...! Quer dizer – vacila o velho, não sabendo entender a si mesmo –, de rapaz, sim; inocentes, não, mas atraentes. "O que está acontecendo comigo?", espanta-se de novo. "Sempre tive isso muito claro: uma mulher é uma mulher, e um homem é um homem; o resto é lixo. De modo que isso..." Lembra, inquieto, aquele dia em que suas próprias mãos lhe pareceram femininas. Por acaso suas tarefas atuais, fazendo-se tanto de babá com botõezinhos e fraldas, podem transformar um homem?

Simonetta surpreende o olhar masculino.

– Gosta de mim assim, *zio* Bruno?

Seu sorriso e sua voz, ingenuamente provocantes, tranquilizam o velho: garantem-lhe que sua admiração dirigia-se a uma mulher.

– Acho que sim! – estoura, acompanhado por ela, numa gargalhada. E acrescenta, desviando-se do assunto. – E os tais exames? Foi bem?

– Não eram exames.

A resposta soa como confidencial, e o velho olha-a intrigado. Simonetta aproxima-se com o menino, e ele recua um pouco, temeroso de que Brunettino, como aquele dia, volte a uni-los com seus bracinhos... "Temeroso por quê?... Mas, bem, o que está acontecendo comigo?"

– Enganei minha tia – confessa Simonetta. – Venho de uma reunião para preparar nossa greve universitária pelos companheiros presos antes de ontem... Mas não diga nada; os sermões dela me enchem.

Sorriem, cúmplices, justo quando Anunziata aparece.
– Menina, você não veio aqui para brincar com o garoto.

Simonetta coloca-o nos braços do velho, a quem dirige uma piscadela, e sai exclamando:
– Agora mesmo, tia. Deixe-me só tirar as botas.

Descalça com suas meias grossas, como da outra vez, ela aparece na cozinha quando Anunziata chama para comer. O velho insistiu em almoçar com elas, contra a vontade de Anunziata. Prefere estar com a moça, embora agora não possam falar como camaradas. O pajem com suas calças move-se com tanta graça e alegria vital quanto aquelas moças de Roccasera nas romarias. Às vezes, ao passar com os pratos, às costas da tia, Simonetta lança ao velho risonhos trejeitos de cumplicidade. Assim sua presença juvenil faz florescer alguns lilases no coração cansado.

Por isso, quando a noite chega, o jantar do pai e do filho, embora mais simples do que na véspera, leva à mesma placidez e entendimento entre ambos. Ainda permanece no ar um rastro de feminino perfume sentimental, interpretado por Renato – que ignora a causa – como nostalgia de Andrea, ao passo que o velho evoca...

Depois, de madrugada, espraia-se no quartinho, com o menino adormecido, tentando na realidade explicar para si mesmo:

"Repito, meu menino, nunca se compreendem as mulheres, mas suas surpresas são a melhor coisa da vida... E Simonetta é uma mulher, embora eu... Você não acha espantoso que ao chegar ela me parecesse quase um rapaz e, no entanto, me agradasse? Que barbaridade! Claro, com aquela bundinha tão apertada...! Mas os peitinhos... Disso você deve saber, Brunettino, porque os experimentou. Redondos e durinhos, não é? Gosto mais deles maiores, mas todos são doces... Que formosuras o esperam na vida, meu menino! Desfruto-as agora, como você vê, só de sentir que você vai gozar delas... E nunca reflita, agarre o que lhe apetecer; sendo sempre um homem como deve ser: sem enganar, mas sem se encolher. Quando uma mulher quiser pô-lo por baixo, você como o galo em cima da galinha; na sua idade eu já apartava o cabritinho da mãe para chupar... Bem, na sua idade não, mas quando ainda nem levantava tanto assim do chão... Tire bom proveito de tudo, pois sempre acabam chegando maus momentos, e o que você não tiver desfrutado em seu tempo já não poderá desfrutar no meu... Mas o que está fazendo? Não abra os olhinhos que ainda é muito cedo! E não chore que vão me descobrir aqui... E essa? Agora resolveu debruçar na grade? Não continue, você vai cair de cabeça; se fizer questão, ao contrário!... Como você é grande, como me entende! Claro, os pés primeiro, ponha-os no chão, segure-se devagarinho... Já está querendo sair para correr o mundo, meu anjinho?... Está vendo?, quando você se solta, cai sentadinho... Não, não chore! Venha, durma nos meus braços, e depois eu o deito, acabou-se sua primeira saída, logo você irá repetir... Assim, olhinhos fechados, quietinho... Você, sim, é doce, e durinho, e terno, e menino, e grande, e tudo! Você, sim, é que enche o coração do velho Bruno!"

"Esta Milão, que traiçoeira!"

O velho está indignado. Saiu à rua debaixo do céu de sempre, aproveitou para ir um pouco mais longe e, de repente, o aguaceiro. "O vento frio dos lagos, como eles dizem. Ora, que lagos! Em compensação, nosso Arvo e nosso Ampollino."

Tenta cortar caminho por novas ruas, mas não dá tempo. Embora a água não o assuste, fica tão forte que precisa se refugiar numa portaria, casualmente aberta. Em frente, na esquina, a placa da rua: *Via Borgospesso*. O que lhe faz lembrar?

Passam alguns minutos. No fundo do saguão abre-se a porta do elevador, e uma mulher avança, guarda-chuva em riste, dispondo-se a abri-lo. Ao reconhecer o velho, detém-se e sorri:

– O senhor?... Bom dia! Vinha me ver ou foi a chuva?

O velho cumprimenta, encantado com o encontro. Bem que se lembrou dela com frequência, da senhora

Hortensia: sua boa figura, seu cuidado espontâneo com o menino, seus olhos claros sob o cabelo preto. Agora cai em si, ela lhe deu seu endereço; por isso o nome da rua não lhe era estranho!

— A calça outra vez...! — ri a mulher. — Mas agora não é barro, é água. O senhor está ensopado! Não está com frio?

— Estou acostumado. E, diante da senhora, como sentir frio? — acrescenta, multiplicando as rugas pícaras em torno dos olhos.

Ela volta a rir. "O riso lhe sai do papo, como das pombas", pensa o velho, admirando aquele peito redondo.

— Que homem, esse! Um verdadeiro calabrês. E Brunettino?

O velho alegra-se com a lembrança.

— Ainda bem que hoje não o trouxe. Está com a tripinha solta. Acho que se resfriou.

— Quem vai se resfriar é o senhor, se continuar aqui... Suba comigo; precisa se esquentar e também de um traguinho: está na hora do aperitivo... venha.

O velho caminha com galhardia rumo ao elevador.

Sobem até o ático e, lá em cima, surpresa. Mudança de panorama: não é coisa para alardear, mas para saborear.

Assim que a porta se abre, dá-lhe as boas-vindas a paisagem da doce baía de Nápoles à altura dos olhos, com um Vesúvio tranquilo, mas lembrando que a serenidade só vale quando por baixo há fogo. Já com essa visão o velho se aloja no Sul, e mais ainda ao ter acesso a uma salinha-refeitório muito clara, apesar do céu encoberto. Um balcãozinho numa parede e uma janela na outra são alegrados com plantas bem cuidadas e deixam à vista telhados milaneses, entre os quais emerge o Duomo, com sua Madonnina coroando a agulha mais alta. Aquele ático é um pombal por cima do alçapão urbano;

por isso é um refúgio cálido, embora agora a chuva continue batendo contra os vidros.

O velho revive aquela sensação de segurança de quando, em seus deslocamentos clandestinos durante a guerra, o contato levava-o a um esconderijo onde podia deixar-se cair numa cama e esquecer nela a tensa vigilância de cada minuto. Com esse estado de espírito instala-se na cômoda poltrona que lhe é oferecida, com as pernas envolvidas em uma manta que não o faz sentir-se nem velho nem doente, mas, pelo contrário, centro de solicitude feminina. A passada que ela está dando na calça para secá-la vem criar entre ambos como que uma antiga convivência.

Depois, já vestido, experimenta a amarela *grappa* de genciana, topázio no cálice e brasa na goela, acompanhada por umas tirinhas de carne dos Grisões, transformada em chacina meridional apenas com um toque de alho... "O que essa mulher sabe...", ele pensa. "Ela me adivinha!"

Sim, adivinha-o. Interpreta-o, antecipa-se a ele constantemente ao longo da conversa, enquanto o rumor da chuva proporciona um fundo de fonte do campo... Falam de sua terra e de suas vidas... Esse quadrinho?, a terra de Hortensia, Amalfi; o pitoresco caminho de subida ao Convento dos Capuchinhos, com o mar lá embaixo, espumando ao pé da escarpa... O bandolim pendurado? Seu marido tocava-o muito bem, e ela cantava. Canções napolitanas, claro! Quando jovem tinha voz bonita.

– Quando jovem? – comenta o velho. – Ontem mesmo, então!

Ela agradece o galanteio e continua falando... Aquelas fotografias são de seu falecido marido: em uma com uniforme da Marinha, em outra com chapéu redondo de palha, enfeitado com uma fita.

— Sim, senhor, foi gondoleiro, o Tomasso... E com o bandolim extraía umas propinas das turistas americanas...! Imagine que mistura: ele veneziano, e eu amalfitana!

"O casal parecia entender-se bem", pensa o velho ao ouvi-la, "embora eu ache a cara do homem um pouco fanfarrona... Claro, gondoleiro é profissão de má vida, de *malavitoso*... Além do mais, por que ela não disse *"mi* Tomasso"?... Mas não pensarei mal; pelo menos fez a guerra no mar, foi um companheiro."

A chuva continua, e ela o convida para almoçar, com tanta naturalidade, que é impossível negar, além do que o velho nem pensa nisso. De todo modo já seria tarde, pois a mulher pediu o número e se apressa em telefonar para dizer que o senhor Roncone não irá almoçar.

Que dona de casa mais disposta! Num instante serve uma massa deliciosa. Ou será que o tempo passa sem ele sentir, simplesmente respirando à vontade?

— Em Catanzaro, chamamos isto de um *primo*, o primeiro prato — comenta o velho, elogiando o ponto de cozimento e o molho *al sugo*.

— Pois aqui não, porque não tenho segundo — desculpa-se ela. — Um pouco mais de Grisões, se quiser, queijo, frutas e café: ofereço-lhe o que tenho.

O queijo, lá de baixo, muito saboroso. O café, fantástico.

— Tão forte e tão quente quanto a senhora.

— E tão amargo? — provoca ela.

— A senhora, amarga? A senhora... Bem, com todo o respeito — adianta-se o velho —, o que estamos esperando para nos chamar de você? Somos conterrâneos!

— Conterrânea, eu, de um calabrês? As montanhas nos separam!

— As montanhas se encontram!

"Sobretudo se é para chegar a este ninho", pensa.

Como bom calabrês, o velho desdenha os frívolos napolitanos, mas ela é tão diferente! E, depois, Amalfi já está fora do golfo.

A chuva vai amainando sem que eles se deem conta. Fora é outro mundo. As palavras enlanguescem porque, na poltrona, o velho, alentado por ela, adormece pouco a pouco. Uma cabeceadinha, só isso.

Seu último pensamento, antes de se render ao sono, é que Brunettino, aconchegado em seus velhos braços, sem dúvida sente-se tão em seu ninho quanto ele agora na poltrona de Hortensia. Por isso o sorriso feliz entre as bochechas coradas do menino!

Sentada em frente, a mulher o contempla, com as mãos no colo. A cabeça ligeiramente inclinada e, nos olhos, ternura muito profunda derramando-se para aquele homem. No coração, melancolia indizível; nos lábios, um esboço de sereno sorriso.

O velho, adormecido, não pode ver nem aquele olhar nem o sorriso. Mas quando, uma hora mais tarde, retorna ao *viale* Piave sob nuvens desvanecendo-se pouco a pouco no azul acinzentado, assoma em seus olhos – sem ele saber – a mesma ternura. E enche seu coração idêntica melancolia.

Ouve-se a chave de Andrea girar na fechadura. Anunziata e o velho surgem no corredor, cada um por uma porta. Atrás dela entra Renato, que a traz do aeroporto.

Enquanto cumprimenta, Andrea olha-os perscrutadora. Aproxima-se antes de tudo do quarto do menino, contempla-o e lhe dá um beijo rápido. "A senhora Hortensia o beijaria de outro modo, mesmo que o despertasse", pensa o velho, enquanto Andrea faz uma inspeção completa do quartinho. O prato térmico não está exatamente à direita sobre o forro de moletom da mesa, e Andrea o reinstala em seu lugar; Anunziata, confusa, baixa imperceptivelmente a cabeça; aquela irregularidade lhe havia escapado.

— Vai tirar o casaco? – oferece-se Renato, carinhoso.

Uma Andrea condescendente, como que dizendo "agora sim", deixa que o tire, e Renato leva-o para o quarto para pendurá-lo.

Andrea percorre o apartamento, menos o quarto do velho, ao qual apenas assoma. "Bem, bem", repete, "dá gosto voltar para casa." Responde às perguntas submissas de Anunziata: "Sim, uma viagem ótima. E em Roma, no Ministério, excelentes impressões. Papai tinha tantos amigos! E ainda mais os de tio Daniele." Na cozinha, abre a geladeira, inventariando-a com uma olhada. "Muito bem, Anunziata, perfeito", repete mais uma vez, trocando um olhar cúmplice com a empregada ao ver meia fogaça de rala. O velho, que dias antes teria encrespado diante de uma tal inspeção, agora sorri: depois de seus jantares familiares em liberdade, já pode tolerar as pequenas manias da nora.

Finalmente Andrea chega a sua mesa de trabalho, no estúdio, depois de contemplar por um momento pela janela os dois arranha-céus, seus dois modernos obeliscos. Imobiliza-se diante de seus papéis, e sua expressão se suaviza: chegou ao porto.

— E isso? — pergunta ela de súbito, secamente, apontando o canto onde, sobre a mesinha auxiliar, o velho instalou na véspera um presepinho de Belém.

— Não está vendo? — responde o avô, com firmeza.
— O presépio do menino.

— Eu tinha decidido, de acordo com Renato, é claro, montar uma árvore de Natal. É mais prático, mais racional.

O velho não abre a boca. "Racional!... O que significa uma árvore dessas para uma criança, em comparação com o Jesus e as figuras tão naturais, e o burro e o boi de verdade? Ela que monte o que quiser; esse presépio não vai sair daí. E vou explicá-lo ao Brunettino."

— Já está tarde para Anunziata — diz Andrea, depois de um silêncio, e sai para a cozinha.

O velho ouve-a dizer para Renato, ao passar diante da porta do dormitório:

— Espere-me aí. Agora mesmo venho desfazer a mala.

Andrea conversa um pouco com Anunziata. "Informando-se sobre as mudanças destes dias, claro", pensa o velho. E sorri brincalhão, porque da grande mudança, do milagre, elas nem desconfiam: a profunda convivência calabresa das três gerações Roncone.

No fim Anunziata se despede e sai, enquanto Andrea entra em seu dormitório, fechando-se com Renato.

Depois de um tempo o menino acorda. O velho acode ao quartinho e consegue fazê-lo dormir de novo.

Andrea só sai do quarto muito depois, passando de roupão e indo trancar-se no banheiro. Os dois levaram todo aquele tempo desfazendo a mala.

— Hoje o senhor está aborrecido, não negue — afirma a senhora Maddalena, com um sorriso incitador.

O velho o admite, resmungando. Mais do que tudo está magoado; sente-se um pouco traído pelo menino, a quem a árvore de Natal atrai mais do que o presépio.

— É natural — tenta consolá-lo a tarentina. — É pequeno demais para apreciar o presépio.

— Pequeno? Pois eu lhe expliquei, e ele entende tudo! E nem sequer olhou o boi nem o burro, que são tão naturais. De duas mil liras cada um, mas com bons chifres e belas orelhas!... O caso é que — ele explode — Andrea não joga limpo. Pendurou na árvore umas lampadinhas coloridas que acendem e apagam sozinhas. Claro, o garoto cai como cotovia no chamariz de espelhos. E sabe o que é pior? Depois de seduzir o menino desse jeito, ela volta a seus papéis e nem liga. Não o faz para dar gosto ao menino e desfrutar com ele, senhora Maddalena; é para me aborrecer!

Uma ideia repentina muda o humor do velho e o faz sorrir.

— De qualquer modo, é tão engraçadinho na frente da árvore! Como ri, como bate palminhas!... — o cenho do velho volta a se anuviar. — Mas ele tinha que gostar mais do presépio, é o nosso!

— Escute, por que não leva para ele outra coisa que chame sua atenção? Veja tudo o que temos aqui para Natal.

O velho admira uma vez mais aquela mulher que tem recursos para tudo. Compreende-se que procure bons amantes para animar a vida, porque com aquele sujeito que os escuta como um bobalhão e se chama Marino... Ela o chama de Marinello!

Assim, ao voltar para casa, ele leva não só alimentos para sua despensa secreta como também um embrulho, que apresenta solenemente ao menino quando ele acorda da sesta: um pandeirinho. O aro de madeira vermelho, a pele esticada, as soalhas reluzentes como prata. O velho as agita, e o menino, conquistado, ri e estende as mãozinhas entusiasmado.

Mas exatamente as soalhas provocam a objeção de Andrea.

— Isso não é para crianças. Ele pode mordê-las e se cortar — sentencia a voz taxativa às costas do avô.

— Não vai mordê-las. Nem que Brunettino fosse tonto! — replica o velho, sem se voltar, e pensa: "Quer dizer que você pode trazer o ardil das lampadinhas, e eu não tenho direito ao pandeiro do verdadeiro Natal, porque em Belém não havia luz elétrica... Ora, vá se coçar."

O menino dá a vitória ao velho. Leva as soalhas à boca, sim, mas não insiste. Cheira-as, inclusive, mas não vai além disso. Em compensação, entusiasma-o bater no tambor, chacoalhar o instrumento, escutar seu tilintar. Agita o pandeiro com frenesi diante do presépio, dando as costas às lampadinhas. E, quando Andrea quer aproveitar uma pausa para lhe tirar o brinquedo perigoso, o menino agarra-o com força e dá gritinhos penetrantes, até a mãe se retirar derrotada para a cozinha, para preparar o jantar.

"Preparar é modo de dizer", pensa o velho. "Muito papel de alumínio e muito plástico, para cobrar caro, mas vai saber o que põem dentro. Química, como no vinho ruim... E isso é jantar de Natal?"

Na mesa confirmam-se seus temores: até o guisado parece aguado. Por isso, enquanto no final brindam com espumante – mas por que tão sérios? Onde está a alegria? –, recolhe-se a suas recordações da noite de Natal: o fogo na lareira, as exalações cheirosas das caçarolas e assados, a áspera carícia do vinho na jarra sorvida por turnos, o alvoroço de gente entrando e saindo, o embutido caseiro e a chacina bem curada, o bulício para pegar as peliças e as mantilhas para ir à missa de *Mezzanotte*, desfrutando na rua o frio fustigante do ar nas faces acaloradas... E, na volta, jogar *tumbula* em torno do *vrascero* com brasas pegas na lareira, cantar os números por seus apodos hilariantes, rir-se com as manobras dos pastores em torno das raparigas e acabar cantando, a caminho da cama, com as ideias nubladas e o corpo excitado, mais cheio de sangue e de vida do que de vinho... Mais de um roccaserano, batizado nove meses depois, nasceu realmente em uma noite de Natal!

De madrugada, em sua cama, a Rusca o acorda se revolvendo. "Claro, coitadinha, esse jantar lhe caiu mal... Imagine pôr o vinho na geladeira, ainda que seja espumante!... Nesta Milão tudo é frio; não sei por que Renato estaria com tanta pressa de ir para a cama com a milanesa dele."

Enquanto tenta apaziguar a cobra, veste a calça, joga a manta por cima do corpo e, como de costume, avança secretamente pelo corredor. Chega até o berço sem um ruído: havia razão para se encarregar, na guerrilha, das descobertas mais difíceis. Inclina-se sobre o rostinho: aquele branco ímã que põe lua cheia em todas as suas noites.

"Eu deveria estar aborrecido, Brunettino, por você dar mais atenção a essa bobagem alemã da árvore... Mas você me alegrou tanto com o pandeirinho! Ela não gostou, e isso é bom, você o tocou, é um bom sem-vergonha, como seu avô, e doa a quem doer!... Lampadinhas para cima de nós! Afinal, uns penduricalhos, embora sejam coloridos, ao passo que um bom jumento...! Você vai ver só quando montarmos no nosso... Mais seguro que um cavalo."

O velho contempla o punhozinho obstinado segurando a beirada das cobertas, comove-se diante daquele corpinho ainda tão tenro e já capaz de ereções viris. Fala-lhe de um verdadeiro Natal, a *Notala*, não a cerimônia enfadonha daquela noite. A de lá, a noite em que se sente nascer algo grande no corpo e um tempo novo no mundo.

"Sabe, meu anjinho?", pensa para o menino, "nesse dia dá até para se meter com os ricos, que não podem denunciar ninguém para os carabineiros... Porque eu comecei muito pobre, sem tudo o que você tem! E terá mais, porque não deixarei para o meu genro sugar tudo em Roccasera!... Fui um menino sem sapatos, que ia com outros cantar na janela dos ricos que havia, o pai do Cantanotte e o senhor Martino, que, imagine só, com o tempo acabou sendo meu sogro. Por pouco não morreu de desgosto quando lhe levei a filha e tiveram de nos casar! Foi engraçado. A mim ninguém segurava, e assim o mundo deu essa volta, ele que é um carrossel, e é preciso saber montar andando no cavalo branco, o mais bonito, vou lhe ensinar... Mas o casamento foi muito depois, quando menino ao pé de sua janela eu não podia nem sonhar com isso. Cantávamos uma *strina*, quadrinha de Natal para pedir umas moedas, e quando demoravam para dá-las nós os insultávamos e lhes rogávamos pragas... que quadrinhas!, de morrer de rir, lembro-me de uma:

> *Não sejas como o burro*
> *que faz surdas suas orelhas,*
> *se não nos deres para o vinho,*
> capao *como o boi te verás.*

Mas não era para o vinho, pois nem pão havia em nossas casas; só que isso nunca se confessa, senão você acaba sendo subjugado... Levávamos pandeiros como o seu, anjinho meu, e cuícas, mas isso você ainda não saberia tocar. Nós mesmos as fazíamos com peles de coelho da montanha e cântaros quebrados pelos fundilhos... Eu tinha um companheiro muito hábil para inventar quadrinhas... Ouça esta, que você vai rir, nós a cantamos para um *crapiu pagatu e contentu*, um corno manso. Você vai me compreender quando for maior e botar cornos, como são saborosos! Todo o povoado sabia; ouça, você vai achar graça:

> *Teu filho é como o menino*
> *e tu como São José,*
> *pois também não és o pai*
> *embora seja de tua mulher.*

Não é boa mesmo? Pois você acredita que o *crapiu* nos deu mais moedas do que ninguém? Já que tinha de levar na brincadeira...!"

"Que elegância tinha o sortudo Toniolo! Valente e de bela aparência; parecia que ia tragar o mundo. As mulheres o devoravam com os olhos, de tal modo que, aos dezoito anos, mais ou menos, a marquesa o levou para uma propriedade sua, ela dizia que era para trabalhar. Ora, ora, bons serviços ele devia lhe prestar!... Então me deu uma inveja! E vai daí que naquela propriedade, perto de Roma, Toniolo morreu logo depois, de malária. Quanto a mim, no entanto, minha boa estrela me esperava sem sair de Roccasera."

Para reforçar a boa estrela toca na bolsinha pendurada em seu pescoço, porque uma sombra parece ter adensado a do quarto. Põe-se em pé muito alerta, para proteger o menino se for o caso, mas não é nada, talvez uma apreensão por ter se lembrado de outra *strina*, muito diferente, uma punhalada de melancolia... Cantarola--a baixinho:

> *A noite de Natal vem,*
> *a noite de Natal se vai*
> *e nós nos iremos*
> *e não voltaremos mais.*

"Ouviu, Brunettino? E como isso é verdade, mas somos tão burros que a cantamos dando risada...! Só agora me dou conta do que ela diz, porque nunca me importei em morrer. Morrer seria ruim se depois você percebesse que não está vivo, imagine!, mas, como você não fica sabendo que está morto, o que é que tem?... No entanto, agora me importo, sim, porque você precisa de mim, não posso deixar você sozinho nesta Milão asquerosa... Sabe? Eu não queria lhe dizer, mas escapou, e é melhor você ir se acostumando com a ideia: este Natal é meu último, e, se não, o próximo será com certeza... Não se preocupe, tenho tempo para deixá-lo no bom caminho; você já está avançando por ele... Temos todo o verão e o outono; vou durar o necessário para você. Quando o corno bater as botas, vamos até lá para eu lhe explicar tudo, e para você fincar raízes em terra de homens. Depois já não me importarei em morrer, porque o que lhe ensinei você nunca poderá esquecer. Você será uma árvore tão alta e tão reta quanto eu, Brunettino, juro."

O velho se cala, pois, enquanto está se prometendo esse porvir dourado, a angústia o estrangula e oprime seus olhos... Um soluço rompe, apesar de tudo...

"Gostaria tanto de chegar a vê-lo moço, valente, bem-apessoado e devorando as mulheres com os olhos... Gostaria tanto!"

Nesse instante, o milagre. Os olhinhos se abrem, negros, dois poços inescrutáveis com a água funda de uma decisão. De repente, como quando o velho se levantou contra a sombra inquietante, o corpinho se move, se descobre, deixa cair para o chão duas perninhas por cima da grade e, ao pisar no chão, se ergue, se solta, volta-se para o avô sentado... e dá três passinhos cambaleantes, sozinho, até chegar aos velhos braços comovidos!

Braços que o acolhem, o estreitam, o apertam, se amolecem em torno daquele prodígio tépido, molham suas faces com gotas salgadas rolando sobre os velhos lábios trêmulos...

– Seus primeiros passinhos! Para mim! Já posso...!

A felicidade, tão imensa que lhe dói, afoga suas palavras.

— Mais café, papai?

Os dois na cozinha, tomando café da manhã. Ao lado, no banheiro, ronrona o aparelho de barbear de Renato. Passadas as festas, renovam-se as pressas matutinas. Com a cafeteira no ar, Andrea se impacienta.

— Sim, obrigado... E não me chame mais de "papai".
— Desculpe. Sempre me escapa.
— Não é isso. A partir de agora me chame de avô, *nonno*.

Andrea, irritada por um momento, olha-o com enternecida surpresa. "Como gosta do meu filho!", pensa. E então é a vez de o velho se irritar, por causa da ternura que ele percebe.

— O que está olhando? Por acaso não o sou? Pois "vovô" e pronto, diabos!

"Vovô." O velho saboreou a palavra durante a madrugada, em sua guarda ao lado de Brunettino. *Nonno*, *nonnu* em calabrês: soava como surdo chocalho no macho guia do rebanho. Também como arrulho junto ao berço. "*Nonnu*", sussurrou repetidamente, sem que o menino acordasse. Explicou-o à cobra:

"É o que eu sou, Rusca. Mais que pai e sogro, muito mais: 'avô'. O único que resta ao meu Brunettino; ao passo que outros têm dois, e duas avós... Eu tive menos, nenhum! Por isso não sabia o que era, e só agora comecei a compreender. Assim saí *desgarrao*! Ah, e também homem, claro! Embora se possa ser homem e também... Não sei, mas sinto dentro de mim alguma coisa mais, algo novo, surgindo... O quê?... Bem, você me entende... Não, você não, porque é como eu; vai ao que é seu e a dentadas... Uma avó, sim, sabe! Uma avó o entenderia, mas ele só tem a mim... E é tão bonito aconchegar esse corpinho e ouvi-lo murmurar como um pombo amansado!... Dentro de mim cresce algo brando, terno, sabe... Antes eu ria disso: coisas de mulheres!..., mas aí está esse cordeirinho, aí..."

Esta última ideia o espantou e, mais ainda, senti-la sem se envergonhar. "Será possível? Se eu tivesse sabido antes...!"

Como que puxando as rédeas, parou subitamente suas cavilações ao chegar – como costuma acontecer ultimamente – a desconhecidos despenhadeiros interiores pelos quais se aproximava uma figura. Mas não fechou os olhos à repentina evocação de Dunka, pois também esses sentimentos ela teria explicado: justamente aquela que tentou levá-lo por tais obscuridades... Obscuridade, hombridade... "Que coisas andam me passeando pela cabeça!... De onde virão?"

"E agora, além do mais, tão de repente, Hortensia! Como terá passado o Natal? Na casa da filha, com certeza, lindamente. Tem uma filha, Rusca, e até uma netinha, sabe? Parece mentira, uma mulher tão jovem e avó... Ela diz que já não tem voz. Impossível! Deve ter cantado para eles; devem ter passado a noite de Natal dançando tarantelas. Música de verdade, e não a que Andrea põe. Tiveram música, um presépio... e nada de arvorezinhas alemãs!"

Agora, enquanto toma o café, alheio às idas e vindas dos filhos, continua ruminando a ideia que à noite concebeu tão de repente. Ficará bem levar umas flores a Hortensia? E quais? Só de se imaginar na rua com um buquê na mão, como os grã-finos, sente-se nervoso. Mas alguma coisa precisa fazer, depois de tantas atenções dela, além de visitá-la nas festas... Lembra-se então de que nos jardins há uma banca de flores, e de lá até a *via* Borgospesso o trajeto é curto: isso o faz decidir.

Assim, mais tarde, ele sobe no elevador apertado com seu buquê na mão, sempre com medo de que aquela caixa fique entalada em sua chaminé... Antes ligou da portaria, e ela o convidou a subir. Espera-o no patamar do ático.

Como sempre: limpa, simples, animada. E, além do mais, acolhendo-o agora com admirado júbilo:

– Mas o que o senhor foi fazer? Como foi ter essa ideia? Entre, entre.

O velho oferece desajeitadamente as rosas, que, segundo a florista, eram o mais apropriado. Ela aproxima o buquê do rosto, aspira.

– Esplêndidas!... Mas o senhor não precisava...

– Escute, nós já nos chamávamos de você, mulher... E muitas felicidades.

– Obrigada; para você também.

Ela oferece a face, e o velho a beija. Cheira mais gostoso que as rosas. E seu cabelo, que seda tão firme!

– Gosta delas? – pergunta o velho, já sentando, contemplando-a mover os braços ao arrumar as flores no vaso.

— Você bem sabe que nós, mulheres, gostamos delas.

— Suponho — responde o velho, gravemente, acrescentando: — É a primeira vez que trago flores a uma mulher.

E é verdade; com Dunka, era ela quem oferecia flores. Mas Hortensia não sabe disso e, surpresa, volta-se para ele, por sua vez o olhar grave por trás do permanente faiscar de seus olhos, que lembram um rio tranquilo onde saltita o sol. Agora a surpresa a torna indiscreta:

— O que está dizendo, homem? Deve ter conhecido tantas!

O sorriso viril o confirma de sobejo.

— Mas nunca precisei de flores.

Ela não se atreve a replicar. Termina de arrumar o buquê, coloca-o no centro da mesa e, sem dizer nada, desaparece por um instante voltando com a *grappa* e um copinho. Pergunta:

— Como passou sua noite de Natal?

— Com o neto. Quanto ao mais, nada, eles dois... Uma noite de Natal milanesa.... Você, sim, deve tê-la comemorado com sua filha!

— Eu? Aqui sozinha.

— Sozinha? — admira-se o velho, pensando: "Se eu soubesse... Ora, o quê? Não ia deixar Brunettino."

— Os filhos são todos iguais: vivem sua vida. Bem, também a vivi quando jovem. Quando fui embora de Amalfi, meu pai não queria, mas não me arrependo. Lá não havia o que fazer.

O velho olha para ela: "Que vida teria levado? É claro que tem experiência".

— E também vai ficar sozinha em São Silvestre?

O sorriso feminino se acentua.

— Não mais. Terei suas rosas.

Agora é o velho que não se atreve a responder.

Ela olha para ele: "O que esse homem estará pensando?... Algo bonito, com certeza... Bem, pois não vou me calar":
— Em que está pensando?
— Em seu cabelo. Que beleza!
"Sabia que ia rir com a garganta", regozija-se o velho ao ouvi-la.
— Obrigada! Teria sido má propaganda se fosse feio.
— Por quê...?
— Fui penteadeira. *Capera*, como dizemos nós.
— Nós também!
— Ora, por uma vez, Amalfi está de acordo com a Calábria!... Tinha minhas clientes; além disso, comprava cabelo e o revendia para perucas... Tirava uns quebrados para ajudar na minha casa.

Continua, interpretando a súbita expressão do velho.
— Havia penteadeiras com má fama, concordo; mas eu nunca levei recadinhos nem intrigas. Além disso, a profissão estava se acabando: com as permanentes e os institutos de beleza...

Impressão do velho, ao sentir-se adivinhado: Será que ela é vidente?... não, é que essa mulher fala sem medo.
— Assim todas têm as cabeças estragadas. Em compensação você...

A mulher retoca o penteado e aceita o cumprimento.
— Nunca fiz ondulação; só cortar... Se chegar a ficar todo bem branco, vai ser bonito.

"Solto, solto, é como eu gostaria de vê-lo", pensa o velho. Mas fala de seu neto, de sua cabecinha bem encaracolada.
— E já anda, sabe? Desde ontem à noite, só para mim.
— Você deve estar contentíssimo!

Não precisa dizer; mas se coloca um problema. Um menino que já começou a andar precisa de outros sapatos. Andrea, esperando por isso de um momento para outro, comprou-lhe uns muito feios: chama-os de mocassins, e são umas abarcas.

– Meu neto não vai andar como um pastor – sentencia o velho, bebendo a *grappa* de um só trago. – Há de se vestir como um senhor. Isso: com meias brancas e sapatinhos pretos, daqueles que brilham.

É assim que o velho imagina os filhos dos senhores. Ficou-lhe gravada a imagem quando um domingo desceu do morro para Roccasera, carregando no pescoço um cabritinho para o senhor marquês, recém-chegado para caçar com dois amigos: o marquês de quem ele acabara comprando as vinhas e o castanhal. Foi a primeira vez que viu um automóvel, e daquele veículo prodigioso desceu um menino fraco e loiro: suas meias brancas saíam de uns sapatinhos brilhantes como espelhos. Decerto ao acabar a guerra foi fuzilado: tinha sido um alto hierarca fascista.

– Hortensia..., você acha que aqueles sapatinhos brilhantes são de fascista?

– Que bobagem! – ela ri. – Mas melhor do que de verniz seriam umas botinhas. Envolvem o tornozelo, e o menino anda com mais segurança.

Custa ao velho renunciar a seu ideal infantil, mas compreende que botas são mais de homem. Seu problema é comprá-las. Quais? De que tamanho? Onde? E se o enganarem no tipo? Porque esses milaneses, quando veem uma pessoa do campo...

Hortensia se oferece para acompanhá-lo à sapataria. Estupendo! Assim as botinhas serão um presente de Reis para o menino, embora o costume não seja esse. Ela as guardará em sua casa até a véspera, garantindo a surpresa. Que cara fará a Andrea! Riem juntos.

O velho se despede, mas deixa naquela casinha luminosa o vínculo íntimo de um segredo referente a Brunettino e compartilhado com Hortensia. Ágil e alegre, desce as escadas como quando descia da montanha para Roccasera em véspera de festas.

E isso são as famosas mulheres?
Andrea inscreveu-o num fantástico *Clube de Animação para a Terceira Idade*, frequentado por senhores e senhoras: assim disse ela.
— Mulheres? — perguntou o velho.
— Claro, mulheres — Andrea deu um sorriso forçado.
E agora o velho olha para as mulheres, no salão ainda enfeitado com guirlandas de Natal. E, claro, com uma árvore de Natal num canto. Mas suas lampadinhas estão sempre acesas, sem piscar.
Umas jogam cartas; outras se agrupam sentadas em sofás e poltronas, com chá ou café em mesinhas próximas. Há homens também, e a conversa é animada, com um risinho agudo de vez em quando. Uma delas deixou de tocar piano, virando-se para a porta em seu tamborete giratório e, como as outras, olha para o velho, que, junto com Andrea e a diretora do clube, permanece na

soleira. Por sua vez, o velho olha para elas: "Mulheres? Um bando de velhas!... Cabelos ondulados, maquiladas, enfeitadas... mas todas velhas!".

Os homens, do mesmo estilo. Há um de pé junto da pianista. Dois jogam xadrez: os únicos que não se voltaram para os recém-chegados.

– Continue, senhor Amadeo: sua voz está melhor do que nunca... Magnífica!... O comendador é um grande tenor – a diretora esclarece para o velho.

Bem, insiste em que não a chamem de diretora. "Eu não dirijo nada; nossos membros do Clube decidem tudo. Sou apenas uma modesta animadora, mais uma companheira." Mas o velho entende que é a diretora: basta vê-la e, sobretudo, ouvi-la. Aquele ar de autoridade...!

– Ah, quando eu cantava no *Scala*...! – atropela-se o velho ao lado do piano, inclinando-se em cerimonioso gesto de agradecimento. Vira uma página no atril e indica à pianista: – Recomecemos, por favor.

A pianista pulsa alguns acordes. Depois, enquanto a voz gasta ataca a *Matinatta* de Leoncavallo, a diretora conduz Andrea e seu sogro até duas cadeiras vazias, de frente para um sofá com duas senhoras e um cavalheiro entre elas.

– Não os apresento porque aqui não é necessário: todos estão apresentados, pelo fato de serem sócios. Nossa regra é a espontaneidade, o livre impulso afetivo, não é verdade?

As três cabeças do sofá assentem repetidamente. A diretora-animadora sorri. Na realidade, todo o mundo ali sorri, menos o velho. E tampouco Andrea, que o observa com preocupação.

– Eu sou Ana Luisa – diz uma das velhas, ao mesmo tempo que a outra declara chamar-se Teodora. Têm de repetir porque, como falaram ao mesmo tempo, ficou confuso. Infelizmente também não dá para entendê-las a segunda vez, porque o outro velho solta uma risada em cascata que termina num acesso de tosse, durante o qual finalmente elas conseguem se identificar, quase aos gritos.

— Não lhes dê atenção, companheiro — desmente o velho, quando consegue falar. — Não se chamam assim, elas o estão enganando. São umas gozadoras, umas gozadoras... Hi, hi, hi; essas meninas são umas gozadoras.

Elas unem então suas gargalhadas à do catarrento, que pisca ostensivamente com um olho para os recém-chegados. No fundo do salão corta-se a *Matinatta*, e um golpe seco da tampa do piano se fechando proclama a indignação dos artistas interrompidos. A diretora acode para apaziguá-los, e, no sofá, a risada do trio interrompe-se também de repente, quando o catarrento deixa cair as duas mãos sobre as coxas femininas a seu lado. Subitamente dignas e altivas, as senhoras retiram aquelas mãos de cima delas com idêntico gesto de repugnância.

— Não comece, senhor Baldassare — diz Ana Luisa. Ou talvez Teodora.

— Não são modos, não são modos — cacareja Teodora. Ou talvez Ana Luisa.

— Quem não sente a arte que não venha. É isso, que não venha — repete ao fundo o tenor ofendido, entre os sussurros apaziguadores da diretora, que finalmente, logrado seu propósito calmante, volta para junto do novo membro do Clube, no instante em que é interrogado pelo senhor Baldassare.

— E o senhor, de que categoria é, companheiro?

— Eu fui dado como incapaz... Sou surdo! — grita o velho, exasperado por aquele olho piscando sem parar na sua frente. Mostra os dentes numa tentativa forçada de sorriso e volta-se para a porta. Andrea vai atrás dele, assim como a diretora, que se empenha em lhe dar explicações.

— O pobre senhor Baldassare não bate bem, mas não podemos fechar as portas a ninguém... Isto é público, municipal, compreendam... Quanto ao mais, vêm pessoas muito agradáveis, muito agradáveis...

Andrea consegue que o sogro se resigne a visitar o resto das instalações, profusamente elogiadas pela diretora:

— Aqui é a biblioteca... Boa tarde, doutor, não queremos interrompê-lo... Leituras excelentes, excelentes... Esta salinha com a televisão, muito confortável... O salão de eventos: amplo, não é mesmo? Damos muitas conferências... Interessantíssimas... Também cinema e, às vezes, nós mesmos representamos peças de teatro... Vejam, há um mês levamos *Vestir o nu* e recebemos críticas apreciáveis. Gosta de Pirandello, senhor Roncone? Permita que o chame de senhor Salvatore. Aqui usamos o primeiro nome, é mais espontâneo... Gosta de Pirandello?

Finalmente voltam ao vestíbulo, onde um cartaz mural proclama: *Casa da Alegria. Rir é Viver.* A diretora começa a se despedir. Andrea, embora deprimida, agradece admirada o prudente silêncio do sogro. Não sabe que é devido à intensidade paralisante do assombro. Desde que entrou, o velho se pergunta se tudo aquilo existe de verdade, se aqueles espécimes são humanos. Nem sequer como milaneses consegue explicá-los. Não conseguiu reagir e por isso está calado. Só no final pergunta, hesitante:

— E todos são assim?

— Assim como? — pergunta a diretora, levantando seus olhos límpidos de água-marinha. Andrea se encolhe por dentro, esperando a fustigada.

— Assim..., velhos e tal.

Mas a candura da diretora é invulnerável.

— Esse senhor Salvatore tem cada uma!... Aqui não há velhos, caro senhor; somos da terceira idade. A melhor, quando se sabe vivê-la. Volte e verá, volte: nós lhe mostraremos.

Caminhando pela calçada, Andrea lamenta seu fracasso. Tivera a ilusão de que, com aquele clube perto de casa, o sogro se ausentaria mais e não mimaria tanto o menino, dificultando sua educação correta. Por isso fica estupefata quando, ao indagar cautelosamente, ele anuncia que irá uma vez ou outra ao clube.

– Pode ser que venham outras pessoas, mesmo – esclarece o velho com aquele olhar indecifrável que às vezes ele lança, entrecerrando seus olhinhos astutos sobre um esboço de sorriso.

Pois o clube logo lhe apareceu como o grande meio de escapulir. Às tardes, com Andrea coibindo-o em casa, seu único bom momento é o banho de Brunettino. Mas antes terá tempo de visitar Hortensia, dizendo que vai ao clube.

"Também, que necessidade eu tenho de desculpas?", repreende-se. "Faço o que tenho vontade." Certo, mas justamente tem vontade de não falar em Hortensia; é mais divertido escondê-lo de Andrea. Com essa ideia, tranquiliza seu ânimo, convencendo-se de que ninguém o controla.

Passaram antes por esse mesmo lugar?
O velho não sabe. Na montanha nunca se perdeu, mas aqui... Hoje todas as ruas lhe parecem iguais, como de um labirinto, por onde Hortensia o guia sem vacilar. As sapatarias se confundem em uma só, apesar de que em algumas perguntaram, em outras chegaram a ver botinhas que sua guia rejeitou, e na maioria não passaram da vitrine, dando voltas e voltas de uma para outra, entre tantos apressados compradores de fim de ano, esquivando-se do tráfego.
Por fim compram as botinhas na Mondoni, a primeira das lojas em que entraram: é a própria Hortensia que, triunfante, faz o velho notá-lo.
– Eu já sabia que esta era a melhor. Mas, se a gente não olha em outra, é só virar a esquina que acaba encontrando alguma coisa mais barata.
O velho não está muito de acordo, mas foi feliz durante a escrupulosa expedição, tendo prazer até em se

sentir perdido, porque isso o punha nas mãos de Hortensia. Além do mais, dá gosto acompanhá-la: veste um bonito casacão de pele cinza e calça umas boas botas. Sobretudo, pegou-o pelo braço, e o velho sente no cotovelo a elástica firmeza da carne feminina. Orgulha-se:

– Como os homens olham para você!
– Olham para nós dois.
– Para mim? Só se for pela minha peliça de camponês!
– Olham sua figura e seu andar.
– Isso sim, boas pernas de montanhês. Ainda ganharia de todos eles, subindo aos cumes das montanhas... E você, não está cansada? Porque lhe dei uma tarde de muito trabalho!
– Trabalho? Nós, mulheres, adoramos percorrer as lojas! Você está levando o que há de melhor, isso sim. E barato.

Barato? Nas botinhas o velho gastou suas últimas liras de reserva. E ainda faltaram seiscentas, completadas por Hortensia, que não consentiu em se resignar a outras mais baratas.

– Nem pensar: para o menino, o melhor. E é uma boa compra, repito. Eu entendo disso; trabalhei seis meses como vendedora nas Lojas Lombardia, quando fiquei viúva com minha filhinha... Vamos, vamos, depois você me devolve. Para isso somos amigos.
– Mas vou demorar. Fiquei sem dinheiro.

Diz isso tão sério, quase fúnebre, que ela solta uma gargalhada, mais sonora ainda debaixo da abóbada da Galeria Vittorio Emanuelle, onde se refugiaram de uma chuvinha incipiente, já ao escurecer. As pessoas viram a cabeça, e ele sorri. Como resistir àquele rosto jovial, àqueles dentes branquíssimos? Mas na mesma hora se enfurece:

– Droga! As terras e os rebanhos são meus, mas o chupão do meu genro demora para me mandar o dinheiro. Quando telefonam, brigo com ele, mas como meu cajado não o alcança... E, na casa da minha nora, não quero pedir.

— Não tenha pressa, homem; não fique com essa cara: as pessoas vão achar que estamos brigando! E não é isso, não é mesmo?

— É que além do mais...

— Não me diga, eu sei. Agora você quer me convidar para tomar alguma coisa. É isso?

"É vidente", diz-se mais uma vez o velho, que, de fato, está sentido por não poder convidá-la como merece. Estão parados justamente diante de um café de categoria.

"Adivinhei!", pensa Hortensia, feliz com a ideia de que aquele homem não possa esconder-lhe nada. É transparente para ela como uma criança. E acrescenta:

— Pois convide-me, homem; convide-me. Por que não? Tome, este dinheiro é tão seu como se você o tivesse sacado de um banco, pagando juros depois.

— Ah, com juros, combinado — sorri o velho, aceitando-o.

Ela volta a tomar seu braço, mas agora para se deixar levar. E é o homem que empurra a porta giratória e a conduz até uma mesinha sob uma luz difusa, sentando-se ao lado dela no sofá de veludo. Hortensia se envaidece ao observar que, uma vez recobrado o comando, o velho camponês fala com o garçom sem se constranger, com dignidade, para encomendar um lanche excelente. "Chega, chega, onde vamos parar?", protesta ela, risonha, mas desfrutando gulosamente, sobretudo de uma torta que adora. O tempo passa voando para os dois, acolhidos naquela ilha de intimidade que criaram em meio ao bulício.

— Como é tarde! — exclama Hortensia, olhando o relógio. — Não estão esperando você em casa?

— Acham que estou me divertindo num cassino de cretinos.

— Não lhes disse que íamos sair juntos?

— As botinhas são um segredo, lembre-se... Além disso – acrescenta gravemente –, não quero ouvir seu nome na boca de Andrea.

"Sou seu segredo", pensa ela, encantada. E adverte:

— Você se dá conta de que celebramos juntos a ceia de São Silvestre? Porque em casa não vou comer mais nada.

— Era isso que eu queria! Está contente?

— Tanto, que vou agradecer a São Francisco... Você me acompanha?

— À igreja, eu? Não tenho esse costume.

Mas, naturalmente, levanta-se com ela e ajuda-a a vestir o casaco. Compreende por que a gente fina faz assim: é como abraçar a mulher.

A chuvinha parou. Subindo a *via Manzoni*, ela explica que também não costuma ir à missa, mas vai a *Sant'Angelo*, para ver São Francisco, o santo de que ela gosta, especialmente quando sabe que não há padres fazendo sermão, pois não acredita neles... Caminham um pouco mais, um ao lado do outro, em silêncio, quando ela exclama:

— E dá até para vê-lo sem entrar na igreja: veja.

— Quem?

— São Francisco.

Na praça há um pequeno tanque octogonal, como o de uma fonte, mas sem repuxo central. Debruçado no parapeito está um frade, contemplando um passarinho pousado do outro lado. As duas figuras são de bronze, mas a atitude do homem é tão natural, ali no nível da rua, que a simples concepção do artista comove precisamente por sua humildade. A luz amarela de um farol, ao ondular vagamente sobre a água, infunde ao bronze reflexos de vida.

— Você sabe, Bruno; ele falava com os pássaros... Sempre penso que São Francisco gosta dessa estátua.

Falar com os pássaros? O velho não acha que os pássaros estejam no mundo para falarmos com eles. Mas imagina Brunettino com um pardalzinho nas mãos: com certeza o menino falaria com ele. Por isso fica encantado com aquela fonte. Além disso, claro, caminha ao lado de Hortensia, que minutos depois o leva para dentro de uma igreja.

Apenas uma nave, como em Roccasera, e quase vazia; ainda está aberta por ser a última noite do ano. Hortensia avança decidida até uma capelinha lateral e senta-se em um banco de onde vê a imagem de São Francisco. No altar da capelinha tremulam duas velas acesas diante de uma *Madonna*. Na parede frontal, um grande quadro enegrecido.

O velho contempla o perfil da mulher a seu lado. Tem a mesma terna simplicidade da fonte, com aquele cabelo liso preso atrás, o nariz tranquilo, os lábios serenos. Agrada ao velho que ela não balbucie orações; seria para ele mais uma beata como outras tantas. E ela é exatamente o contrário: encarna a paz interior e a plenitude satisfeita, com as mãos pousadas no colo e o lento ritmo do peito. Agora deixa escapar o esboço de um suspiro, mais feliz do que atribulado. O velho sente-se perturbado, como se violasse uma intimidade, e desvia o olhar para o quadro.

Sua vista, já mais acomodada à penumbra, identifica São Cristóvão. Afundado na água até os joelhos, apoiado num bastão rústico, o santo olha para o menino sentado em seu ombro, segurando-o com o outro braço. Entre as ondas adivinham-se sombras sinistras como monstros fabulosos, mas o rosto do santo é puro êxtase contemplando Jesus. O velho, sem se dar conta, reproduz aquela expressão, porque o menino lembra-lhe Brunettino, sustentando o globo do mundo como uma bola.

"Mas o meu Brunettino é mais esperto, mais travesso. Esse menino é como pintam todos eles, um bobão. Até se vê que está com medo de cair, agarrando-se ao cabelo do fulano... Vamos, Cristóvão, segure-o melhor! Não deixe o coitadinho se molhar!"

Hortensia, advertida pelo sussurro, volta-se e olha para o velho, estranhando vê-lo mover os lábios numa oração. Mas dura pouco, e ele volta a seu silêncio, impressionado agora com a sensação de que deveria lembrar-se de alguma coisa. O que seria?

Ao fechar os olhos para evocar melhor – certamente é algo de muitos anos atrás – parece-lhe estar de novo em Roccasera, na igreja paroquial. Os mesmos estalos de tábuas, passos prudentes, ranger de portas, cintilar de velas... O mesmo cheiro de cera e umidade... Mas sua memória nem por isso lhe devolve a lembrança perdida. Estará sepultada no mundo infantil de Roccasera?

O tempo em suspenso volta a se pôr em marcha. Levantam-se, saem à rua e retornam até a *via* Borgospesso, ali perto, que deixaram para trás em sua peregrinação a *Sant'Angelo*. O frio aumenta, ela se apoia no homem e caminham mais depressa.

Despedem-se na porta de Hortensia.

– Feliz Ano-Novo.

Ela lhe oferece a face, como quando lhe levou as rosas, e ele tira o chapéu, beijando-lhe as duas. Quando se afasta, depois de a ver entrar, leva consigo uma suavidade nos lábios, um roçar de cabelos em sua fronte, um sereno perfil em sua memória.

A noite de passagem de ano em casa é um suplício para o velho, porque, depois do lanche com Hortensia, é forçado a provar os pratos que Andrea se esmerou em preparar, atendo-se escrupulosamente às receitas de seu *Livro do lar*. O excesso cai mal para a Rusca, que protesta mordiscando em carne viva. O velho desejaria deitar-se, mas sua nora decidiu que devem esperar o Ano-Novo na frente da televisão, como toda a Itália. O velho consegue aguentar até meia-noite graças ao sedativo recomendado pelo professor para os transes mais agudos, que ele tomou às escondidas.

Depois das felicitações e dos beijinhos, retira-se imediatamente para o quarto, quando o Papa começa a falar, e desdobra o sofá-cama, mas não dorme. Sabe que o remédio o adormecerá, impedindo que desperte de madrugada, e por isso decide ver Brunettino antes, na primeira hora do menino. Assim, quando cessam os ruídos no banheiro, o velho pega sua manta e se traslada cauteloso para o quartinho. Lá, beija delicadamente o menino adormecido e lhe deseja uma vida longa e plena, inclinando-se sobre ele como um salgueiro. Depois senta-se no chão, embrulha-se em sua manta e se apoia contra a parede, para sua guarda de costume.

A manta é justamente o que desenterra a lembrança cuja identificação o obcecou desde que começou a se agitar diante do São Cristóvão. Remexia em vão seu velho mundo infantil, porque a lembrança não pertence a ele, mas a outra noite de São Silvestre e a um tanque de fonte pública. O cheiro da manta não é só o da infância pastoril, mas também de suas aventuras de *partigiano*, e aquele cheiro tira o véu, surgindo muito viva a memória de exatamente quarenta anos atrás: aquele São Silvestre em que tão dramaticamente conheceu Dunka.

De repente revive tudo: sua surpresa no café ao ver chegar como contato uma moça e, na mesma hora, o cheiro de perigo, a fuga oportuníssima, o disparo que o atingiu no flanco e seu truque para despistar a Gestapo escondendo-se no tanque da fonte monumental, enfiados na água como São Cristóvão... Depois, a mulher guiando-o valentemente pela cidade desconhecida, até pô-lo a salvo em um esconderijo da resistência, onde só então ela se permitiu tremer de medo... Como foi lhe custar tanto lembrar a inesquecível São Silvestre que os levou a Rimini? "Levo-a tão lá dentro", pensa, "que é como o coração: a gente se esquece dele."

As lembranças agora o embalam, um farfalhar melancólico de brasas e cinzas, de passado e presente mesclados, e, junto com a ação do sedativo, logo adormece, como nas noites sem lobo guardando o aprisco. Por outro lado é o menino que acorda e até senta sobressaltado, talvez saindo de um sonho ruim; mas, ao reconhecer o velho encolhido, forma-se em seus lábios um sorriso, e, como um gatinho satisfeito, fecha os olhos, muda de posição e volta a dormir.

Permanecem sonhos, no entanto, flutuando no quartinho, conjurados talvez pela singularidade desta noite dividida entre dois anos, e infiltram-se como visões no velho adormecido. Uma mulher de olhos claros – ora tendem para o verde, ora para o cinza – arrasta-o vertiginosamente pela mão, por um labirinto de ruelas, e é uma agonia segui-la pois está sem uma bota, depois é ainda pior, pois vai sangrando, e então já não correm: veem-se com água pelo pescoço, costas contra uma parede, diante de estátuas escuras que, de repente, são iluminadas por focos muito potentes, revelando um rosto bochechudo de anjinho brincalhão... Depois, não sabe como, seu cabelo é muito comprido, e aquela mulher o penteia, lentamente, muito lentamente, ou talvez seja outra, obrigando-o a ficar imóvel, e o pente segue corpo abaixo, arranha-o, crava-se nele, rasga-lhe o ventre, enquanto a estranha penteadeira ri, como se a dor fosse uma brincadeira, e lhe dá de presente um passarinho que fala, que pousa em seu ombro, que se torna muito pesado, cada vez mais, e o enverga embora esteja apoiado num cajado grosso..., não, no braço de uma mulher, a penteadeira, a outra, se era outra?, não sabe, se inquieta...

Felizmente, apesar do sedativo o velho desperta a tempo de voltar para seu quarto antes que o casal se levante. Depois dorme até que já esteja muito avançado o primeiro dia do novo ano. Andrea, sem aulas por causa das férias, confessa-lhe que estava começando a se assustar.

– Bah!, é que dormi bem. Talvez tenha bebido um pouco demais ontem à noite. Não lembro.

Andrea lembra, e estranha: justamente o velho nem provou o vinho. Mas não pode esclarecer, porque o menino está gritando no quarto e o avô corre para desfrutar das primeiras graças infantis.

Andrea não tinha acreditado nas palavras do velho, mas ele saiu às cinco em ponto para o Clube da Terceira Idade. Pelo visto, lá encontrou outras pessoas, porque às nove não estava em casa.

— Escute, vamos jantar. Ele não vai demorar — propõe Renato.

— Será que aconteceu alguma coisa?

— Com quem? Com meu pai?

Seu pai é capaz de superar tudo. Mas Andrea insiste:

— Está velho.

"É verdade", pensa Renato com tristeza. "E, além do mais..." Mas está sempre tão firme e satisfeito, que esquecem sua doença. Sua doença mortal.

Andrea telefona ao Clube, mas a diretora já foi embora, e o zelador é incapaz de esclarecer se está por lá um sócio novo, o senhor Roncone... Ele não atendeu ao chamado pelo microfone, mas "esses velhos nunca ouvem", explica desdenhoso o funcionário. Andrea e Renato olham-se indecisos.

Nesse momento ouvem a chave na fechadura. Soam passos cautelosos, pensando no menino adormecido, e o velho aparece, de fato, com ar de quem se divertiu. Desculpa-se vagamente, e eles manifestam sua preocupação.

– Vocês são bobos? – replica. – O que me pode acontecer? Comigo?

Renato sorri: certo, é impensável. O velho continua com bom humor, tirando a peliça:

– Uma tarde fantástica. Fantástica.

Andrea, estupefata, vai à cozinha para servir o jantar na mesa já arrumada. O velho mostra um esplêndido apetite e bebe um pouco. Renato e a mulher trocam olhares de assombro. Já deitados, apagadas as luzes da casa, Andrea não se contém mais:

– De fato, seu pai... – suspira. – Não o compreendo. É de outro planeta.

O planeta do velho, aquela tarde, chamara-se *Feliz Ano-Novo!*, título do espetáculo popular de variedades oferecido pela Prefeitura num teatro desmontável instalado no Piazzale Accursio. Hortensia o havia convidado, e eles se instalaram em meio a um público de criançada, soldadesca e pessoas de sua idade. Agora, em sua cama, o velho volta a desfrutar, evocando os números. A dupla naquelas bicicletas que iam se desmontando em pedaços – "que bunda ela tinha, a danada!"; o mágico que serrava pela metade sua ajudante magricela dentro de uma caixa e depois ela aparecia entre as cadeiras da plateia; o adivinhador de cartas e de pensamentos (mas isso sempre tem algum truque); os trapezistas com o coitadinho do menino dando saltos mortais, o balé que saía entre um número e outro exibindo alguns belos pares de coxas... Mas sobretudo Mangurrone, o famoso Mangurrone, o superastro com suas piadas e seus breves quadros cômicos... "Mangurrone, mais um!", gritavam as pessoas, "Man-gur-ro-ne, Man-gur-ro-ne!...", e Mangurrone reaparecia com uma caracterização diferente para oferecer outra recompensa a seu querido e respeitável público milanês...

O velho sufoca uma gargalhada lembrando aquele número em que Mangurrone convence uma corista de que a transformou em vaca e demonstra-o acariciando-lhe um rabo imaginário, colocando-a de quatro para ordenhá-la – "o sujeito imitava bem, via-se que entendia de ordenhas!" –, caindo à vista do público um jorro branco de leite no balde colocado embaixo da moça, enquanto ela mugia de prazer...

"Como será que faziam aquilo?, porque Mangurrone fez subir um da plateia e deu-lhe para beber um copo de autêntico leite de vaca..." Mas o melhor foi o final: Mangurrone gritou que estava se sentindo transformado em touro e se pôs de quatro atrás da corista, com intenções óbvias. A moça saiu trotando, e ele atrás, numa retirada aplaudida com loucura.

– Como você se diverte! Que gosto ouvir você rir assim! – disse Hortensia.

– Esse sujeito é ótimo!... Vai ver que agarra a moça aí dentro do cenário e... imagine!

– Você pensa em cada coisa!

– Nas coisas da vida! As cabras, lá em cima na montanha, não as desdenham. Desculpe.

Hortensia olhou-o com bondade:

– Você ri como uma criança.

– É assim que se deve rir – respondeu ele, olhando-a nos olhos, e pouco a pouco deixando de rir, ao perceber neles tão prazerosa ternura, tanta claridade vital...

"Ai, que mãe para o meu Brunettino!", suspira o velho, agora na cama. "Que braços de mãe!"

— Gostou, papai?... Quer dizer, vovô. Gostou?
— Parece que são ótimas... Obrigado, Andrea.
"Santa *Madonna*, só ela poderia ter a ideia de me dar luvas de presente... Pois nós não usamos! Isso é para grã-finos de Milão, ou para madames que não fazem nada com as mãos... Lá na minha terra só usava luvas aquele chofer novo do marquês, quando desciam de Roma com seu carro para ordenhar nosso pouco dinheiro e levá-lo embora. Uma merda, aquele chofer; achava que com seu boné e suas polainas ia levar qualquer rapariga para o mato... Como se as nossas servissem para ir com os forasteiros!; a que se entregasse já podia emigrar; ninguém voltaria a olhar para ela... O chofer teve de descer para Catanzaro e se meter na casa da *Sgarrona*, pagando. No dia seguinte, já não estava tão presumido; voltou com jeito de galo de asa caída!"
— Do que está rindo, vovô? Não gostou?

— Muito, que couro bom!... Devem ter custado caro... Mas veja minhas mãos, mulher; não servem.

Andrea, admirada, pois comprou justamente o tamanho maior, compara mãos com luvas e se enreda em desculpas. O velho tenta consolá-la, mas a realidade é implacável. As luvas são boas de comprimento, mas aquelas garras de urso montanhês não entram.

— Sou uma tonta, sinto muito... — conclui Andrea. — Não me ocorreu nada melhor para seu presente de Reis.

O avô contempla suas mãos, mais orgulhoso do que nunca: "Não há iguais em Milão, e, apesar de serem tão rudes, abotoam botõezinhos de criança!".

À tarde, ele conta o episódio a Hortensia, que o esperava em seu ático com um cachecol de surpresa. Ela ri, pois por um momento também pensou em luvas, mas lembrou-se daquelas mãos.

— Que lã é esta? Com certeza tem química — suspeita o velho, ao sentir tanta suavidade em torno do pescoço.

— Da melhor — explica Hortensia. — Inglesa.

— Se é inglesa, eu confio... E dá prazer usá-la.

"Os ingleses foram bons camaradas. Convencidos demais e muito chatos, mas respondiam. Aquele míster... como era o nome dele?, nós o chamávamos de Terry, nome de cachorro, lutava bem e inventava boas trapaças contra os alemães... Escrevia todos os detalhes e nos fazia repeti-los... Por isso foi morto, por cumprir a ordem mesmo quando as coisas se apresentaram de maneira diferente... Não é bom calcular demais."

O velho aceita o bom cachecol, mas continua segurando o velho na mão, vacilante. Como quando os aldeões, no escritório do advogado — pensa Hortensia —, não sabem o que fazer com o chapéu.

— Não precisa jogar fora o velho, homem... Quer que o guarde para você?... Pode ser que algum dia tenha vontade de usá-lo.

"Adivinhou-me outra vez... Que bom!"
— Tenho carinho por ele — replica o velho, entregando seu tesouro para custódia — e é de minhas ovelhas. Minha filha que fez... Aliás, ontem ela me telefonou e vão mandar meu dinheiro. Além disso...

Vangloria-se com a notícia: o corno está piorando. O médico já o visita só para enganá-lo com esperanças. O Cantanotte chora quando o padre fala com ele: as beatas dizem que está arrependido de tudo e vai morrer como um santo. "Um santo, aquele sujeito! Chora de medo; encolhe-se porque não é homem!"

Enquanto isso, o velho oferece seu presentinho, sem se atrever a colocá-lo ele mesmo.

— Isso sim que é lindo, demais! — elogia Hortensia, prendendo-o no vestido.

Por um momento pensou em pedir a ele que o colocasse, mas não tem coragem. O importante é que já reluz em seu peito a gondolazinha de prata em filigrana. Claro que sem gondoleiro, pois, embora na loja houvesse algumas com esse detalhe, o velho achou que seria pouco respeitoso para com o falecido.

— Linda — ela repete. — Desde que enviuvei, os Reis não me tinham trazido nada tão bonito.

— Na minha terra não são os Reis, é a *pefana*, uma bruxa. Uma bruxa boa, pois elas também existem. Como a da Penha Enzutta, que espanta os lobos e apaga as más fogueiras; todo o mundo sabe.

— Fogueiras são as de Reis em Nápoles — ri Hortensia. — Jogamos pela janela trastes velhos e até móveis, amontoamos todos os da vizinhança e tocamos fogo. Que chamarada! As fagulhas sobem até as janelas...

O velho volta para casa com as botinhas até então guardadas por Hortensia e, como se as tivesse acabado de tirar do armário, exibe-as triunfalmente na hora de pôr o menino na cama. Mantidas no alto pela mão rude, provocam um olhar feliz de Renato para sua mulher, como que lhe dizendo:

"Está vendo como é o papai?" E Andrea, de fato, espanta-se com o bom gosto do velho em sua escolha. "Quem teria imaginado, num aldeão!"

O único descontente é Brunettino, quando vão experimentá-las nele. Inicialmente resiste à novidade e, uma vez calçadas em seus pezinhos, esfrega um contra o outro para tirá-las, chora e esperneia, primeiro sentado, depois de pé. Mas então começa a sentir o pisar mais seguro e contempla os pés admirado. Olha para os adultos, dá uns passinhos vacilantes, e um sorrisinho assoma entre as lágrimas. Finalmente arroja-se a atravessar o quarto, abraçando-se à perna do velho quando estava prestes a cair.

Aqueles bracinhos envolvendo-lhe o joelho, como o musgo no olmo da ermida! Pela coxa, entranhas acima, inundando o coração e oprimindo a garganta, a felicidade sobe até os olhos do avô. Antes que se derrame por eles, o velho pega o menino e o levanta até seu ombro, apoiado naquela manzorra, inimiga das luvas, onde cabe todo o traseirinho infantil.

Brunettino ri e bate palmas. Renato e Andrea também aplaudem. O velho se vê como o São Cristóvão no quadro da capela, passando o menino para a margem de um outro ano, rumo a muitos anos...

– Renato – ele exclama –, você tem que tirar um retrato de mim assim.

"E, quando eu tiver a foto", ele pensa, "darei uma cópia a Hortensia."

"Sabe que, pensando bem, as luvas me foram trazidas pela *pefana*, a bruxa boa? Sim, meu anjinho, ela soprou a ideia para Andrea, com certeza! Embora tenha tido um grande desgosto... Professora e tudo, quase começou a chorar!"

O velho se regozija, olhando o menino adormecido. O céu está limpo outra vez, varrido pelo vento dos lagos. Uma branca lua crescente, fina como uma foice, brilha glacial no ângulo de cima da janela.

"Então, você dirá, onde estão as luvas? Veja-as: nos meus pés! Nós as trocamos por estes chinelos... Na velhice, calos; nunca usei chinelos. Quando era como você, descalço; depois, abarcas e botas; aqui, sapatos... Mas com eles os outros me ouvem, de noite, fora do tapete, no banheiro ou na cozinha, justamente para onde a Rusca me impele, para acalmar-se com um pouco de comida ou para que eu lhe deixe mais espaço dando uma mijada, pois, quando ela se sente apertada, não para de remexer... Com os sapatos nos ladrilhos dá para me ouvir; só de meias sinto frio; já não sou o mesmo de antes... É uma boa coisa, esse negócio de chinelos.

"Está me ouvindo, não é mesmo, meu menino? O que importa minha boca fechada; quando pensamos com a alma, somos ouvidos! Repare: quando você olha fixo para alguém e pensa 'abre a boca que eu te esmago', o sujeito se encolhe, garanto... Com brandura, a mesma coisa: quando você olha para uma mulher vendo-a já na sua cama, é meio caminho andado!... Sabe, todas as noites eu pensava para minhas ovelhas aonde as levaria no dia seguinte, e elas quase andavam sozinhas... Até os animais percebem!

"Por isso estou dizendo que os chinelos foram ideia da *pefana*. Ando com eles tão silencioso como na montanha, mais sorrateiro que uma gineta. E como na guerra: com minhas abarcas, o sentinela inimigo era assunto resolvido. Quando percebia, o grito de alarme já não lhe saía da boca, mas pela fenda da degola; um glu-glu em meio ao seu sangue, um barulhinho de nada. Nem o Torlonio os atacava como eu! E isso que o Torlonio era o Torlonio, você sabe.

"E até melhor do que na guerra, pois aqui não há galhos que estalam nem pedras escorregadias... Alguma coisa de bom estas casas precisavam ter; esse silêncio, como se estivessem mortas. Claro, o concreto abafa os ruídos, assim como intercepta os rios nas represas... Estão mortas, sim!... Em compensação, lá as casas vivem, meu menininho, em sua madeira e em seu tijolo; até em suas pedras, pois são da mesma montanha em que estão. E, como estão vivas, falam, conversam tudo; mais ainda de noite, como as velhas que não conseguem dormir.

"Admirado? Você vai ver, meu menino! Quando eu era pequeno, não entendia sua fala, era tão diferente dos ruídos do monte, lá em cima com o rebanho! As casas tão ocas me assustavam, e eu me grudava ao corpo de minha mãe buscando amparo, mas quando me virava, cris-cris, a palha de milho protestava no enxergão. Eu ficava quieto, e então tudo em volta eram estalos, matraqueados, rangidos..., que sei eu! Como se a casa inteira também se mexesse sobre a terra para se acomodar melhor, e suas juntas soassem; mas não era isso, acabei compreendendo; era que a casa contava coisas, a faladeira... Com o tempo aprendi a escutá-la, como você aprenderá, meu anjinho, porque vou lhe ensinar tudo o que importa... Sei, sei, me resta pouco tempo, mas é suficiente: na vida só poucas coisas importam. No entanto, é preciso sabê-las muito bem sabidas para nunca falhar. Nunca!"

O velho estica o pescoço e olha dentro do berço. O menino se moveu em seu sono.

"Você está me escutando, claro... Bom, pois eu aprendi a fala da casa; minto, as falas, pois cada parte tinha sua língua... Veja, de repente soava a escada, chás-chás, um degrau depois do outro, o penúltimo fraquejava, guinchava mais... Assim sabíamos que estava descendo o senhor Martino, do andar de cima, onde também dormiam a patroa e a filha.

"E aonde ia o patrão àquela hora?, dirá você. Depende. Punha-se a falar o corredor que levava à cozinha, tá-tá, pisadas bem firmes, era que o patrão gostava de folgar com a Severina, a Agnese ou a rapariga que na época lhe alegrasse o passarinho. Quando ao calar-se a escada não se ouvia nada, então o patrão estava pisando a terra do vestíbulo, e a terra não tem voz, só fala se a tocamos ou cheiramos. O patrão ia a caminho da cocheira, para dar uma olhada nos animais, que o recebiam com seus relinchos, mugidos e pisotear de cascos, como costumam fazer... E sabe quando era preciso ter mais cuidado? Quando, ao calar-se a escada, ressoavam, ton-ton, as tábuas do corredor que davam em nosso quarto de ganhadeiros, onde dormíamos."

O velho ri em silêncio diante da súbita lembrança:

"Às vezes entrava então pela janela um rapaz que havia saído por ela para encontrar sua rapariga e também tinha ouvido em tempo as tábuas; que amolação, largar a festança na metade!... O patrão, quando percebia, dizia da nossa porta, com a lanterna erguida: 'Amanhã falaremos, Mutto' – ou Turiddu, ou quem fosse –, 'pois quem de noite se atiça, de dia espreguiça...'. É o que estou dizendo, uma bisbilhoteira, a casa. Não dissimulava nem o tris-tris, tris-tris, depressa, mais depressa, da madeira fina da cama dos patrões, lá em cima!... Contava tudo: noites ruins, festanças, doentes, partos... E a morte, nem se fala; só que nos velórios era ao contrário: ela se calava, e todos cochichávamos como num sonho mau, como que falando a ela, a avó que sabe da vida."

A mente do velho permanece suspensa, cavilando: acaba de dizer uma verdade que nunca antes lhe ocorrera. Quando sobrevinha uma morte, a casa parecia dizer-lhes, em seu silêncio: "Não se preocupem, aqui permaneço eu, em pé, sempre, para que vocês continuem vivendo. Dizia isso, sim, e ademais, ademais...

"Sabe, meu anjinho? Agora estou descobrindo que nossas casas não são caducas como eu dizia; elas nos falam dos outros para que saibamos viver juntos e nos tornar todos companheiros, como *partigiani* nesta guerra que é a vida, porque um homem só não é nada... É isso que elas nos ensinam, e por isso, nestas casas mortas de Milão, não se aprende a viver juntos... Esses arranha-céus de que Andrea gosta, cheios de pessoas que não se conhecem, que não se falam, como inimigos! Se há um incêndio, e daí?, pois salve-se quem puder!... Assim são todos: meio homens, meio mulheres!"

O velho se admira com sua inesperada descoberta e se ajoelha junto do berço. Então, em seu impulso, até chega a mover os lábios, sussurrando audivelmente:

– Agora vejo claramente, meu menino, para que venho todas as noites! Para fazer aqui uma casa nossa, dentro desta, para vivermos juntos você e eu, companheiros de guerrilha... Se esta gente não sabe viver, você saberá, porque eu sei... É para isso, mas nunca havia percebido, só agora, bem ao seu lado... É que ao seu lado eu aprendo, companheiro, que coisa!, também eu com você. Não sei como, mas você me ensina... Ai, meu Brunettino, meu milagre!

Seu sentido de alerta não falha, e o velho abre os olhos. O que foi?

Um estalinho, um roçar, passos curtos... Não podem ser de... Inseguros... Mas então...!

Senta-se de um salto na cama: "Brunettino, pelo corredor!".

Calça os chinelos como um raio; vantagem sobre as meias. "Aonde vai, meu anjinho?" Põe a manta por cima do corpo e sai ao corredor, ao qual chega uma vaga claridade urbana pela porta aberta do quartinho.

O velho vislumbra ao fundo, como um duendezinho branco, Brunettino com seu macacãozinho, dirigindo-se bamboleante, mas resoluto, para o dormitório dos pais. Num instante desaparece: entrou.

"E agora?", pensa o velho, inquieto. "Ai, meu menino, você se enganou, está ousando demais...! Essas botinhas o ensinaram a andar depressa, e você está muito confiante!... Mas de noite não é hora de criança perambular, não vão deixar, querem que você durma sozinho..."

Ao mesmo tempo, o menino o assombra e enche de orgulho, com sua argúcia para descer do berço e caminhar tão tranquilo por aquele mundo obscuro. Sem um choro, em busca do que é seu, de seu direito: os pais... "Bravo, Brunettino!"

Brotam ruídos e cochichos no outro extremo da casa, rangido de cama, pisadas adultas... Embora a manta parda o camufle na escuridão, o velho se mete em seu quarto, junto da porta. Ouve perfeitamente Andrea lançando ao pequenino todo o seu palavrório professoral; ouve-a entrar no quartinho; ouve o ranger do berço e os primeiros gemidinhos de protesto, e a volta de Andrea para seu dormitório, e o novo choro premente do menino: um choro entre queixa e exigência, um choro que cresce, porque o menino sai outra vez ao corredor.

– Volte para o berço, Brunetto!... Não venha, está ouvindo?, já disse para não vir!

O grito de Andrea não parece deter o menino.

– Será que você não entendeu?... Você é ruim, muito ruim! Acordou todos, e é hora de dormir... Mamãe vai ficar zangada!

O velho ouve-a entrar de novo no quartinho e deitar o menino. "Quando ela o deixar sozinho, vou me juntar a você, companheiro", jura.

Mas Andrea fica ali por um momento. Finalmente, volta a seu dormitório, mas o velho não tem tempo de acudir, pois o menino chora de novo, mais pateticamente.

– Que menino! – grita a mulher, já colérica e desesperada. – Por que está chorando? O que quer? Ele não tem nada! Será que não compreende?

Renato fala com sua mulher em voz baixa e, por fim, vai até o quartinho, onde tenta sossegar o menino.

Como ele não sai, o velho volta para a cama, mas não dorme. Está exasperado.

"Não compreende, não compreende... Vocês, sim, é que são tapados e não compreendem! Será que nunca foram crianças? Não tiveram medo de noite? Será que nunca tiveram necessidade de um corpo grudado ao seu?"

No fim, Renato volta para a cama e há um momento de sossego, mas o menino já perdeu o sono e volta a despertar chorando. O velho não aguenta e acode para o consolar, encontrando-se com Renato no quartinho.

– Vá deitar.

– Não, pai. Durma o senhor, por favor.

O menino estende os bracinhos para o velho, sua esperança, apertando-lhe assim o coração.

– Está vendo? – triunfa sua voz. – Está vendo?

– Não, pai, isso é assunto nosso. De Andrea e meu.

O velho se obstina, mas percebe que o filho não cederá e recua. Irá batalhar de outro modo. Compreende que o filho obedece Andrea. E o menino, assim, também é submetido a Andrea. Até ele, Bruno, a está acatando! Maldito médico e maldito livro! Se não fosse por isso...!

Frenético de indignação reprimida, senta-se em sua cama sem se deitar, pois seu corpo saltaria como sobre uma grelha ao fogo. Com os cotovelos apoiados nos joelhos, as costas curvadas, cavila:

"Que barbaridade! O mundo invertido, ter que salvar um menino de seus pais... Nem os selvagens!... E isso que gostam dele, imagine... Estão loucos?... Mas não é Andrea o carrasco; ela também obedece. O carrasco é o canalha com anel e bigodinho, o filho da puta do *dottore*, ou seja lá como o chamam aqui. Aquele, é ele que manda, com seu livro de advogado na mão, a lei que abandona as crianças à noite! Aquele, o do lenço de maricas aparecendo pelo bolsinho do paletó!... Deveria matá-lo, sim..."

Por um momento, acaricia a ideia; depois desiste:
"Seria inútil, viria outro igual..."

O velho acaba se deitando, mas se remexe na cama, atento aos acontecimentos, disposto a intervir caso a situação se agrave... Só o contém o fato de saber que está presente para enfrentar o sujeito do lenço, o livro e o mundo inteiro; inclusive aquele Renato – parece mentira que seja seu filho! – tentando fazer o menino dormir na solidão em que o deixam... Ao mesmo tempo, seu coração se arrebata admirando a coragem do menino:

"Tão pequenino e já tão decidido! Assim é que eu quero você, rebelde, exigindo o que é seu... Não, as botinhas não foram sua desgraça ensinando-o a andar, mas sua arma para lutar melhor... Se precisar de outras, você as terá, meu menino; eu as darei a você, porque você é como eu, também da resistência... Valente na noite, saindo para lutar... Ó, meu Brunettino, companheiro: você vencerá! Como vencemos então, sim, você vencerá!"

No limiar da aurora Brunettino caiu no sono profundo do cansaço. Agora os preparativos do casal para ir ao trabalho parecem normais, mas as palavras brotam forçadas, os olhares se esquivam, e o casal cochicha à parte.

"Quando Anunziata chegar, vou para a rua. Preciso contar para Hortensia", decide o velho. "Vai ficar mais zangada do que eu; para isso ela é mãe."

Além do mais, não quer perceber uma acusação muda no primeiro olhar que o menino lhe dirigir. Seria injusto, pois não o abandonou. A ideia de abandono lembra-lhe um esquecido sermão que teve de escutar durante a guerra, quando se escondia na cúpula de uma igreja e todo o seu mundo era o templo, lá embaixo, visto por uma claraboia. Na Semana Santa, quem pregava era um padrezinho, que se emocionou ao comentar as palavras de Cristo na cruz:

"Meu Deus, meu Deus, por que me abandonaste?"

Mas Deus não havia abandonado seu filho, explicou o padre, tampouco a Itália ocupada, embora os alemães a estivessem crucificando. Assim o velho também se justificava: "Não, tesouro, não o abandonei, embora pareça. Sou o seu São Cristóvão e antes me afundaria com você. Estou a seu lado e venceremos!".

Descendo a escada, lembra-se do rosto adolescente do padrezinho. Parecia mentira que fosse da Resistência, mas salvou muitos como o velho, arriscando sua vida, e pouco depois foi descoberto pela Gestapo e fuzilado. "Como se chamava?... Estou perdendo a memória; já nem lembro as coisas daqueles tempos... E o corno, que não arrebenta de uma vez, desfrutando lá do bom sol, enquanto nós, aqui..."

Pois o céu não poderia estar mais cinzento, e o vento glacial obriga-o a segurar o chapéu enquanto caminha. Ao passar pela praça Moscou, diante da fonte de São Francisco, lembra a noite de São Silvestre com Hortensia. O santo tem cara de bom homem, mas...

"Em vez de olhar pelos passarinhos, que me comem as ameixas – confronta-se o velho com o bronze –, você poderia se ocupar um pouco mais das crianças... Afinal, você é amigo de Hortensia."

Chamam-no às suas costas, e ele se volta, surpreso. Ao ver Valerio, lembra-se de que ficaram de se encontrar depois do dia de Reis. O rapaz o confirma:

– Justamente, eu ia lhe telefonar. Vamos gravar depois de amanhã – percebe o estranhamento do velho e ri. – Tinha esquecido? Vamos lhe dar de presente uma agenda da Universidade!

– Uma agenda dessas que dizem aos milaneses o que devem fazer e onde eles anotam coisas para o mês seguinte? Nunca, rapaz! Não diga bobagem!

– Se prefere outro dia, troco a data com o laboratório.

— Roncone só tem uma palavra. Depois de amanhã, onde você quiser.
— Irei buscá-lo em sua casa.
Despedem-se. "Valerio me deu sorte", pensa o velho quando, pouco depois, encontra Hortensia saindo do supermercado. Ela se alegra ao vê-lo:
— E você está usando meu cachecol!
— Sua carícia no pescoço!
A mulher sorri. Ele não se atreve a acrescentar que o cachecol tem o cheiro dela, e imediatamente se repreende por não o ter dito. O que está acontecendo com ele? Parece outro! Convida-a para um café e, uma vez sentados, desabafa sua indignação contra aqueles pais:
— ... mas é tudo inútil. São mais teimosos do que um carneiro padreador e meteram-lhes a ideia na cabeça. Esta manhã ouvi-a dizer: "Vai acabar se acostumando, Renato; o *dottore* disse. Não devemos deixar que o menino nos tiranize..." Já imaginou, Hortensia? Tirano, aquele anjinho! E o que fazem com ele não é tiranizar? Que selvagens!
— Não exagere, Bruno. Também não é bom consentir tudo às crianças. É preciso educá-las.
O velho olha para ela, incrédulo. "Como pode falar assim? Terá se contagiado de tanto viver em Milão?" Responde dolorido:
— É você quem me diz isso?... Consentir o quê? Que tenha pais de noite já que não tem de dia? Que fique junto deles quando tem medo de madrugada?... Você abandonava sua filha, Hortensia? Não acredito!
A mulher sorri, tranquilizadora; sua mão pousa na do homem.
— Abandonar... — murmura Hortensia. — Isso não é abandono.
"Como é boa!", reconhece o velho, ao escutá-la. "Pensa como eu, mas não quer pôr lenha na fogueira... Nem precisa, já está queimando bastante!"

— Seja o que for, fez isso com sua filha? Responda!...
Depois se queixam porque os filhos saem de casa assim que podem!

A mulher responde lentamente.

— Ai, Bruno! Os filhos acabam nos deixando, façamos por eles o que for. No fim, a gente fica sozinha.

Há tanta melancolia naquela voz, que o homem esquece sua ira. Além do mais, lembra-se de sua própria situação e responde com ternura:

— O caso é que você não o fez.

— Não, não o fiz. Mas minha filha, sim, e minha neta já dorme sozinha... Essas mães de hoje pensam assim; acham que é melhor.

— Melhor do que sentir carinho?... É o que deve dizer o maldito médico, o culpado de tudo... Quem são as crianças, para ele? Se muitas ficarem doentes, tanto melhor. Não é assim?

Hortensia faz um gesto de impotência:

— Pode ser que tenha razão, Bruno, mas você não pode mudar o mundo... Não vai poder matar o médico!

— Já pensei nisso.

Não levanta a voz, mas ela soa tão verdadeira e violenta que Hortensia estremece, como se já estivesse vendo um cadáver. Ri nervosa.

— Não acredita em mim? — pergunta o homem, agressivo.

— Não se ofenda; você é bem capaz. Mas não adiantaria nada.

— Eu sei. Chamariam outro igual, e o menino, além de tudo, não me teria mais a seu lado. É isso que salva o maricas do bigodinho.

— E você também não pode brigar com seus filhos, porque não poderia continuar com eles... Compreenda: você não pode fazer nada.

— Ah! Isso ainda vamos ver.

O risinho seco obriga Hortensia a olhá-lo mais atentamente. Descobre uma cara fauniana, zombeteira e segura. Os olhinhos chispam astutos por entre as pálpebras semicerradas, e a modelagem das rugas converteu-se em pedra viva.

– Posso, posso – repete aquela voz cortante. – A gente sempre pode, quando quer.

O punho se fecha devagarinho sob a mão de Hortensia pousada nele e denuncia toda a vontade que o endurece.

– Tenha cuidado... Eles são os pais. Mandam no filho.

– Os alemães também mandavam. Eram os patrões, lembra? Tinham os aviões e os tanques. E daí? Pudemos. Tínhamos a coragem, a montanha e a noite. Na montanha desaparecíamos, à noite nos lançávamos sobre eles como lobos... e à força de coragem os destroçávamos.

A voz inapelável acrescenta:

– Essa é a verdade. O dia é dos que mandam, sim. Mas a noite é nossa.

No silêncio morto da casa, só o velho *partigiano* vela.

De repente seu ouvido alerta percebe os passinhos miúdos. Senta-se na cama. Surpresa: não se afastam rumo ao dormitório dos pais. O velho tira as pernas de baixo dos lençóis e pega seus chinelos com as mãos trêmulas: "Bravo, Brunettino; seu caminho é o meu!". Ele se calça, põe a manta por cima do corpo e aguarda.

Embora já esperada, a aparição o comove. Não é um menino com seu macacãozinho branco, mas um anjinho luminoso abrindo os braços como asas na noite. O velho deixa-se cair de joelhos, e o menino se entrega aos braços robustos, que estreitam o corpinho morno e suavemente cheiroso.

"É uma bruxa que deu o alarme para Andrea?" Ela aparece, aproxima-se do velho, que a vê chegar como o pastor vê o milhafre, e se apodera do menino.

— Isso não pode ser, papai — decreta imperiosamente. — O menino tem que se acostumar.

— A quê? Por quê? — ele protesta, raivoso. — E me chame de "avô", merda!

Mas ela já está levando o menino que reclama, repetindo-lhe as tábuas da lei pediátrica. Se o velho já não tivesse seu plano estabelecido, teria avançado em cima dela. Mas em toda guerra soa a hora de se refrear, tal como soa a hora de atacar.

Permanece em seu quarto, com o sangue fervendo, enquanto ouve fechar-se com o trinco a porta do quartinho. Assim, quarenta anos atrás, soou a chave que o trancava na Gestapo de Rimini:

"Petrone pagou; foi ele o escolhido. Era muito homem e não falou; graças a isso me salvei... Do mesmo modo podia ter tocado a mim", lembra o velho, recordando os alaridos e os insultos, primeiro, os gemidos e estertores ao final, de seu companheiro torturado do outro lado do tabique.

Silêncio na casa. O velho aguarda, exasperado, o que vai acontecer.

"Mas nós éramos homens, e aquilo era guerra! Isto, em compensação, por quê? Porque o diz um maricas que certamente não sabe amar? Pois as crianças não são para ele mais que um negócio, simples negócio!"

Embora pressentisse a chegada daquele primeiro grito do menino preso, o velho estremece. Imagina o menino impotente diante da porta, cuja fechadura não alcança. Primeiro grito que, como o primeiro disparo de uma emboscada, desencadeia um inferno. Primeiros gritos do prisioneiro, explosões de ira, pequenos punhos esmurrando a madeira... Alaridos do pobre Petrone sob os primeiros golpes ou as queimaduras. Incrível tensão da voz naquela gargantinha de seda, desesperada violência dos pequenos pulmões.

"Será que vão ser capazes de deixá-lo ali?", pensa o velho, crispado sobre a cama como sobre um potro de torturas. Tinha vontade de tapar os ouvidos, mas tem que estar atento; preferiria atacar, mas há de continuar alerta. Suas mãos, agarradas à cabeceira do divã, desejariam soldar-se à madeira para não se cerrarem em punhos agressivos ou em torno do cabo de chifre do canivete.

Os gritos o queimam como chicotadas, mas vão se desfazendo em choro entrecortado, em mãozinhas resignadas golpeando com a palma, em atônita pena mais do que em ira, em um dolorido "por quê?"... Até o silêncio da casa inimiga recua, oprimido.

De seu quarto, o velho poria uma bomba, lançaria dinamite, destruiria Milão inteira. No entanto, só pode rezar para o menino uma mensagem de ânimo: "Calma, Brunettino, que eu já vou! Não grite, será inútil, você ficará rouco e vão lhe dar injeção! Fique calado, engane-os, para que eu possa acudir! Não sofra, estou com você!".

Mas o coitadinho ainda ignora os estratagemas na guerra e se exaure em lutar de frente, reduzido já a soluço esgotado, lamento desolado, desesperança... Às vezes ainda solta mais um grito, mais uma queixa, mas são agora apenas os estertores agonizantes de Petrone, entre pausas cada vez mais longas... Até a derrota, o silêncio total: um imenso vazio que faz da casa abismo.

A tortura do velho culmina na dor daquele silêncio que, mesmo previsto, o dilacera. Descobre-se empapado de suor, imagina a vítima vencida, o menino mais sozinho do que nunca, sem fé nem mais naquele velho com quem havia selado um pacto; em cujos braços se refugiou momentos antes e que então o traiu... Talvez jaza inconsciente atrás da porta... Talvez, em seu desespero, esteja se agitando como um cervo encurralado, tropeçando às cegas..., quem sabe se, em busca de uma esca-

patória, já não esteja encostando uma cadeira na janela, se encarapitando, abrindo... *Madonna!*
A visão desse perigo o cega. Esquece os pais, nada mais importa. A situação explodiu com aquela porta trancada como detonador. É a hora do ataque, e o velho avança sigiloso para salvar o prisioneiro, para lhe devolver a esperança na vida.

Diante do carrinho de Valerio, o velho se espanta:
— É seu? Você não se meteu a podador por falta de dinheiro?
— É um velho, de meu pai.
— E você é o rebelde? Com a garantia do papai, claro!
Aquela gente o surpreende a cada passo. Até Valerio! "Não são italianos", pensa o velho que, além do mais, não está para tolerâncias. Se não se tivesse comprometido antes do Natal... Aquela porta no calabouço do menino tira-lhe a vontade para tudo.
Entram na Faculdade por uma porta lateral. Corredores estreitos, formados por divisórias, portinhas com rótulos. Entram no *Laboratório de Fonologia* e cumprimentam uma moça de bata branca. "Parecida com Simonetta; o mesmo ar."
— Olá, Flávia. Veja, é o senhor Roncone, que vai gravar.

– Muito prazer.
"Até a maneira de falar me lembra Simonetta."
– O que fazem aqui?
– Estudamos a voz.
– Ah! Ensinam canto?
"Essa moça ficaria estupenda num palco."
– Não. Nós a analisamos – ri a menina. – Quer ver sua voz?
– A voz se vê?
– Sim, num espectrógrafo... Só um momento. Sente-se ali, por favor.

Instalam-no diante de um microfone e de uma tela circular. A moça manipula uns comandos, e a tela adquire fluorescência. Ouve-se um leve zumbido e aparece uma reta horizontal cruzando o círculo como um equador.

– Diga alguma coisa.

O velho lamenta cada vez mais ter se comprometido com aqueles brinquedos milaneses. Não são sérios! Não pode evitar o protesto instintivo de lhes lançar o grito dos pastores na montanha:

– Epa! Epaaaaa!

Arrepende-se. Vão imaginar que ele seja um qualquer, e no entanto é Roncone, Salvatore. No entanto o efeito de seu grito é fascinante: o equador da tela se multiplica em serpentes agilíssimas e oscilações como se fossem látegos. Valerio sorri satisfeito:

– Viu? Sua voz.

O velho começa a se levantar, mas a moça o detém.

– Desculpe, o senhor se importaria de repetir? Vou filmá-la.

"Será que estão me gozando? Mas essa nova Simonetta é tão menina! Se está querendo se divertir, vamos brincar todos, que é melhor!"

– Epa! Epaaaaa!... Pronto?
– Sim, muito obrigado.

— Interessante? — pergunta Valerio.

— Muitíssimo. Uma voz como de cinquenta anos — a moça se volta para o velho. — E o senhor deve ter mais de sessenta, suponho.

— Sessenta e sete. E vou parar nisso: vou morrer logo.

Olham para ele admirados, mas resolvem levá-lo na brincadeira: outro rasgo juvenil do velho.

— Vou lhe mandar uma fotografia, Valerio, para você enviá-la ao senhor — anuncia a moça, ao despedir-se deles, depois de pedir o nome e os dados do velho para seu arquivo.

— Quer dizer então que é verdade? — pergunta o velho, no corredor. — É minha voz? Sai um retrato?

— Como se fosse do rosto. Ou o senhor pensou que fosse brincadeira?

"Fantástico! Tenho uma voz de cinquenta anos! Quando o corno morrer, e eu voltar para lá, vou deixá-los de boca aberta ao mostrar a foto no café do Beppo. Nunca tiraram retrato da voz de ninguém de lá, nem de Catanzaro! Nem sabem que dá para tirar retrato da voz!"

Nesse meio-tempo, em sua salinha, Valerio dispõe o gravador.

— Vamos começar, está bem? Conte-me alguma coisa para o professor Buoncontoni ouvir amanhã.

— Alguma coisa do quê?

— Qualquer história calabresa... O que lembrar.

Porém na mente do velho agora só cabe uma história, a mesma de todas as noites.

— O que lhe ocorrer — insiste Valerio diante daquele silêncio, e aperta uma tecla. A fita começa a passar de um carretel para outro, e o velho, assim, sente-se pressionado. — Em que o senhor está pensando neste momento?

— Num menino... Um menino num poço. Bem, preso.

Escapou! Põe-se em guarda. "Cuidado com essa gente. Não se pode dizer a verdade a eles. Quem sabe como vão utilizá-la depois?"

– Muito bem! É uma história antiga? Onde o prenderam?

– É, já faz tempo... Como numa caverna. E não era um menino; já era um rapaz quando o colocaram nela e taparam a entrada.

As rodas giram. Valerio nota uma mudança no velho, uma concentração. As palavras brotam sem ele pensar, transbordam de sua boca naquela voz de vinte anos menos... O velho se alivia ao dar rédea solta a sua obsessão:

– Foi preso pelos pais, que eram os reis daquela terra. Não eram maus e gostavam do príncipe, bonito como um anjo!, mas quando ele nasceu veio um feiticeiro, leu um livro e anunciou que ao crescer o príncipe mataria seus pais e o reino se acabaria... O que fariam eles? Vamos degolá-lo? Jogá-lo ao mar?... Tudo lhes dava pena, de modo que o fecharam na caverna. E durante três dias e três noites...

("Sempre são três dias e três noites. Ou sete, ou sete vezes sete", pensa Valerio, já retendo mentalmente aquele material para sua tese sobre a persistência dos mitos no *Mezzogiorno*. "Nada menos que persistências de Édipo e seu pai, Laio!")

– ... podia-se ouvi-lo de fora. No primeiro dia, cantava assim:

> *Pais, tirem-me daqui*
> *que sou filho verdadeiro*
> *e não mereço esse trato*
> *pelo amor que lhes tenho.*

O velho o cantarolou com a mesma salmodia que a *zia* Panganata, embora recorde os versos de uma outra história, a de uma rapariga caluniada que jogaram num poço. Valerio está encantado.

— No segundo dia já só rezava e, finalmente, no terceiro, não foi mais ouvido... A rainha então se pôs a chorar, e o rei a abraçava, um pondo a culpa no outro: "Você insistiu", "Mentira, foi você..." As pessoas, com pena do príncipe, começaram a tirar pedras da entrada. Quando chegaram ao menino, quer dizer ao rapaz, estava deitado no chão, tão bonito como sempre, mas sem vida... O médico do rei espetou-lhe um dedo, mas não saiu sangue, e todos disseram: não há mais remédio...

"Que segurança no relato", pensa Valerio. "Fala como um profeta, é um mito vivo. A doutora Rossi vai ficar encantada."

— Então, de manhã, desceu um velho muito velho, com barba branca e cajado de pastor. "Eu salvarei o príncipe", ele disse, e todos compreenderam que era um bruxo bom, porque tinha uma voz como se fosse de cristal. Assim ele foi e, com seu canivete de cabo de chifre, abriu no braço do rapaz a veia do coração e, de sua escudela, derramou na ferida um líquido todo vermelho, que as pessoas pensaram que fosse sumo de plantas, mas era sangue dele mesmo... O príncipe reviveu, levantou-se mais forte do que nunca, abraçou seus pais e acabou reinando muitos anos, sem que nada acontecesse, lembrando-se sempre, sempre do velho da montanha que, ao cumprir a salvação, desapareceu.

Valerio bate numa tecla, soa um guincho, e os carretéis se detêm.

— É assim que contam na Calábria?

"Contam, contam o quê?... Isso é mais verdade que os livros...! Mas cuidado com essas pessoas."

— Claro! Por quê?

— É um tema muito antigo. Versão indubitável do mito da primavera, a ressurreição da natureza... O interessante é que, nas mitologias conhecidas, quem dá vida costuma ser a mulher.

– Como? Você já tinha ouvido essa história? – surpreende-se o velho.

– Não exatamente assim. É como estou dizendo, costuma ser uma mulher: Ishtar salva Tammuz, o verde, Ísis ressuscita Osíris, e outras parecidas. É um mito muito difundido.

– Seja o que for – protesta o velho, vivamente –, mas de mulher nem se fala. É como estou contando: um velho que desce da montanha.

"Homem e bem homem", repete o velho para si mesmo. "Sou eu que vou tirar as pedras daquela porta, que vou tirar você para viver... Como Torlonio fez com David, só que vivendo. Você ninguém vai metralhar."

Enquanto isso, Valerio fez a fita voltar um pouco e aperta outra tecla, para confirmar se gravaram. A voz do velho repete suas últimas palavras:

– ...lembrando-se sempre, sempre do velho da montanha que, ao cumprir a salvação, desapareceu.

– Nem mais nem menos – triunfa o velho com sua voz jovem.

A neve caiu o dia todo, e agora seu brancor reforça os reflexos dos faróis e dos anúncios luminosos da rua, difundidos pela capa de neblina e fumaça. O quartinho está cheio de misteriosa claridade e um silêncio absoluto, liberado do tempo, realça sonoramente o ofegar do velho, acompanhante da respiração infantil no território demarcado pelo pacto mágico.

O velho sustenta o menino nos braços, envolvido numa manta. A cabecinha sonolenta se reclina no ossudo ombro esquerdo, enquanto o peso do corpo repousa sobre o antebraço direito. Preciosíssima carga!... A neve os envolve de fora com seu vigoroso brancor como que para protegê-los: os lobos não se aventuram sobre nevada recente, onde deixariam pegadas delatoras.

Para gozar do privilégio daquela carga, para respirar tão de perto aquele cheiro cordeiril, o velho dorme todas as noites em alerta. Ainda através da porta fechada despertam-no os primeiros rangidos do berço quando o menino se mexe... Rápido! Se ele se atrasar um instante Brunettino chegará até a barreira maldita e começará a lutar sozinho da única maneira que sabe, chorando e esmurrando a madeira... O velho acode veloz e abre, a tempo de deter o anjinho branco que já se aproxima da porta, vindo do berço.

"Não continue, companheirinho; proibido passar. Quando alguém não pode avançar, fortifica-se. Por isso eu venho, para converter seu cárcere em nossa posição defensiva. Sim, você está cercado, mas eu me introduzo; sei me infiltrar. Consegui tantas vezes! E agora fique quieto: o inimigo tem escutas."

Com o menino nos braços, aproxima-se feliz da janela, como que exibindo seu triunfo para Milão inteira, ou apresentando o menino à neve amiga. Depois o embala até ele dormir, e o deita.

"Está vendo, Brunettino? Prometi e estou de sentinela. Durma, meu abençoado. Desfrute da sua paz. Também se acalmam assim os cordeirinhos assustados, abraçando-os e falando com eles; e se você..."

Uma dobradiça guincha, lá no dormitório. De repente, o velho se esconde debaixo da mesa onde arrumam o menino, tapada com um rodapé de pano. Abre-se a porta, e alguém invade o território. Por baixo do pano, o velho identifica os pés nus de Andrea com seus chinelos. A mulher fareja imóvel, como corça intranquila. "Ainda bem que não fumo mais... e que essa aí não sabe farejar."

Andrea avança até o berço. Ao ver seus calcanhares, o velho se arrisca a olhar melhor. De costas, ela se inclina e arruma a roupa do menino com gestos amorosos, colocando-o numa posição mais cômoda. Sim, os gestos são maternais; o velho se admira ao ter de reconhecê-lo: "Quem teria imaginado!".

Três seres silenciosos, na luminescência irreal da cidade nevada. Por fim, Andrea beija suavemente o menino e vai embora, fechando a porta. O velho volta a ouvir a dobradiça cúmplice e sai de seu esconderijo. "Ainda bem que essa aí nunca vai ter a ideia de me visitar no meu quarto", ele pensa, risonho. Aproxima-se do berço e senta no chão. Seu rosto chega justo à borda da caminha; derrama assim seus pensamentos sobre a fronte do menino.

"Nunca mais estará sozinho, meu Brunettino; todas as minhas noites são suas. Tenho muito a lhe contar, tudo o que convém que você saiba; o que demorei para aprender, pois tenho a cabeça dura, e o que só soube agora, com você. Você me ensina, porque é bruxo, bruxinho por ser inocente, como o bobo Borbella: com seus cinquenta e cinco anos sem ter tocado em mulher, mas com aqueles olhos azuis que nos olhavam e adivinhavam, extraíam os pensamentos e os males como se tira a empolha das galinhas... Você adormecerá com minha voz como junto de um riacho à sombra, não há melhor jeito de dormir, e, escute, sabe que eu falo muito jovem? Quase como a sua voz, se você falasse na tela e fizesse mexer todas aquelas cobras enlouquecidas. Ah, como eu gostaria de ouvi-lo! Que vontade eu tenho de que você fale comigo! Com certeza sua voz é como a minha: vozes companheiras, não é mesmo?... Por isso lhe digo coisas de homem, e não as histórias que invento para aqueles professores. Eles as guardam em suas máquinas; em compensação, você me ouve como os esquilos num galho, com os olhos como seus botõezinhos, sem saber nos entender. Mas você, sim, minhas palavras fazem ninho em seu peitinho. Algum dia você as recordará de repente; não saberá de onde vêm, e serei eu, como você agora extrai de dentro de mim tantos esquecimentos. Você me traz David, Dunka e os velhos pastores; de David e de Dunka lhe falarei mais, deram-me tanta vida!, e eu, sem entender, sem saber ser esquilo. Agora rumino aquela vida como minhas ovelhas; você me impele, revolvendo meu coração, e também os anos afrouxam-me as amarras. A gente se esparrama como gavela desatada na eira. Como se me fossem debulhar e aventar, para me tirar o grão; como se me pisassem num lagar para eu dar meu vinho: essa é minha vindima, você me entende... Vou lhe dizer muito, para que saiba do seu avô, para que o leve aonde não chegarei. Quero ser tudo o que lhe falta; seu pai e até sua mãe a cada noite. Sim, até sua mãe, está vendo!, quando teria eu pensado tal coisa!... Não dormirá sozinho; nunca dormi sozinho, tive essa sorte. Agora, sim, claro, mas a nós, velhos, nossa história faz companhia... Sim, tive sorte. De zagal no inverno com minha mãe, no verão na montanha com Lambrino, o coitadinho, depois no corro dos pastores, ou com os criados, ou as vacas que são uma companhia tão acalentadora. Depois, com os *partigiani*... E mulheres, claro! Ah, as mulheres, meu menino! Com uma ao lado, mesmo que você esteja dormindo sente-a ali, com seu calor, seu cabelo, sua pele. Que coisa é a mulher! Embora depois nos engane ou nos canse, tê-la nas mãos é magnífico... Você terá minha sorte, eu a deixarei com esta bolsinha quando chegar a hora. Agora você a revive para mim, com você se reanima meu coração, ressuscitam as lembranças, ardem-me os anseios e as vontades... É o carinho, meu menino; pois não há palavras, não, não há palavras..."

"O que estará acontecendo com ela?... Não pode estar aborrecida por causa da discussão de outro dia", pensa o velho, enquanto caminha para a *via* Borgospesso. "Não lhe disse nada de mau, mas as mulheres às vezes têm revoltas que a gente não imagina..."
Não duvida de Hortensia, mulher íntegra, embora tenha fantasias femininas, mas não voltou a encontrá-la e precisa contar-lhe seu sucesso, o da tática para salvar o menino. Embora continuem a trancá-lo, a tortura terminou; o calabouço voltou a ser quartinho. O velho derrotou a solidão; sua presença anula o desterro. E, quando de manhã o menino ri e Anunziata o chama de "lindo", o velho pensa: "Graças a mim... Até o melhor humor de Andrea é meu, porque ela presume que o menino finalmente esteja se acostumando a dormir sozinho, mas sou eu... O que me aborrece é que assim o maldito *dottore* acabe ficando bem!".

A tática já está funcionando; o menino aprendeu a manobra. O velho a explicou com muita clareza segurando-o nos braços, que é como as crianças compreendem melhor: "Se sua mãe vier quando você estiver acordado e eu me esconder debaixo da mesa, não me aponte com o dedinho!... Você seria bem capaz, para se divertir, mas não faça essa pilhéria; não estamos brincando! Estamos em guerra, e eu estou camuflado, entende? Enganando o inimigo. Nunca se delata o companheiro *partigiano*..."

O menino é muito esperto, sabe seguir o jogo, e Hortensia irá se alegrar: ela é a força de reserva, a segunda linha. A senhora Maddalena também ajuda, mas é apenas a intendência e, além do mais, já se ocupa bastante com sua própria guerra. Hortensia é o refúgio, é... isso, a montanha! Por isso o velho agora se dirige à sua casa e telefona da rua. Ninguém responde, embora esteja tocando... "Teria deixado Milão por causa de alguma coisa urgente? Nunca sai antes desta hora!"

Abre-se a porta e aparece uma senhora, que olha com desconfiança aquele camponês do Sul.

– Quem o senhor está procurando?

– A senhora Hortensia. No ático à esquerda.

A mulher toma-o por um parente napolitano e se humaniza:

– Ah, coitadinha! Está doente há alguns dias! Não sabia?... Está proibida de se levantar. Mas não faça essa cara, homem. Se fosse grave, teriam-na levado para o hospital... Entre e suba.

Como anda devagar o maldito elevador!... Até que enfim!

A porta do ático, entreaberta; o que fazer? Bate suavemente, sem obter resposta... Estaria sozinha? E se lhe deu alguma coisa de repente? Decide-se e avança pelo corredor. É detido por um alarmado "Quem é?" e res-

ponde dizendo seu nome. O alarme se faz grito, e, quando ele assoma ao quarto, ainda se agita sobre a cama um cobertor revolto, do qual emerge só o rosto de Hortensia, coberta até o pescoço:
— Não entre, não entre, homem de Deus.
O velho se detém, coibido.
— Desculpe, a porta estava aberta e...
— Mas saia, deixe-me!
O velho dá um passo atrás e pergunta espantado, do corredor:
— Quer que eu vá embora?
A resposta se precipita:
— Como vou querer que você vá embora, bobo, mais que bobo! — os soluços cortam a palavra.
O desconcerto do velho é total. Que situação! Entra? Espera na sala de jantar? Por que está chorando?... Malditas mulheres!
Ainda resfolegando, ela consegue falar:
— Entre, entre... Não fique aí! — o velho surge, e ela continua: — Perdoe, estou fraca... Além do mais, como vocês, homens, são bobos! Não vê que estou muito feia? Como deve estar meu cabelo!... — sorri, insinuante. — Mas você não se assusta comigo, não é mesmo?
Aquele final feminino reinstala o homem em terreno firme. Comovido, aproxima-se da cama e a olha. Ela enxuga as lágrimas com a beirada do lençol, sem tirar a mão. Ele vê um lenço limpo sobre a mesinha e o alcança com sua manzorra, aproximando-o do rosto emoldurado pelos cabelos negros desalinhados. Aquela manzorra, já adestrada na delicadeza pelos botõezinhos de Brunettino, enxuga as lágrimas restantes. O indizível sorriso feminino atrai irresistivelmente o velho.
— Bruno, Bruno, pode ser contagioso — ela murmura sem muita convicção, admirando aqueles dentes lupinos entre os lábios já modelados para a carícia. Ao ouvir a

ameaça, os lábios viris que iam a caminho da fronte se desviam para a boca e pousam por um breve instante. Depois o velho se ergue.

— Para o caso de ser, Hortensia.

Olham-se serenamente. Explicam-se, o velho já sentado junto da cabeceira. Ela adoeceu no dia seguinte ao encontro no café e não pôde nem telefonar. Como vai a história do menino?... Esplêndido, que alegria!... O fígado; estão verificando se é hepatite, e, enquanto isso, repouso absoluto... Mas não dói nada e está se cuidando bem. A filha lhe traz a comida da dieta, uma amolação; também aparece de vez em quando a vizinha da frente, dona Camila, uma senhora muito boa, embora o filho lhe tenha saído um sem-vergonha, que se droga e tudo... O café da manhã também é a filha que prepara, mas hoje se atrasou...

— Pois já são dez horas, Hortensia! Que abandono!

— Coitadinha, é muito ocupada, com tudo o que tem para fazer.

O velho se irrita, pensando que todos os filhos são iguais. Pergunta o que ela costuma tomar e, depois de ouvir, dirige-se à porta.

— Espere, homem! Primeiro o que é primeiro!... Veja, pegue isso para mim. Aí, sobre a cadeira.

"Isso" é uma coisa malva de tricô, com umas faixas. Deixa-a sobre o embuço, sem que ela tire as mãos para pegar.

— Agora traga-me do banheiro a escova com os pentes e um espelhinho que está ao lado.

O velho volta e deixa tudo sobre o criado-mudo, ao lado de uns remédios e de um frasquinho de colônia. O sorriso da mulher, agora divertido, transforma todos os gestos em brincadeira de crianças.

— Agora pode ir para a cozinha e arranjar-se como for..., se é que você sabe.

— Um pastor sempre se arranja.

— Ah, o bom pastor!... Mas não me quebre nada... E, principalmente — ela grita, depois que ele sai —, não entre aqui enquanto eu não chamar.

Mas chama-o quase em seguida. Ele a encontra com o rosto contraído, esforçando-se para se sentar na cama.

— Ajude-me, por favor... Estou tão fraca!

Sua voz suplicante comove. Já não se esconde nem pensa em se compor. Entrega sem reservas sua fraqueza àquelas mãos rudes que a levantam reverentes, descobre a abertura da camisola aos olhos viris, presenteia com um suspiro de alívio e bem-estar os ouvidos ávidos. O homem apalpa através do tecido uma carne frutalmente madura e febril, porém, para seu espanto, isso não desperta excitação sexual, mas ternura muito profunda. O que está acontecendo com ele? Não é o mesmo que chegou a Milão; comprova-o a cada dia... Por acaso estará envelhecendo ou será a cobra? Suas mãos sustentando a mulher fazem-no lembrar os guerreiros do museu, e isso aumenta sua confusão: chamam-nos *Pietà*, e ele, então, é a *madonna*... Ou há *Pietà* entre homens?... Está perdido.

— Está bem assim?

Como lhe saem essas palavras tão tranquilas enquanto pela cabeça lhe passam tantas coisas estranhas? O Bruno de antes não cavilava tanto.

— Muito bem, Bruno; obrigada.

Ela toma uma manzorra entre suas mãos e a oprime de um modo que acaba de desconcertar o homem. Sua saída é ir para a cozinha e preparar o café da manhã.

Quando a filha chega, encontra-os conversando. Olha o velho com curiosidade e ralha com a mãe por ter sentado na cama, mas após um momento nota-se que está muito contente por não perder tempo e vai embora, depois de anotar algumas incumbências.

Ficam sozinhos, e o homem vive uma manhã mágica, saboreando as tarefas executadas para ela e até obedecendo a instruções que considera maníacas, como tirar o pó de um móvel limpíssimo, tanto quanto toda a casa. É como cuidar do neto, porque também a mulher agora está indefesa e entregue a suas mãos. Até a leva até o banheiro quando ela precisa, e entra depois para levá-la de volta à cama que, enquanto isso, ele arrumou. Ao ver aquela cama bem feita ela exclama:

– Até isso, Bruno... Que homem você é!

"Como? Isso é ser homem?", diz o velho para si mesmo, já a caminho de casa, depois de ela ter recusado sua oferta para continuar lhe fazendo companhia. "Mas como é magnífico cuidar de alguém assim! As mulheres têm sorte..., bem, nisso. Agora compreendo Dunka, tratando do meu ferimento e me atendendo enquanto eu não podia andar!... Dunka, tão diferente e tão igual a esta!... Por que não fiz mais isso, de cuidar assim?... E como ia saber, se ninguém me ensinou, se me criei aos murros contra tudo?... Nunca é tarde, não é mesmo, Rusca?... Já comecei com Brunettino, que, além do mais, me trouxe Hortensia... Rusca, por favor, pense no menino, ainda precisa de mim. Não tenha muita pressa, está ouvindo?... Não assuste o médico amanhã."

– Senhor Roncone, por favor.
A mesma enfermeirinha. A consulta começa como da outra vez. De manhã também foi preciso engolir a papinha, diante dos olhos atônitos de Brunettino e seus gritinhos, reclamando outra xícara para ele. O velho vai armado de paciência para se submeter à mesma ronda de explorações, mas está enganado: a semelhança com a primeira consulta termina quando ele transpõe a porta da salinha. Do outro lado aguarda-o o professor Dallanotte em pessoa, estendendo-lhe a mão.
– Como vai, amigo Roncone? Como tem passado?
O velho, surpreendido, mal consegue devolver as cortesias.
– Venha por aqui... desta vez o incomodaremos menos. Trata-se apenas de saber como está seu problema – o professor sorri. – A cobra, como o senhor me dizia, não é mesmo? Como a chamava?

– Rusca, professor, Rusca – o velho também sorri.
– Continua engordando, suponho.
– Isso, Rusca... Agora é que vamos ver; dispa-se aqui.

O velho, já com sua bata verde, é levado à sala de raios X, onde o professor se encontra estudando as chapas anteriores. Coloca o velho no aparelho e o examina.

– Ah, aqui está! – exclama o médico. – Sua lembrança da tomada de Cosenza... Com certeza, conhece o senador Zambrini?

– O comunista? Não; só de nome.

– Pois ele conhece o senhor... Bem; terminei. Logo mais o verei.

O professor se retira, um assistente tira umas chapas do velho e manda-o se vestir.

– Já?

– O professor não precisa de mais do que isso. Como o examinamos bem em novembro... Essas coisas não vão tão depressa, senhor Roncone – sorri o jovem assistente.

"Ou sim", pensa o velho enquanto se veste, tocando sua bolsinha no pescoço. "Se não, por que me olham? E aquele corno que não morre, *Madonna mia!*"

Agora não o levam ao consultório grande, mas a um pequeno, com uma mesinha à qual está sentado o professor. O velho ocupa, à sua frente, a única cadeira disponível. Surpreende-o a lâmpada comum, quase de escola. O professor sorri para ele:

– Pois sim, amigo Roncone, o senador Zambrini o conhece. Grande amigo meu, embora eu não seja comunista e sequer me interesse por política. O senhor também o conhece, lutaram juntos em Cosenza.

– Pois não me recordo. E dos bons tempos eu me lembro de tudo.

– É que lá ele tinha outro nome. Chamavam-no de Mauro. E o senhor de Bruno, não é mesmo?

Um relâmpago na mente do velho:

— Mauro! Comandava a guerrilha da Grande Sila, pelos lados do Monte Sorbello e do lago Arvo!... Ouça, e como o senhor soube do meu nome de *partigiano*? Como chegou a me relacionar com ele?

— Há uma semana, Zambrini veio a Milão e, recordando coisas juntos, falou-me de Cosenza. Disse-lhe que um paciente meu ainda levava uma bala no corpo e, quando descrevi o senhor, ele o reconheceu. "Só pode ser o Bruno!", exclamou. E diz que gostaria de vê-lo em outra viagem.

— Imagine, e eu!... Então Zambrini é Mauro... Era um homem como poucos, professor!

— E continua sendo, graças ao senhor. Parece que se o senhor não chegasse a tempo aquela noite, eles os fritariam. Foi o que ele disse: "Eles nos fritariam".

— Ele que o diga! — ri o velho, abertamente. — Os alemães haviam recebido lança-chamas e nos queimavam vivos. Mas minha guerrilha os surpreendeu, nós lhes tomamos dois e os fuzilamos. Depois jogamos as latas no Crati; não tínhamos reposição daquele combustível. Pena, um grande invento!... Lutávamos sem nada, com o que pegávamos... Grande, grande Mauro! Segundo dizem, ainda é arrojado, embora tenha se tornado político, como todos eles.

— Zambrini me contou tais façanhas do senhor — o velho descarta a palavra "façanhas" com um gesto da mão —, que lhe peço que me considere um amigo e esqueça minhas discussões do primeiro dia. Acredite-me, não são todos os doentes que têm sua valentia. A maioria precisa daquelas palavras. Então... esquecido?

— Já esqueci. E, sendo o senhor amigo de Mauro, mais ainda.

— Outra coisa: não fui pastor, mas meu avô foi.

— Onde? — pergunta o velho, interessadíssimo.

— No Norte. Nas Dolomitas. Veja, a única foto que conservo.

Está pendurada na parede, descolorida. Os mesmos olhos claros do neto. Bigodudo, com uniforme de alpino da Primeira Guerra, com o chapéu bicudo de pluma ereta bem plantado.

— Como vê, temos coisas em comum, amigo Roncone.

O velho se torna sério.

— Pois então me faça o favor que não me fez da outra vez: diga-me quanto vou durar. Viu hoje algo de novo?

— Não; a Rusca continua sua marcha, mas o senhor está resistindo muito bem. E lhe respondi, sim: impossível afirmar qualquer coisa. Outro, nas mesmas condições, já estaria acabado; mas o senhor é de ferro, felizmente.

— Diga um máximo. Preciso saber.

— Então vou lhe fazer algumas perguntas.

O professor interroga o velho meticulosamente sobre suas sensações, suas dores, suas reações a certas comidas, suas evacuações e urina, acertando com tal precisão, que por fim o velho exclama:

— Parabéns, professor. Fala como se o senhor mesmo sentisse tudo.

O professor olha-o fixamente. A luz da lâmpada só atinge seu queixo, mas no escuro os olhos se destacam com sua claridade azul. Responde lentamente:

— Pois não me dê parabéns, querido amigo: padeço da mesma coisa que o senhor.

O velho não o esperava. Ele se entristece quase mais do que por si mesmo.

— Mas — protesta — o senhor é muito jovem.

O professor encolhe os ombros... O velho observa tocos de cigarro num cinzeiro:

— E fuma?

O professor repete o gesto.

— Se o senhor quiser fumar... mas nós, os médicos, temos de proibir o fumo.

— Não, eu não fumo mais. Por causa de meu neto.

O professor aprova com a cabeça e fala melancolicamente:

— Meu filho ainda tem só dezesseis anos.

Ficam calados, atentos ao silêncio, como se uma invisível presença devesse dizer a última palavra.

— Ainda não ouvi esse máximo, professor — insiste por fim o velho.

— Vou dizer porque o senhor o merece, mas sem segurança: nove ou dez meses; não acredito que um ano... E não me pergunte o mínimo, pois esse é zero. Para o senhor, para mim e para todos.

— Nove ou dez meses! — exalta-se o velho. — O senhor me dá todo o verão!... Obrigado, professor, é o suficiente!

— Para acabar com aquele seu vizinho paralítico? — sorri o médico com picardia. — Como ele está?

— Fatal! Quero dizer — ri o velho —, progredindo. Mas não é só isso. É que preciso ouvir meu neto me chamar de *nonno, nonnu*, como dizemos lá. E quero levá-lo este verão para Roccasera, mostrar-lhe sua casa, sua aldeia, sua terra.

O professor sorri, e o velho, de repente, descobre em Dallanotte o mesmo sorriso de *don* Gaetano, o médico de Catanzaro, quando falava com as pessoas. A este falta o cigarro colado ao lábio, mas o sorriso é o mesmo: valente e dolorido. Indefinivelmente humano.

O velho acaba de fazer o menino dormir e senta-se em sua poltrona dura, diante da janela. Toca o telefone, e Andrea o atende:
– Papai... Quer dizer, vovô, é Rosetta.
Os olhos de Andrea estão brilhando depois de falar por um momento? "Se fosse *aquilo*!", pensa o velho, indo ao telefone. E é *aquilo*.
– Verdade? E quando vão enterrá-lo?
Ouve sem ouvir. Ao seu ouvido a voz chega distante, contando-lhe o que em seus desejos já aconteceu há muito tempo... Estoura um balão em seu peito, mas desliga mecanicamente. Sem se dar conta, Renato e Andrea vieram pôr-se a seu lado. Olha-os:
– Arrebentou – pronuncia lentamente. – Apagou. Empacotou.
Os filhos espantam-se com a frieza. Também ele estranha que, de repente, o que era tão esperado pareça

lembrança de coisa já esquecida. Ao mesmo tempo sente um vazio; como se lhe tivessem roubado alguma coisa.

Caminha pesadamente até seu quarto e, sem acender a luz, deixa-se cair na cama. Sobe a manta até o queixo, submergindo no cheiro de lá, o de sua vida inteira. Olha à sua frente, só que não vê a parede, mas a praça sob o sol, seus amigos à porta do Beppo ou enfileirados contra as fachadas. Há alguns automóveis chegando de Catanzaro, como a carroça fúnebre, a melhor de lá. Escuta a banda de música. Poderia dizer quem são os que vão presidindo enlutados e quem os segue no cortejo... Ouve dobrar os sinos... Até vê o morto dentro do ataúde, levado a cirandar pelas ruas calçadas, a verruga negra no lóbulo da orelha que ele devia ter cortado aquele dia. Pergunta-se se lhe terão deixado os óculos escuros de fascista... Vê tudo como se estivesse ali, e, enquanto isso, o ritmo de sua respiração o faz gozar voluptuosamente... Toca-se com as mãos o peito, o sexo, as coxas... "Obrigado, Rusca, boa menina; obrigado, *Madonna*, você terá sua vela", murmura... No entanto, agora que a vida o brinda com o grande triunfo, ele não estica a mão o suficiente para agarrá-lo... Não compreende a si mesmo.

– Quem entende seu pai? – comenta enquanto isso Andrea, na sala de estar, quase indignada com o silêncio do velho. – Lembra-se da alegria dele quando Rosetta contava que o outro estava piorando? Pois veja... O que ele quer? Só falta sentir pena!

– Talvez esteja pensando que logo vai segui-lo – observa com tristeza Renato. – O que o Dallanotte disse outro dia, quando vocês foram lá?

– Já contei tudo. Calculou para seu pai uns dez meses, e ele ficou tão contente... Com ele não falou em operar, mas comigo sim; está reservando carta, embora lhe pareça duvidosa... Claro – acrescenta ufanando-se –, o professor foi amabilíssimo, acompanhando-nos até a porta. O fato de ser meu colega na Universidade tem sua importância.

Andrea retira-se para sua mesa, insistindo em que não entende o avô, e Renato adivinha nela esperanças de que o velho agora volte à aldeia para morrer em sua cama. Porque desta vez ele também não se ajustou a Milão. Menos ainda do que a primeira, por causa de suas discordâncias sobre a criação do menino. E ainda bem que Andrea não se inteirou das visitas noturnas ao quartinho, casualmente descobertas por Renato! Contraria-o escondê-lo da mulher e lamenta que o velho, assim, lhes deseduque o menino, mas, se vai viver por tão pouco tempo, que mal há em deixá-lo? Andrea não compreenderia, pois cria o menino tão escrupulosamente! Renato suspira.

Quando ela larga o trabalho e vai até a cozinha, Renato vai ter com o velho. Encontra-o deitado, sempre com a luz apagada.

– Vovô, vamos jantar logo.
– Não estou com muita vontade. Comecem sem mim; vou daqui a pouco.
– Está sentindo alguma coisa?
– Imagine! Estou muito bem.

Já estão jantando quando ele aparece com uma garrafa na mão. Andrea supostamente ignorava a existência daquele vinho tinto, mas não diz nada. O velho tira umas azeitonas da geladeira. Serve-se de um bom copo e come algumas.

– À saúde do defunto! E do *dottore* que cuidou dele como Deus manda! Viva o *dottore*!

Bebe gulosamente. Em seu pescoço enfraquecido, o pomo dança como se flutuasse num líquido descendente. Os filhos ficam quietos; o que lhe dizer? Esvaziado o copo, olha-os e pronuncia, sentencioso:

– Assunto resolvido. E viva a Marietta, a boa *magàra*!

Andrea olha-o alucinada. "Vivo no absurdo", pensa. Por sorte, a televisão vai dar as notícias.

Já em plena madrugada, o velho se traslada para o quartinho sem aguardar o rangido do berço. Contempla o menino sob a claridade contaminada da noite milanesa. A neve já desapareceu, arrastada pelas mangueiras e pelas máquinas municipais. Absorto em suas cavilações, causa-lhe surpresa ver o menino acordado, levantando silenciosamente os bracinhos. Pega-o e senta-se com ele no chão, cruzando a manta pela frente, para envolver os dois.

– Pois é, Brunettino, o corno morreu. Foi enterrado esta manhã... Algum dia você vai saber o que é "enterrar"... Alegre-se, seu avô foi mais forte. Estou aqui, vivo e bem vivo!

O menino, antes de cair outra vez no sono, põe um bracinho em torno do pescoço fraco. A suavidade da mãozinha comove o velho:

– Não se assuste, meu menino! O que está achando, que vou embora deixando você aqui? Como pode pensar uma coisa dessas? Fico ofendido! Como vou deixá-lo? Voltariam a trancá-lo com seus medos, esses que pegam bem lá dentro! Medos do que não se sabe: os piores... Durma tranquilo, coração... Além disso, tenho tanto a lhe dizer! E você também a mim. Logo, o quanto antes, que vontade eu tenho de ouvi-lo!

Acalenta um suspiro muito profundo, irreprimível.

– Vou lhe dizer a verdade, não quero enganá-lo. É verdade, pensava em ir embora quando ele morresse... O que você quer? Não gosto de Milão nem... nem de nada, mas não podia voltar enquanto o Cantanotte continuasse sentado ali, na praça... Você ainda não sabe o que é praça! Tudo o que é importante, na aldeia, é dito ali... Além do mais, meu regresso seria um dia tão grandioso! O Ambrosio lançaria foguetes da ermida quando visse surgir meu carro na ladeira, e não dispararia com a metralhadora para que os *carabinieri* não a tomassem... Não a entregou, está com ela escondida, sabe? Faz bem, pois a ganhou com seu sangue. Também tenho a minha, porque entreguei outra para me deixarem em paz; vou mostrá-la para você... Todos me esperariam na praça, mais gente do que quando aquele sargento entrou com seus ingleses. Os meus me abraçando, rindo, brincando; os outros carcomidos de raiva e querendo me lançar mau-olhado. Ah, mas antes o lancei eu ao Cantanotte com a Marletta, e esta bolsinha que será tua me protege. Sim, todos na praça, a aldeia inteira, porque lá eu sou eu, sabe?, nada menos. Você vai ver quando disser: "Meu avô era o Salvatore de Roccasera." Vai ver o que vale um nome, e eu fiz o meu... E isso que não tive nem pai, mas sei quem foi e até cuidou de mim na montanha, mas nunca o disse. Nem minha mãe disse, e um pai assim não contava para os meninos da escola. Tive que fazê-los calar a boca a pancada até deixarem de me insultar... Por isso me tornei tão duro e quero que você o seja, um homem de verdade. O neto do Bruno, do Salvatore de Roccasera.

Tem a impressão de que o menino cresceu só de ouvir essas palavras.

"Pensei em ir embora, admito, mas agora vou ficar. Já não me importo de voltar para lá enfiado num caixão; o corno já não está lá para ver... Não me custa ficar, você é minha Roccasera. E meus ossos e o sangue do meu coração... Você é tudo, cordeiro meu, e o velho Bruno é seu. Aonde eu iria? Agora, nem a Rusca me separa de você, imagine!... Bem, ela sim; desculpe, Rusca, mas ela não tem pressa. O professor é que disse, é quase um companheiro... Quisera eu que tratasse de crianças, pois cuidaria de você! Mas, claro, não é daqueles cretinos, como poderia ser!"

A voz do velho torna-se sussurrante, quase inaudível.

"Escute, a verdade verdadeira, meu menino, é que vou ficar porque preciso de você. Agora eu me derrubaria sem você... É isso, eu o defendo, e você a mim, e juntos ganharemos nossa guerra, juro. Ela será ganha pelo velho Bruno e seu companheiro *partigiano*: você, meu Brunettino..."

Se o menino não estivesse tão profundamente adormecido, sentiria em sua bochecha de nardo a lágrima escorrida da velha face de couro.

"Cabeça de anãozinho", é assim que o velho define o professor Buoncontoni, diante de sua calva reluzente, aureolada de melenas brancas, suas faces redondas e seus lábios grossos. Seria cômico, se não fosse pelos olhos, brilhantes de inteligência. A seu lado, a doutora Rossi, alta, sem peito, cabelo ruivo muito curto e de franja. Nas carteiras, uma dúzia de estudantes e, claro, Valerio diante do gravador. O velho não esperava que o rapaz o chamasse com tanto interesse da parte do professor. Sua história gravada, improvisada com retalhos de outra, depois o envergonhara um pouco, mas "caramba!, aquelas rodas giravam, giravam, não valia a pena desperdiçar a fita". No entanto, eles desejam continuar, inclusive pagando trinta mil liras por sessão, e desculpam-se por não darem mais por causa de seu orçamento reduzido. "Que gente mais estranha!", pensou o velho quando Valerio o chamou. "Parece mentira que ganhem a vida com essas fantasias, enquanto outros se matam de trabalhar!"

— Muito prazer — cumprimenta o professor. — Muito interessante aquela gravação. Eu desconhecia essa versão do mito sumério de Tammuz. Tenho certeza de que o senhor nos contará muitas coisas.

"Não, não é anãozinho", retifica o velho. "É uma criança. São crianças. Por isso gostam de histórias."

— Foi para isso que vim... Vocês se interessam pelos mouros? Temos castelos e tudo; deixaram memória.

— Claro, os mouros — assente o professor. — E os bizantinos.

— Os o quê?... Não, desses não houve.

— Catanzaro foi uma cidade bizantina, amigo Roncone.

— Se o senhor está dizendo... Mas lá ninguém os menciona. Não devemos ter feito tantas guerras contra eles quanto contra os mouros.

A máquina já está funcionando, já estão girando os carretéis implacáveis.

— Guerras? Por quê?

— Motivo não faltava. Naquele tempo eles eram mouros, e nós, cristãos, o senhor acha pouco?

Percebe que seu auditório não compreende. Explica:

— Sempre há motivo quando alguém quer briga, e nós tínhamos de querê-la... Por exemplo, roubávamos mulheres deles, e eles, de nós, de modo que guerra!... Ah, e são roubadas até hoje! — remata, ufanando-se.

— Até hoje? — pergunta a doutora, anotando em seu caderno.

— E como! Se os pais não gostam do namorado, ele a leva, e são obrigados a casá-los... Em algumas aldeias basta a *scapigliata*.

— O quê? — perguntam vários. O professor sorri; já conhece esse costume.

— Na saída da missa, o rapaz vai até a moça e arranca-lhe o lenço da cabeça, descobrindo-lhe o cabelo. Claro, têm que casá-la com o rapaz, porque ficou desonrada, e ninguém irá querê-la... A não ser que a família mate o rapaz: então, sim. Matando-o tudo se resolve.

Discute-se brevemente esse costume, e a doutora comenta alguns dos mitos que relacionam o cabelo ou a barba com a honra. Conclui perguntando ao velho se o rapto da rapariga não é visto pelas pessoas como um delito.

O velho espanta-se cada vez mais:

— Pelo contrário! Quem não a leva não é homem. As mulheres são para isso: sabe-se que seus pais as criam, mas para outro... Não é assim?

A doutora Rossi está prestes a argumentar, mas o professor volta ao tema da guerra, perguntando se havia outros motivos.

— Muitos. As terras, a irrigação, os moinhos... O rebanho, por exemplo, como o caso de Morrodentro.

— O quê?

— Um pastor que levava uma cabra do mouro ao mercado, e o animal se enfiou num terreno semeado de um cristão, que o denunciou ao bispo.

— E o mouro obedecia ao bispo?

— Bem, na época os bispos davam medo, porque podiam condenar; não é como agora, que ninguém liga... O mouro negava, o cristão afirmava, e o bispo perguntou ao pastor se a cabra tinha entrado no campo semeado ou não. O homem respondeu: "Estava com a fuça* dentro, mas as patas fora." Por isso começaram a chamá-lo de Morrodentro, e o apelido passou para os filhos, e até hoje, pois ainda vive em Roccasera. O bispo sentenciou que a cabra fosse dada ao cristão, porque a cabeça

---

* No original, *morro*. (N. T.)

estava para dentro, e o gado se conta por cabeças. Agora, ele cobrou do cristão o batismo da cabra, pois não podia tê-la em sua casa antes que ela fosse bem batizada... Coisas dos padres, sempre tirando dinheiro!

Inicia-se a discussão acadêmica sobre tal juízo salomônico, e alguém evoca os *fabliaux* medievais e o *Panchatantra*, mas o velho interrompe:

– Um momento, que a coisa não acabou aí. O mouro jurou vingança, e desde então o mouro e o cristão estiveram em guerra, ofendendo-se... O mouro matou o melhor furão do cristão, uma fêmea boa coelheira; mas o cristão desonrou uma sobrinha do mouro e também cortou o rabo de seu melhor podengo, que não voltou a correr direito.

– Como? – perguntou alguém. – Só por estar sem rabo?

– Só por isso! – afirma o velho, taxativo, desdenhando a ignorância daqueles sábios. – O podengo é um animal muito nobre, e sem o rabo ele se sente como que capado e se acovarda... Como um galo sem crista, compreende?

Ninguém se atreve a discutir. Alguém pergunta como acabou aquela guerra.

– Como todas: com a morte. O cristão, já velho, teve uma doença, e o mouro ficou contentíssimo. Todo dia, ficava no alto de sua torre, com sua gente, para ver o cristão ir ao médico se tratar... Ah, mas no final o cristão se salvou!

– Como?

– Um anjo começou a lhe aparecer todas as noites... Essa é a falha dos mouros, que não têm anjos... O do cristão, com aquelas visitas, devolvia-lhe a força. Era um anjo pequenino, mas só de cheirá-lo e tocá-lo qualquer um sarava... O mouro, quando viu o cristão melhorar, ficou com tanta raiva que se arrebentou e esticou as canelas... O cristão também acabou morrendo, claro, mas antes ele foi muito, muito feliz. Não é para menos, sem mouro e com o anjo, na glória!

Começam a tratar de angelologia islâmica e cristã, e o professor formula uma pergunta:

– O senhor disse tocar o anjo? Os anjos são de carne?

O velho contempla indulgente o anãozinho:

– Pois é claro! Se não fossem de carne seriam de mentira, seriam fantasmas deles. Não é? Têm carne e corpo, como o senhor e como eu... Bem, deve ser outra carne, mas têm. E por isso alguns são fêmeas – acrescenta o velho, lembrando-se de repente do corpo de Dunka.

– Desculpe, senhor Roncone – intervém um aluno avantajado, saído do Seminário Conciliar. – Os anjos não têm sexo.

Cresce o espanto do velho:

– Bobagem! Quem disse?

– As Escrituras. O Papa.

O velho solta uma risada.

– E o que o Papa sabe de sexo? Além do mais, como se pode estar vivo sem sexo? Se nós, homens, temos, como não teriam os anjos, que são mais? Deus iria criá-los castigando-os sem anjos fêmeas?... Que ideias tem o Papa! Cada uma!

O velho se compraz muito em ver um sorriso de adesão na doutora Rossi e ouvir o professor lembrar o ex-seminarista de que não estão numa aula de Teologia, mas recolhendo crenças populares, sobre as quais o senhor Roncone é autoridade testemunhal.

De modo que o velho volta para casa todo satisfeito, no carro de Valerio, embora pensando a mesma coisa que ao se iniciar a sessão:

"São como crianças, mas, puxa, vivem bem da história."

E acaricia três notas novinhas em seu bolso. Sempre são bem-vindas.

— Entre, entre; não estava mais esperando por você! – convida Hortensia da cama, ao ouvir o homem entrar. – O que é isso? – acrescenta, referindo-se ao ramalhete que ele deposita sobre a cômoda. – Voltou a fazer tolices?
 – Hoje é presente da Universidade, departamento de fantasias – responde o velho, esforçando-se para falar, porque andou muito depressa.
 Acha-a melhor, mas ainda não é sua vistosa Hortensia. Por sua vez, ela o nota cansado, as mãos um pouco trêmulas.
 – Que história inventou para eles desta vez? – ri a mulher, imaginando se ele irá notar que sua filha arrumou-lhe o cabelo.
 – Está muito bonita hoje, Hortensia!, e isso não é invenção... A história da Universidade, sim; mas me pagaram, não vai acreditar, trinta mil liras!

– O que você fez para isso?

– Nada: são bobos... Conto o que me dá na cabeça, e eles gravam, sem perder nada, como se fosse catecismo... Se você visse como discutem depois, muito sérios, naquele italiano do rádio! Como se eu falasse assim, que barbaridade!... Estou dizendo, bobos... Qualquer um da minha aldeia os engana.

– É que você tem muita lábia, trapaceiro! – ela ri, sentando-se na cama e deixando-se colocar sobre os ombros uma *liseuse* de tricô.

O velho ri, envaidecido, enquanto vai à cozinha e volta trazendo um vaso com água. Desata o ramalhete e tenta colocar as flores, mas move a cabeça descontente com sua obra.

– Traga, homem, traga... Até que você não é desajeitado, por ser homem.

– Aprendi muito cuidando de Brunettino... Tem uns botõezinhos...! Gosto de cuidar dele; agora vejo como vocês, mulheres, desfrutam com isso... Pois até faço coisas que antes me dariam vergonha!

Ela o olha de soslaio, enquanto continua colocando as flores no vaso que ele segura.

– Vergonha porque eram coisas de mulheres, não é?... Você achava que se rebaixava ao fazê-las.

– Vivemos muito apartados de vocês, sabe? O homem vive muito separado da mulher, embora durmam na mesma cama.

– Veja como ficam bonitas!... Ponha o vaso aí em cima, assim. O buquê mais bonito que você já me trouxe... Claro que vivemos à parte; vocês nos mantêm como que confinadas!

O homem titubeia.

– Como que confinadas... Mas a verdade é que sabemos pouco do viver das mulheres... Com as que conheci! – sorri, jactancioso.

— É porque não as conheceu, bobo. Usufruiu delas, nada mais. Por cima.
— E tão por cima! — solta uma gargalhada. — Por onde melhor?
— Sem-vergonha!... Mas havia muito mais a desfrutar, e você nem desconfiava. Como todos. Aprenda isto: vocês gostam das mulheres, mas não se interessam por elas. É assim que vocês são.
O homem reflete, revolvendo suas lembranças:
— Também elas pouco faziam para ser mais do que isso, é o que eu acho... Só uma teria gostado que eu... Sim, uma...
— Sei — o tom se endurece. — A ditosa guerrilheirazinha.
— Dunka, sim. Ela queria me transformar, fazer-me à sua maneira... E, ouça, talvez por isso a tenha deixado... Bem, seja como for, a guerra era um vendaval. Levava todos nós, cada um por seu lado... Mas Dunka queria...
— Aproximá-lo dela, claro.
O homem se cala, muito atento às palavras de Hortensia.
— E você caiu fora... Pobre Bruno; perdeu o melhor, o mais bonito.
— Ora, o mais bonito eu desfrutei sempre que quis!
Mas a risada grosseira soou forçada para ele mesmo. Mero recurso defensivo.
— Sim, você o perdeu... E agora está percebendo!... Bem, antes tarde do que nunca.
O velho a olha e, em sua mente, aflora uma descoberta. Agora está percebendo, sim, mas o quê? Dá voltas, voltas, mas não consegue captar.
— Em que está pensando? — ela o acossa.
O homem suspira.
— Se eu tivesse conhecido você antes...

A mulher ri, para não denunciar a onda de calor que a percorre.
— Nem teria ligado para mim, bobão. Eu nunca chamava muito a atenção... Não faça essa cara, é a verdade... Às vezes eu chorava por isso — sua voz torna-se mais íntima. — Enfim, vou ficar quieta, senão você vai me dar o fora, como fez com aquela Dunka.
— Dar o fora, eu? Pois tenho o que não esperava mais ter!
Seus dedos formam uma cruz sobre os lábios. Sua voz vibrou tão fundo que o silêncio impôs-se aos dois.
O homem fica olhando pela janela. Depois senta-se na cadeira perto da cama.
— Você está cansado... Não dorme, por causa do menino...
— Nunca dormi muito; não tenho necessidade.
— Tire uma sonequinha; vamos... como no primeiro dia.
— Está bem, se você não se importa...
— Mas não sentado aí, bobo!... Aqui, é bem larga.
A mão feminina pousa na parte vazia da grande cama de casal. Depois sobe até o embuço e começa a baixá-lo.
O homem estaca:
— Na sua cama? Está me achando tão velho assim?
Ela ri divertida diante de seu protesto.
— Vamos, homem, doente como estou... Vamos, deite-se, vestido mesmo. Se dormisse aí você sentiria frio.
O homem continua vacilante. Não lhe agrada essa história de dormir na cama com uma mulher assim, para nada! É como puxar da faca e não a cravar... Mas ela encontra o argumento que o faz decidir:
— Não tenha medo, já disse que os resultados das análises foram bons. O que tenho não é contagioso.
— Mesmo que fosse, você sabe muito bem! — ele responde taxativo ao desafio e senta-se para se descalçar.

— Além do mais, se você tivesse algum bicho, eu o envenenaria.

Fica em pé e começa a tirar as calças. Acrescenta, risonho:

— Mas vou avisar: sou carne de velho, Hortensia. Dura.

— Gosto de carne-seca — ela ri. — E acabe logo com isso, pois não vou ver nada de novo.

Deixa a calça e vai para o banheiro. Suas meias são de lã, feitas na aldeia, e ele usa cuecas como as de Tomasso; não aqueles *slips* do seu genro, aquelas tanguinhas. Os joelhos fracos, com ossos proeminentes e veias grossas, inspiram ternura.

— Pelo menos — ele explica ao voltar — não vou me enfiar aí com a poeira da rua nos pés.

A mulher agradece. Outros como ele não teriam pensado nisso.

Finalmente o homem deita a seu lado, com os cabelos crespos e grisalhos sobre seu travesseiro. Quando ela lhe ergue as cobertas até o queixo, seus dedos sentem a aspereza da barba e retrocedem. Ele nota.

— Desde que não uso navalha fica pior. Mas eu me cortava; o pulso já...

"Também Tomasso, no final, se cortava (mas ele já estava alcoólico) e também se entristecia. Esses homens, sempre querendo ser os tais!...", pensa ela. "Mas como um homem nos dá bem-estar, que segurança sentir seu cheiro ao nosso lado!"

Hortensia se ergue um pouco e põe o corpo de lado, apoiando-se no cotovelo: tem necessidade de vê-lo deitado; vê-lo de cima.

Uma lembrança estala no velho:

— Assim, como os etruscos! Ela estava igual a você... E sorria como você agora!

— Os etruscos?

— Uns italianos de antes, que quando mortos pareciam vivos... Como seriam quando vivos, antes de morrer!

Uma ponta de inveja transparece nas últimas palavras, mas passa ao contemplar Hortensia: seu braço nu, seu peito perto dele...

"Que vida bonita!", desfruta o homem, sentindo-se acariciado por aqueles olhos... Sua mão move-se na direção dela, por baixo dos lençóis, mas imobiliza-se antes de a tocar, quando percebe uma mornidão no tecido. Detém-se ali, como um peregrino diante do santuário final, deixando-se embalar nas ondas tranquilas do aroma feminino. Suas pálpebras, ao se fecharem pouco a pouco, vão adotando uma expressão final de beatitude.

Já adormecido, a mulher imóvel continua a contemplá-lo embevecida. Sorriso de menina descobrindo o homem; olhar de mãe diante do filho no berço; emocionada serenidade de fêmea cumulada por seu amante.

– Parece mentira que algo tão pequeno seja capaz de fazer tanta guerra! – desespera-se Anunziata, afastando Brunettino da lata de lixo.

Desde que corre por toda a casa, o menino mantém todos suspensos. Mas o velho transborda de felicidade. "Isso, meu menino, guerra!", ele pensa. "Quem não guerreia não é ninguém!"

A maior vítima das façanhas infantis é a ordem doméstica imposta por Anunziata. O menino agarra tudo o que alcança e larga em lugares inverossímeis. Além do mais, já desloca objetos grandes; sua última descoberta é empurrar cadeiras. Precipita-se com uma pelo corredor a uma velocidade excessiva para seus passinhos e, quando cai, protesta por um momento com choro raivoso, mas volta ao prazer de empurrar a cadeira.

– Perigo, o tanque avança! – grita o avô, sentado no meio do corredor. – O capitão Brunettino abalroando o inimigo! Avante!

O tanque se detém ao se chocar contra o velho. O capitão lança um berro impressionante, e o velho empreende a retirada, morrendo de rir, enquanto o tanque continua implacável até a parede do fundo.

– Jesus, senhor Roncone; o senhor é mais criança do que o menino!

O velho, porém, nem a ouve. Às vezes a empregada se pergunta qual dos dois é pior. Há pouco o menino pegou uma faca na cozinha e estava brincando com ela. Ao perceber, Anunziata soltou um tal grito de alarme que o velho apareceu na porta de um salto, quando ela se apoderava da faca, provocando o choro do menino.

– Pode chorar, pode chorar, mas com isso não se brinca! – repetia a mulher.

– Ah, bom, uma faca! – comentou o velho, tranquilizado. – É coisa de homens, senhora. Em vez de tomá-la, ensine-o a manejá-la. Mas o que sabe a senhora!... Olhe, meu menino, segure por aqui, está vendo?, assim, muito bem... O resto corta e fura, é para quem está na frente. Sua parte é esta, o cabo, ca-bo.

O menino ria, com a faca na mãozinha, por sua vez encerrada no punho do velho, que esfaqueava o ar. Anunziata fugiu escandalizada: não deixará de informar à patroa quando ela chegar.

Assim, faz pouco depois, e Andrea dá um suspiro, levantando os olhos para o céu em busca de paciência. Para sorte do velho, a indignação materna não cai em cima dele, pois acaba de sair, apesar de ser meio-dia.

– Não vai comer aqui?

– Foi isso que ele disse... E não é a primeira vez – lembra Anunziata.

– Não sabe onde ele almoça?

Anunziata não sabe, e Andrea fica intrigada. O velho anda misterioso ultimamente. Senhor, que ele não comece a perder o juízo; que desgraça! O professor garante que esse câncer não afeta o cérebro, mas na fase final a personalidade acaba por desmoronar... Senhor, Senhor! O velho, certamente, tem cada vez mais falhas.

Esquece o que ia fazer, procura o chapéu que está em sua mão... O que andará fazendo agora na rua, em pleno inverno, sem obrigações e sem dinheiro, porque de lá mandam com atraso, e ele não aceita ajuda?... Ou será que tem dinheiro? Pois de repente Brunettino aparece com um brinquedo que nem Andrea nem Renato compraram. Uma quinquilharia, claro, pois diverte o menino até quebrar. Então?... Andrea está perplexa.

Quando Anunziata vai embora, Andrea veste o roupão e se dispõe a trabalhar, aproveitando que o menino está dormindo. Mas já se viu que será um dia com problemas, pois tocam a campainha. Levanta-se e vai atender para que não toquem de novo.

Um jovem desconhecido, de sorriso atraente. Andrea, instintivamente, fecha mais sobre o peito o roupão cruzado, preso apenas pelo cinto.

– O senhor Roncone? – pergunta uma voz agradável.
– Está na fábrica. Até as cinco.
– Não, estou procurando o pai. *Don* Salvatore.

"O vovô? O que estará querendo com ele este jovem tão educado?"

– Marquei com ele na portaria a esta hora, e, como não desceu... Está acontecendo alguma coisa?
– Ele também não está. Se vocês marcaram encontro, não deve demorar. Entre, entre um pouco.

O visitante entra, tirando aquele gorro que agora muitos estudantes usam. O cabelo encaracolado lhe dá um aspecto de cabeça romana. É mais jovem do que parecia na porta.

Andrea indica-lhe o sofá na salinha. Ela senta numa poltrona e cobre as pernas com as abas do roupão, que tendem a se separar.

O jovem repara na lâmpada acesa e nos livros abertos sobre a mesa.
– Por favor, senhora, continue trabalhando.
Mas Andrea está intrigadíssima.
– Não, não... Vai ser só por um momento, meu sogro não deve demorar. Iam sair juntos?
– Vou levá-lo à Universidade, como outros dias.
À Universidade! O último lugar de Milão onde ela teria procurado o velho. O vovô na Universidade!
– Fazem algum curso?
– O senhor Roncone está colaborando no Seminário do professor Buoncontoni.
Andrea se contém para não abrir a boca de espanto. Nada menos que Buoncontoni! A autoridade italiana em etnologia! Sem mais rodeios interroga o rapaz sorridente, que lhe informa de boa vontade: as sessões de gravação, os debates científicos... O senhor Roncone é um dos melhores colaboradores que passaram pelo Seminário. A doutora Rossi, sobretudo, está fascinada...
"Ah, Natalia!", pensa Andrea, que a conhece. "Perguntarei a ela."
– Seus relatos nos abrem novos horizontes sobre a persistência dos mitos no folclore calabrês – conclui o estudante. – Fazem-nos descobrir que no maciço de Sila, ainda pouco estudado, há reminiscências já desaparecidas em outros lugares da própria Calábria... Antes de ontem, por exemplo, deu-nos uma sugestiva versão desconhecida do grande mito mediterrâneo da Virgem Maria.
Andrea está desconcertada. Com que então aquele camponês que mora em sua casa está ilustrando o Seminário do professor Buoncontoni... Bem, pelo menos sabe de onde ele tira algum dinheiro, e fica enternecida por ele gastá-lo com seu filho. Também averiguou onde ele passa o tempo, pois, conforme ela já esperava, claro que não era no Clube da Terceira Idade... Mas ainda não

está explicado onde almoça alguns dias. Talvez nos botecos, onde devem lhe dar aquelas porcarias de que ele gosta e que lhe fazem mal... Ou então, quem sabe, vai ver que almoça com o arcebispo... Do vovô, depois de sabê-lo na Universidade, ela espera qualquer surpresa. Sorri diante da ideia.

Sente-se observada pelo jovem e, para evitar que seu sorriso seja mal interpretado, volta a cruzar as abas do roupão, acomodando-se mais ereta na poltrona. Dispõe-se a continuar falando, quando se ouve o barulho da porta de entrada. O velho aparece com uma expressão contrariada, que se alegra quando vê o jovem.

– Ah, Valerio! Ainda bem que resolveu subir... Desculpe, esqueci que era hoje... Essa minha cabeça! Vamos, vamos embora correndo! O que dirá o professor! Depressa!

O velho é um turbilhão, que deixa Andrea com a palavra na boca e arrebata o estudante. Este só tem tempo de tomar a mão que Andrea lhe estende e inclinar-se sobre ela depois de se apresentar:

– Ferlini, Valerio... Às suas ordens, senhora.

Andrea lhe agradece que não chegue a tocá-la com os lábios, pois não gosta, mas encanta-lhe o roçar do bigode... "Ferlini, Ferlini... Será filho do famoso jurista?" Andrea lembra a reportagem dedicada recentemente por uma revista de sociedade à *villa* esplêndida que aquela família possui junto ao lago Maggiore.

Rodando para a Universidade, o velho mantém-se em silêncio, preocupado com sua falta de memória. Será que lhe descontarão algumas liras pelo atraso? De repente ouve Valerio:

– É bonita sua nora.

– Bonita? – repete o velho, estranhando, voltando-se no ato para o rapaz ao volante.

– Atraente, sim. E simpática!

O velho fica calado. "E pensar que esse aí parecia sensato!"

Amadurece em sua mente a decisão de hoje contar mais disparates do que nunca àqueles meninos da Universidade. "Já que não distinguem! Eles merecem; quanto mais fantástica é uma história, mais lhes interessa!... Cretinos!", ele repete, irritado com a expressão sonhadora no perfil de Valerio.

"Veja, veja esses telhados. A única coisa boa desta casa: é alta; não me ajusto com os lugares baixos. 'Claro, vovô' – você dirá –, 'porque você é montanhês.' E com muita honra... Aliás, quando é que você vai me chamar de 'vovô'? Muito *brrr* e muito *aiii*, mas de *nonnu* não ouço você dizer nada. E tenho uma vontade!... Pois é isso, erga-se e aprenda a olhar de cima, sobretudo as pessoas, para nunca se diminuir... Claro que sou filho da montanha, quem senão ela me salvou na guerra? Minha *Femminamorta*, a mãe dos *partigiani*, o refúgio em nossos apuros. Em compensação, eles a evitavam, porcos alemães! Rodeavam sua encosta olhando assustados para cima; sabiam que estávamos ali, mas não ousavam subir. Na montanha estavam perdidos... E também na neblina, essa que aqui é sempre suja e lá é branca e baila devagarinho. Não sabiam ver dentro dela. Disparavam contra árvores acreditando que fossem *partigiani*, e as-

sim nós os localizávamos melhor. A neblina, ideal para o ataque surpresa... Está vendo? Bem que eu disse: aqui já está suja desde a hora em que se levanta, veja... Mas você dormiu? Tem direito, é a hora do revezamento. Eu me encarrego da guarda. Durma, companheirinho."
Afasta-se da janela e coloca o menino no berço. Depois senta no chão, apoia as costas na parede.
"Durma tranquilo, sou boa sentinela. Gosto das guardas, elas me dão tempo para pensar. Sem me distrair, claro, mas lembrar e compreender melhor. Assim comem as cabras, em duas vezes. Agora, está vendo, volta-me David. Chegou até nós com uma neblina como esta. Eu estava na vanguarda e escutei uns passos. Não descarreguei a metralhadora em cima dele porque pensei em agarrá-lo vivo. Primeiro ficamos espantados: que homem, tinha nos encontrado sem conhecer o terreno! Depois nos disse que se tinha perdido. Não se importou em confessar, imagine, era assim o pobre David, com aqueles olhos mansos e tristes... Por que estou dizendo 'pobre David'? Quem sabe como vivem os outros? Como você vê, companheirinho, não tenho certeza do que tive certeza. Deus não fez as coisas direito: deveríamos viver tantas vezes quantas vivem as árvores, que depois de um ano ruim criam folhas novas e começam de novo. Nós, só uma primavera, só um verão, e para a cova. Por isso você deve brotar bem seus ramos desde já. Eu nasci em pedregal e não me queixo, cheguei a me educar sozinho. Mas podia ter florescido melhor..."
Sua cavilação se detém nessas últimas palavras.
"Isso mesmo, florescer. Eu acreditava que fosse coisa de mulheres, que o homem fosse apenas madeira, quanto mais rígida melhor. Mas por que não flor? David gostava de flores, detinha-se nas marchas para olhá-las melhor e estava sempre perguntando como se chamavam. No início zombávamos, até que vimos sua boa madeira,

e ele conquistou o respeito. Devia ter razão, já não tenho tanta certeza de algumas coisas, como estou dizendo. Quando eu iria pensar que o homem também floresce! Que surpresas! Floresce com a mulher, claro, essa é nossa primeira primavera de verdade. A seu lado nos abrimos à noite, como os bons-dias, quando temos a sorte de a encontrar. Eu a tive, ela me colheu do monte e me plantou em sua cama: lá eu cresci. Assim era minha Salvinia; pegava e deixava homens como queria. A única em toda a região, tanto que até o marquês quis lhe pôr casa em Catanzaro, e ela o desprezou. Tinha a força da montanha: 'Sou rei em meu moinho', disse-lhe, 'não vou me rebaixar a marquesa'. Pois tocava o moinho sozinha, a Salvinia, e era uma rainha de verdade. Da melhor madeira!... Banhando-me com ela no regolfo, ajudando-a a despejar o grão na canoura, comendo juntos, como apalpava sua madeira de rainha!... Que tardes, que noites! O dia todo soava a batida das cirandas e o esfregar das mós fazendo tremer o piso, que não deixava que nos ouvíssemos... Quando, ao se pôr o sol, cortávamos a água, que silêncio, *Madonna*! Tudo se acomodava em seu prumo. A casa, o mundo, os pássaros, as rãs em sua paz, ela e eu em nosso gozo. Olhávamo-nos intensamente, muito brancos do polvilho da farinha, e começávamos a rir! Tomávamos uns tragos, mordiscávamos qualquer coisa, queijo, maçã, salame, pão, imagine, se houvesse!, e para a cama. Ou primeiro ao monte de sacos, para não subir a escada. Mordendo-nos, pois assim era a Salvinia! Parece que a vejo aqui no escuro! Ai, Salvinia, Salvinia!"

Outro relâmpago de compreensão na mente do velho, ao tempo de um soluço reprimido.

"Já sei por que estou lhe contando isso. Agora é que estou percebendo que ela era pedra viva, mais do que madeira. Eu então não refletia; folgar e nada mais. Hortensia abre-me os olhos com você, meu menino. Vocês me ensinam sem me dizer, fazendo-me ver sozinho. Hortensia, que não é pedra pois é mais macia, madeira da fina. Mas Salvinia, pedra, a própria montanha. Agora explico: uma mulher que nos sorvia os ossos e, veja, tão fêmea, mas não podia parir. Como ovelha estéril... Vai saber, vai ver que sua própria coragem consumia-lhe a força. Tanto faz, ela fez meu casamento com sua avó, veja só o quanto gostava de mim. Louca por mim, deixava todos por mim, e me meteu na cama da Rosa para me fazer herdeiro do *zio* Martino..."

O menino se mexe, e o velho se alarma, deslizando pelo tapete para aproximar o ouvido da porta fechada.

"Achei que você tinha ouvido alguma coisa. Você tem tanto ouvido quanto eu, mas não vem ninguém por esse caminho, o único para o inimigo. Esta posição é boa e ainda poderíamos melhorá-la. David tinha rente ao chão cordéis amarrados a uma bomba manual: se explodisse era porque os alemães estavam vindo. Ambrosio teve a ideia de fazer outra saída na gruta de Mandrane. Por ela escapamos dos lança-chamas quando fomos traídos por aquele infiltrado, um fascista de Santinara... O Ambrosio! Deve estar pensando agora que desertei, que não voltarei para morrer em meu posto... Não, não se assuste, menininho, não vou embora! É só o que o Ambrosio deve estar pensando: como eu não escrevo, e ele não tem telefone!... Mas não deixo você sozinho, não vou para Roccasera se não for com você. Que entrada nós dois juntos! Lá você tem que aprender nosso caminho para atravessar a praça; não dá para ver, mas ele está ali. Seu pai deve tê-lo esquecido, mas você há de saber, porque é seu. Todos os seus mortos o pisaram, os meus não contam, pois não os tenho, a não ser minha mãe. Mas conquistei esse caminho para você, graças a Salvinia, que me casou com sua avó."

O velho se cala e volta a aguçar o ouvido. "Quantos alarmes esta noite...! Ah, sim, o caminho! Olhe, uma praça não se atravessa de qualquer maneira. Em Roccasera não é simples. Tão difícil quanto se infiltrar no bosque, em meio ao inimigo. No entanto é justo o contrário, porque na praça o bom é ser visto. Só os joões-ninguém vão colados às paredes. É preciso forçar para que todos o vejam. Você me pergunta como? Empertigando o corpo, a cabeça alta, o olhar, os braços, desfilando só você! Assim irá atravessá-la, porque você é quem é. E os velhos no café do Beppo e as mulheres olhando através das cortinas (pois as decentes não podem ficar paradas na praça) terão que dizer: 'Vê-se que é o neto do Salvatore.' Dirão isso porque desde o primeiro dia você atravessará comigo por onde lhe pertence. Pelo centro, à direita da fonte; nunca à esquerda, caminho dos Cantanottes, que estejam no inferno! Nós, pelo nosso, ganhei-o por intermédio de Salvinia, como venho dizendo. Foi assim: sua avó Rosa estava louca por mim, eu era o rabadão de sua fazenda. Subia a montanha em meu cavalo, era glorioso montá-lo, e na época poucos pastores gineteavam. Mas o pai dela não me queria para genro e também não me despedia, porque ninguém levaria seu gado como eu, pois em bem saber e bem mandar ninguém ganhava de mim... Assim, estávamos todos esperando para ver no que dava, por onde a vida iria enveredar. E os Cantanottes aproveitando-se dessa espera, tirando do Martino turnos de rega, colando-se em seu castanhal, até se atrevendo já a pisar no caminho da direita! E Martino, já velho e sem filho, pois foi mulherengo e se casou tarde, sem me querer por eu não ter nada. E Rosa rejeitando outros, aferrada a ser minha ou do convento. Que bobagem, meu menino, coisas de mulheres! Eu, do mesmo modo, cumprindo firme minha obrigação. Subindo com meu cavalo às malhadas, levando a *lupara* contra algum javali que me aparecesse ou para o caso de algum Cantanotte me espreitar, pois o Genaro quis seduzir a Rosa. Portanto tudo no ar, como você vê, até o dia em que tive que descer ao moinho e vi Salvinia, a cara toda branca e o pescoço também, com os olhões negros no meio. Ela me viu em cima do cavalo e já me estendeu os braços... Bem, já lhe contei! Voltei lá muitas noites! Pois foi ela, Salvinia, que viu claro onde eu não via. Que mulher!... Está vendo? Foi o que eu disse. A neblina de Milão está sempre suja, aí está ela. Na montanha seria como velo bem cardado e soprado ao ar."

O velho se retira da janela com desgosto.

"Sim, foi Salvinia quem fez se precipitar minha fortuna. 'É sua sorte casar-se com Rosa', ela me repetia. Eu, aborrecido, pensando que já se havia cansado de mim, mas era o contrário, justamente por gostar de mim. E eu voltando ao moinho, pois sua avó era bonita, mas como um jardim, só para colher suas flores, ao passo que Salvinia... Um espasmo, um vendaval, um esquecer-se!... Até que Salvinia me seduziu por onde sempre sou pego, lançando-me um desafio, pois nunca me acovardo. 'Por que uma tarde você não atravessa a praça comigo? Por que se incomoda com as pessoas?' Imagine minha resposta: agora mesmo! Não me importava perder Rosa e tudo, pois falei certo de perdê-la. Mas Salvinia sabia mais do mundo, preparou tudo grandiosamente, uma tarde de sábado. Na volta do trabalho, com bebedores na porta do Beppo e a fila de homens para se barbear com Aldu, e até o padre com as beatas na escadaria da igreja. A hora especial na praça. Lá vai! Apareci com a Salvinia. Ainda por cima segurou-me o braço, um escândalo, isso só se fazia com os maridos. Atravessamos devagar pelo caminho mais longo, desde a esquina de Ribbia até a da Prefeitura... Que desfile, meu menino, como se tocassem trombetas! As beatas viraram as costas, os homens como estátuas. Todos: os que ela não quis para nada e os que havia desfrutado e dispensado, pois todos, por uma razão ou por outra, levavam Salvinia nas entranhas. Ela e eu olhando as pessoas, eu pensei 'agora a torre cai, com esse nunca-visto'. Mas nem mesmo o sino. Até o relógio deu as seis, como que repicando à nossa passagem! Devagar, como eu disse, e no final alguns até saudaram, por pura irritação. Que golpe! Ainda há quem lembre..."

O velho leva as mãos ao ventre e olha em volta.

"Você também, Rusca? Está me ouvindo? Com certeza não está compreendendo. Brunettino também não, claro. Vocês não sabem que Salvinia sempre tinha respeitado a praça. Desde que enviuvou, quando o marido se afogou no canal, sempre fez o que lhe deu vontade, sem se importar com ninguém, mas respeitando a praça, porque era sua aldeia. Ou talvez por causa da igreja, pois até a mais destemida tem essas ideias de mulher. Nunca ia até lá sozinha à tarde, nem queria ir com outro; respeito ou sei lá o quê. Mas comigo se empenhou. 'Com você exponho minha bunda e minhas tetas ao sol da praça com a fronte bem alta, pois eles são todos piores, e, delas, nenhuma tem o que eu tenho. Vai ver como isso vai fazer você subir ao mais alto e se casar com a Rosa. Não há nada como não ligar para o mundo...' Assim foi, as pessoas começaram a me olhar de outro modo; o *zio* Martino viu que eu enfrentaria os Cantanottes e a própria Rosa... A princípio rompeu nossas relações; ao me ver de sua janela com Salvinia teve um espasmo: depois fiquei sabendo. Então passou dias chorando e preparando enxoval para o convento. Mas seu pai já havia pensado que eu lhe era necessário, que venceria até o caminho da praça e acabou por nos casar... Salvinia fez isso por mim, imagine que amor, gostando tanto de mim!... Ainda fui até o moinho, mas ela sempre me fechou a porta; sei que depois ela chorava. Era pedra, já disse; rocha, a própria montanha... E por ela mais tarde tornei-me *partigiano*, pois se não... O que me importava a guerra? A pátria é coisa dos militares, que se nutrem dela; a política é de grã-finos, primeiro fascistas com Mussolini, e depois democratas. Não foi por isso que fui para a guerrilha; é que os alemães mataram Salvinia em seu moinho. Sim, filho, mataram aquela grandeza. E de que maneira, meu menino, de que maneira! A frio e pior do que feras. Não eram homens, não mereciam ter mãe. Matar, tudo bem, mas aquilo não. Nem dá para contar a um inocente como você..."

A palavra se estrangula em seu pensamento como voz em sua garganta.

"Então me fiz *partigiano* por ela... Claro, se tivesse conhecido os filhos da puta que a torturaram, iria matá-los de maneira pior ainda, pois em paz. Mas não se sabia, podia ter sido qualquer alemão. O único remédio? Fazer guerra contra todos, e me juntei à guerrilha... A verdade é que eliminei alguns, mais do que os que a torturaram, muitos mais... Assim Salvinia deve estar contente com seu Salvatore. Porque não devem ter sido os mesmos, como saber, mas cumpri... Sim, ela deve estar contente."

– Como cresceu! Que bonito!

A exclamação de Hortensia evoca no velho aquela manhã: o carro que o salpicou, sua correria deixando o menino sozinho, a mulher compassiva... Não se passaram quatro meses e já são recordações de sempre.

Este dia de fevereiro amanheceu ameno, com claridades azuis. Nas árvores podadas por Valerio, alguns botões prestes a se abrir. O velho saiu com o menino e passeia com ele pelo jardim, quando resolve visitar Hortensia para lhe contar a última façanha de Brunettino: na pracinha, enfrentou um cachorro. Bem, mal merecia o nome de cachorro; era um daqueles animaizinhos com mantinha e guizo levados por uma velha. Mas latia ferozmente olhando para o menino, e como latia! Brunettino, em vez de se assustar, deu uma patadinha no chão com toda a sua energia e soltou um tal grito que o bicho recuou e foi se refugiar debaixo de sua dona.

Em compensação agora, quando Hortensia lhes abre a porta, o menino perde sua audácia e apoia as costas contra as pernas do homem. Mas o receio dura pouco. Antes de Hortensia lhe estender os braços – assim alegrando o velho ao lhe mostrar a gôndola de prata presa ao peito – o menino olha atrás, para o patamar escuro, compara com a claridade no canto do corredor interno e estende um indicador imperativo para a luz. Os adultos riem, e Hortensia ergue Brunettino nos braços, entrando na salinha na frente do velho. É lá que se surpreende com o tamanho do menino e acrescenta sua primeira exclamação:

– Lembra, Bruno, que então ele não conseguia envolver-me o pescoço com os bracinhos? Pois veja agora!

– Claro que lembro!... Mas não vá se cansar. É o primeiro dia que a vejo em pé desde que adoeceu.

– Só levantei para abrir para vocês – responde ela, deixando o menino no chão e instalando-se em sua poltrona. – Passo o dia aqui sentada.

O pequenino percorre a sala com os olhos.

– É preciso entretê-lo com alguma coisa, mas esta é uma casa sem crianças... – cavila Hortensia. – Ah, sim! Veja, Bruno, abra meu armário e no fundo da gaveta grande, embaixo, você vai achar um dominó.

Durante a doença de Hortensia, o velho, em suas visitas, já executou tarefas semelhantes, mas aquele armário continua a impressioná-lo como a primeira vez que o abriu: para buscar um lenço, lembra muito bem. Também agora o detém aquela provocação: as cores alegres, os vestidos sugerindo aquele corpo e principalmente, principalmente, o cheiro, os cheiros dilatando seu nariz. Aquele armário não é uma caixa grande, é muito mais. Suas portas se abrem para uma câmara secreta, um templo de tesouros misteriosos. Os panos pendurados lembram-lhe as passagens suspensas da montanha, onde se estendem redes para caçar torcazes: como uma pomba, seu coração se enreda em tanta promessa, naquelas revelações de intimidade. "Como nunca me ocorreu isso?", pensa. "Com todos os armários de quarto abertos em minha vida, até para me esconder das mães! Deviam ser como este, mais ou menos, mas para mim era indiferente. O que importavam os vestidos? Fora os trapos; para o chão!... Venham os corpos, a pele a minhas mãos!... E agora, em compensação, aqui de boca aberta diante destas roupas..."

Embaixo, a gaveta. Ao abri-la agora pela primeira vez, a intimidade revelada comove-o como um nu. Não é a mera sugestão das meias ou dos lenços, mas essa entrega mais funda que são as lembranças. Embora ignorando a mensagem real daquele envelope com fotografias ou a história daquelas joias em seu estojo, o velho sabe estar penetrando agora na vida de Hortensia. E sua mão, furão entre aquelas suavidades, apodera-se finalmente de sua presa.

Para o menino, já sentado no tapete embaixo da mesa, a cascata de fichas pretas e brancas é um jorro de gemas faiscantes. Cheira uma e depois a morde. Como não a acha comestível, começa a tirar todas, encantado com a sonoridade de seus estalos.

– Jogando com esse dominó, eu entretinha Tomasso em seus últimos tempos – explica Hortensia.

"E pensar que ela entrega essa lembrança ao menino, que mulher! Com que carinho ela olha o pequeno!..." O velho reprime um suspiro: "Se a maldita Rusca não me estivesse mordendo já tão embaixo." Isso o leva a pensar em alguma coisa e tira Brunettino de seu refúgio.

– Não vá fazer pipi no tapete – explica. – Vamos, meu menino, uma esguichadinha.

Leva-o ao banheiro, desabotoa-lhe os benditos colchetes da calça, baixa-lhe as cuequinhas e segura-o em

pé. Hortensia seguiu-o calada e contempla-o sem ser vista, voltando a sua poltrona antes que o velho regresse, orgulhoso:
— Mija como um homem, não é mesmo, Brunettino? Tem um esguicho...
O menino voltou a seus jogos. Durante uns momentos só se ouve, como castanholas, o bater das fichas.
— Em que está pensando, Bruno?
— Não sei... Em nada.
— Mentira, sem-vergonha, conheço você. Desembuche.
— Quando estávamos ficando moços — sorri ao se ver descoberto —, gostávamos de sair da taberna para ir mijar atrás da escola. Sabíamos que a professora nos espiava e a deixávamos ver bem nossas coisas... Estava ficando solteirona e andava no cio, mas não ousava deitar com um homem: era antes da guerra. Além do mais, não servia para casa de lavrador, pois era muito grã-fininha. Sem dinheiro e feia, não tinha jeito, a coitada.
— Podia não servir, mas lhe deixou a lembrança.
— Bah, vendo o menino agora!
— Parece que a professora é você.
A brincadeira, tão inocente, crava-se no velho, pois essa é a questão. Outra vez seu pensamento se embaralha: por um lado, o menino precisa de uma avó, e ele o será, além de avô; por outro lado, a professora com sua obsessão aviva a sua diante das recentes mordidas da Rusca embaixo do ventre.
Hortensia percebe que alguma coisa afetou o homem.
— A Rusca está incomodando mais? Dói?
"Essa mulher é adivinha", espanta-se mais uma vez. "Impossível esconder-lhe qualquer coisa."
— Que dor coisa nenhuma!... Se fosse só isso...
Mas aqueles olhos à sua frente merecem a verdade, eles a exigem com mais força do que um interrogatório. Decide:

— Escute, pior seria se você pensasse mal de mim com essa história de dormir na sua cama sem fazer nada com você... Acontece que a Rusca agora passeia por mim mais embaixo, e não me sinto tão homem: é isso. Olha-a desafiante, com a voz eriçada de coragem e patetismo. O olhar de desejo completa a mensagem. Hortensia fica calada; é o melhor. Mas, se pudesse dizer àquele homem que isso não impede nada, que o torna mais afetuoso...! Dirá mais adiante.

As fichas continuam estalando na mão do menino.

— Pois é isso que está acontecendo... E eu sempre pensei, olhando os velhos, que assim não vale a pena viver. Principalmente o Cantanotte já estando morto.

— Que barbaridade! Não diga uma coisa dessas!

— Não, pois já não penso assim, porque o menino voltaria a ficar sozinho, com o ferrolho da Gestapo. Enquanto não pode se defender, aqui estou eu...

— Ainda bem — e Hortensia acrescenta docemente:
— E só o menino precisa de você, bobo?

Uma crispação involuntária na boca do velho... Depois de um silêncio, aflora-lhe um sorriso rapidamente transformado em júbilo:

— Ah, sim, não lhe contei!... Ontem a Rosetta me telefonou. Os filhos do Cantanotte já estão brigando entre eles para dividir a fazenda. Viver para ver! O que conseguiram evitar subornando os romanos da Reforma Agrária, os burros vão padecer agora com suas brigas... Bem, evitaram só em parte; já os apertei a partir da Prefeitura... Ainda eram os bons tempos e salvei para a aldeia as montanhas comunais; ainda mandávamos nós, os que haviam lutado. Mas acabaram vindo os políticos e saí do meio disso, para quê?... Pois imagine: agora vão roubar entre eles e ficarão os advogados para vender.

— Acaba acontecendo o que tem de acontecer — comenta simplesmente Hortensia.

Mais uma vez, palavras daquela mulher obrigam o homem a pensar: o que é que tem de acontecer?... Mas nem conjectura, pois surge o acidente: Brunettino, ao tentar levantar-se agarrado a uma perna da mesa, deu com a cabeça por baixo do tampo e choraminga, esfregando o lugar dolorido. Hortensia e o avô se precipitam para consolar seu chorinho.

O velho consegue surpreender com frequência os etnólogos do Seminário, mas também eles o assombram com suas revelações. Acontece, por exemplo, que a Rusca mordiscando seu corpo não é coisa nova; houve gente antiga com o mesmo caso. Um foi – agora o velho fica sabendo – aquele homem amarrado por castigo em um rochedo, onde vinham comer-lhe o fígado, só que não era um furão, mas uma águia. "Ora, seria liquidado em seguida!", o velho se compadece; mas esclarecem-lhe que a águia nunca acabava de devorar o fígado.

"Devia ser uma águia muito degenerada ou doente", pensa o velho, suspeitando que aquela gente de livros nunca viu a violência de uma águia despedaçando uma lebre a bicadas. "Ou talvez o homem, o tal *Permeteo* ou um nome assim, fosse um sujeito muito duro daqueles tempos, pois seu castigo era por ter roubado o fogo dos deuses, nada menos do que isso... Os deuses de então!

Aqueles sim eram deuses, e não esse dos padres, cuja energia não se vê em lado nenhum! Como se aproveitavam do fato de ser deuses e desfrutavam da vida! Das mulheres, sobretudo!" O velho está sabendo de cada coisa...! Por isso mesmo, a história de uma águia mandada por eles não ter devorado o fígado com três bicadas, por mais *Permeteo* que fosse, parece-lhe pouco crível: algo como os milagres que os padres contam e que ninguém viu, porque só se faziam em outros tempos.

Um milagre, por exemplo, o que se comenta agora no Seminário: o de um deus que se põe, por assim dizer, o rosto e as carnes de um rei que foi para a guerra, para se deitar de noite com a rainha. Mas justamente essa façanha não entusiasma muito o velho.

– Isso não é muito de deuses – comenta com desdém. – Não tem mérito. A graça está em seduzir a mulher com o próprio rosto e divertirem-se os dois sabendo que estão pondo uns bons cornos... Desculpe, senhora.

O velho dirigiu-se à doutora Rossi, que sorri para ele:

– Não se desculpe, amigo Salvatore... Permite que o chame de Salvatore? Meu nome é Natalia... Não se desculpe; quem estuda mitologia não se assusta quando se fala em cornos. Além do mais – o sorriso se acentua –, o senhor tem toda a razão: aproveitar-se assim de uma mulher que não sabe de nada nem é próprio de homens.

– Não é mesmo? – exclama o velho, encantado.

"Quem diria", pensa o velho, "essa magricela, apesar de poucas tetas, entende do assunto mais do que eles."

– Além do mais – continua –, a coisa não está clara para mim. Se o deus tomava o corpo do marido, o gosto seria para aquele corpo, acho eu. Então, quem gozava? O deus metido dentro ou a carne do marido, que fazia a coisa? O deus nem perceberia, com certeza.

A doutora solta uma gargalhada aprovadora, enquanto os outros se olham surpresos. "Quer dizer então

que esses sábios nem pensaram em se perguntar a quem cabia o gosto... Pois é o principal do assunto!"
O velho volta a olhar para a doutora, captando seu olhar divertido e cúmplice. Avalia então que peito ela pode não ter muito, mas tem umas pernas longas e bonitas, caramba!, e de coxas bem firmes, conforme a saia as desenha, esticada pela posição.
A discussão se desvia para outro tema próximo ao que tem obcecado o velho ultimamente: o da madeira e da flor, sobre se os homens também florescem.
– O senhor tem histórias de sereias? – pergunta o professor. – Sabe, mulheres com cabeça de pássaro ou metade peixe... Coisas assim.
– Se são de peixe devem estar no mar, e os pescadores saberão delas. Na montanha, não há... Ah, mas temos o homem-cabra, o *capruomo*.
– Ah! E como eram? De onde saíam?
– Ser, eles eram homens da cintura para cima e cabras para baixo, pois eu os vi até em gravuras. E sair, sair..., ora!...
Interrompe-se, que pergunta! Qualquer um diria que esses professores, com toda a sua leitura, não sabem que os cabritinhos saem do mesmo lugar que as crianças. Pois vai explicar, a doutora já deu licença. Além disso, percebe-se que está satisfeita, não para de tomar nota.
– Pois saem de onde todos saem! Da mãe cabra. Se um homem fode uma cabra, com perdão, e ela pare, pois é o natural: metade homem e metade cabra. Mas acho que essas cabras agora sempre parem mal, ou não emprenham, porque há muito poucos *capruomos*, não é como antigamente... Claro que, se agora parissem bem – conclui, jocoso – a montanha estaria cheia de *capruomos*!
– É mesmo? – deixa escapar um estudante estupefato.

O velho olha-o desdenhoso. O mesmo de sempre: não sabem da vida.
– Os zagais, mais ou menos, todos fazem isso. Assim vão treinando.
O velho percebe vários rostos incrédulos. "Também, só faltava essa, uma vez que não estou inventando, todos me olham como se eu fosse um embusteiro!"
– Pode o senhor acreditar ou não – responde ao perguntador –, mas eu peguei minha primeira cabra aos doze anos. E se não acredita...
– Cabra ou ovelha? – pretende esclarecer o professor. Ouvem-se uns risinhos. O velho se ofende.
– Cabra! São melhores, porque têm os ossos das ancas mais salientes, não repararam? As ovelhas são piores de agarrar.
O olhar desafiador do velho impõe silêncio. Começam a discutir o fato à sua maneira, falando de sátiros, silenos, egipãs e outros casos dos livros. Mencionam outro caso semelhante a Prometeu: o do gigante Tício. Logo levantam outro tema muito mais interessante para o velho: o do homem-mulher, um tal Tirésias.
– Homem-mulher? E qual dos dois era da cintura para baixo?
A doutora, muito sabida nessas histórias, explica que não era pela metade do corpo, mas alternadamente. Tirésias foi mulher por sete anos e depois voltou a ser homem. Chegou a ser um adivinho muito famoso, muito sábio.
– Só queria ver! Se sabia todas!... Mas isso não é ser duplo!
"Um duplo", pensa intrigado, "poderia ser ao mesmo tempo avô e avó." A doutora, desejando ajudá-lo ao vê-lo cavilando, explica que uma época também os houve com dois sexos, não por metades.
Diz inclusive como os chamavam, mas agora, já em casa e deitado, não lembra. O nome é o de menos; o

que é indubitável é que os tempos antigos foram muito melhores, com seus deuses e com aqueles machos-fêmeas ao mesmo tempo. "Assim, mesmo ao envelhecerem, podiam continuar gozando, pois para as mulheres os anos não importam; basta se escarrancharem e pronto!, e ainda por cima já não emprenham...! A verdade é que as danadas têm sorte!", pensa o velho, enquanto nota, embora não muito violenta, outra acometida da Rusca.

"Mas não somos ninguém, com esse deus de agora", passa-lhe pela cabeça, já no confuso limiar do sono. "Só nos dá uma vida, não acertou em dar tetas a nós, homens... Porque embaixo bem providos e em cima com tetas... As crianças seriam felizes!"

Em seu dormitório, os filhos falam do avô.
– Tenho certeza de que estava voltando da Universidade, é sua hora – afirma Andrea, já deitada.
– Pois outros dias parecia mais satisfeito – responde Renato, que vem de dar uma olhada no menino, enfiando-se na cama.
– Talvez hoje não se tenha saído bem... Já é muito ele falar na cátedra do Buoncontoni! Você se dá conta, Renato? Não me refiz do assombro desde que aquele rapaz me contou. Com certeza filho do comendador Ferlini, Domenico Ferlini.
– Pelo menos assim sabemos onde ele vai.
– Não totalmente. E esses almoços fora? O que adianta eu cuidar da dieta dele – claro, cada dia está tudo mais caro – se depois ele come porcarias por aí?... Enfim, seu pai na Universidade, quem diria!
– Por que não? Ele sabe muito do campo, inclusive de costumes já desaparecidos.

– Mas sabe que discutem até mitologia clássica? Não estarão zombando dele?... Isso explicaria.

– Do meu pai ninguém zomba... Em todo caso – acrescenta entristecido – está se divertindo, e lhe resta tão pouco tempo...!

Andrea compartilha essa tristeza. Justamente por causa desse pouco tempo não disse ao marido que às noites o velho se enfia no quartinho. É preciso resignar-se, embora perturbe a educação do menino! Não irá durar muito; o professor Dallanotte não tem dúvidas. "De todo modo, por que será que não volta para Roccasera, agora que o outro morreu?", pensa Andrea, antes de responder:

– Está resistindo até demais.

– É que foi muito homem. Você só o conheceu no final, mas se soubesse! Como chegou a ser o mais importante da aldeia onde nasceu sem pai! Sobretudo, revelou-se na guerra. Um patriota, ferido três vezes. Seu amigo Ambrosio me contou verdadeiras façanhas. Libertou a aldeia com apenas um punhado de ingleses, e graças a ele os alemães não mataram reféns nem destroçaram nada em sua retirada. E depois foi o melhor prefeito de que se tem lembrança, favorecendo o povo com a Reforma, embora os Cantanotte resistissem: subornavam funcionários e até lhe prepararam duas emboscadas, mas ele acabou com os assassinos... E agora, coitado do meu pai! Às vezes, juro, tenho peso na consciência por não ter ficado lá, ao lado dele.

Renato, acabrunhado, refugia a cabeça sobre o peito feminino, sentido através do tecido transparente como se estivesse nu. Ela lhe acaricia o cabelo crespo, igual ao do velho, mas ainda muito preto. E encaracolado, como o do estudante de cabeça romana que veio buscar o velho aquela tarde.

– Mas, se tivesse ficado lá – justifica-se –, não teria sido mais do que o filho do Salvatore... Precisava ir embora! Você me compreende?

– Claro que sim, amor; você não podia fazer outra coisa – aprova ela, enquanto pensa que, afinal, Renato não chegou muito longe em sua fuga da aldeia. Químico em uma fábrica, só isso; nem sequer chefe do laboratório. Nunca chegarão a Roma, onde está seu futuro, se ela não tomar a iniciativa... Parece que abrirá outra vaga em Belas-Artes, na Diretoria de Escavações... Boa oportunidade!, melhor do que a de *Villa Giulia*. E o diretor de Escavações é amigo de tio Daniele, o que foi subsecretário com De Gasperi e ainda manda muito... É preciso mexer os pauzinhos em Roma.

A ideia a estimula. Ou talvez seja a respiração viril e o movimento de lábios que excitou seu seio. Lentamente sua mão livre desce, acariciando o torso e o ventre de Renato, que responde ao desejo de Andrea como se sua carne quisesse livrar-se assim da sombra da morte.

Brunettino custa a dormir. O velho oferece-lhe em seus braços o melhor berço, e o menino acomoda-se nele, mas de repente exclama "não!" – é sua última descoberta – e procura outra posição. De vez em quando abre as pálpebras, e o negror de seus olhos destaca-se na penumbra dos reflexos da rua.

"Estará doentinho?", teme o velho. "Além do mais, com esses gritinhos de 'não' seus pais vão acordar... Ainda bem que não ouvem, não são *partigiani*, meu menino. Dormem como burgueses... De todo modo, não faça alvoroço."

Pois o menino exclama "não" – na realidade, um grito entre "não" e "na" – com energia explosiva. E encanta o velho que seja essa a primeira palavra aprendida, até antes de "papai", "mamãe" ou "vovô", pois é preciso saber negar-se. Sim, defender-se é a primeira coisa.

Finalmente o menino adormece, o velho o deita e começa sua guarda, sentado com as costas contra a parede. Cavilando, como todas as noites.

"Defender-se é a primeira coisa, foi o que eu disse? É mais uma das coisas que agora já não estão tão claras para mim, meu menino. Como a história da madeira e da flor, homens e mulheres. Antes eram os opostos, e agora cá estou eu: alguém tão homem como eu pensando que com tetas seria um avô melhor..., que barbaridade, não é mesmo? Mas é assim. Agora me dou conta de que não são os opostos. Muitas árvores dão flores, e muitas flores formam madeira... Não? De onde sai a árvore, se não da semente de sua flor? E, sem esperar tanto, aí estão as rosas! Cortei uma roseira velhíssima pelo pé, e o talo, da grossura da sua coxinha, era pura madeira. E que madeira!"

O velho deleita-se na lembrança.

"Sabe que roseira era? Nada menos do que a do panteão dos Cantanotte. Tiveram o descaramento de fazer um bem pomposo, até com mármore, e não o quiseram maior para não aborrecer os marqueses, que têm outro no mesmo cemitério. Imagine, mármore, para podredouro dessa raça ruim!... Bem, pois a roseira, de tantos anos, subia até o arco da porta, feito assim em ponta, como o das igrejas. Vangloriavam-se da roseira quase mais do que do panteão! E como então tinham me enfezado, com aqueles capangas me caçando, eu disse: 'pois vou deixar seus mortos sem flores'. Uma noite cortei a roseira com duas machadadas, pois era madeira muito dura, acredite, pura fibra. Claro que de noite nos cemitérios os mortos não saem nem nada, tolices!... Lá devem estar os vermes comendo o corno com seus óculos. Aquele pode bater na porta que lhe fecharam. Não sou eu que vou salvá-lo."

Essa última ideia o escandaliza. Rejeita-a no ato, indignado consigo mesmo.
"Salvá-lo? Nem pensar! Compaixão por aquele canalha? Está bem morto e até que foi tarde!... Será que estou ficando maricas para amolecer assim? Ele que grite, que arrebente seus ossos de morto esmurrando a porta! Está bem fechada!... Compaixão, como posso pensar nisso? Será que agora há outro dentro de mim, como que emboscado?... Sempre é preciso ter cuidado com eles, filhinho, e com os espiões. Eliminam uma guerrilha quando se infiltram, como o de Santinara. Aqui não deixo entrar nenhum; nem dentro de mim."

Mas persiste seu assombro diante das ideias que brotam:

"Nem falar em compaixão!... Eu não sou mau, Brunettino, mas esse sujeito foi meu inimigo. Explorava o povo e quis me matar, entende?... Como poderia agora começar a sentir pena?... Mas não, não a senti; já passou... Outra de minhas confusões agora, mas para mim está claro. Até os animais sabem que o mais forte leva a presa! Natural: é preciso ser duro, filho; ou você morde, ou os outros o mordem, lembre-se. Quem me ensinou foi aquele cabritinho de minhas brincadeiras. Não era manso como o Lambrino; sempre às cabeçadas. Por isso o deixaram para macho, e mesmo quando velho ainda andava entre suas fêmeas como um rei. Aprendi bem; nunca me rendi nem parei de lutar... Sabe qual o melhor presente que me deram quando menino? Lembrei-me dele outro dia, quando Anunziata tirou a faca de você: um canivete. Pequenino, mas era um canivete; o *Morrodentro* o comprou para mim, o pai desse de hoje. 'Vai se cortar; ainda é uma criança', disse-lhe o rabadão. 'Melhor; assim aprenderá.' Mas não me cortei, ora essa!... Sabe como o estreei? Pois estavam esfolando um cabrito para a caldeirada, que havia despencado com uma cabeçada de outro. Fui ao cozinheiro, que me deixou cravá-lo entre o tendão e o osso comprido da pata, por onde se pendura o cabrito para pelá-lo... Ao me lembrar disso, volta-me à mão a força que dá apertar um canivete! Em compensação, já me esqueci do que fiz esta manhã, que coisa!... Ainda deve estar em minha mochila de guerra aquele canivetinho, se é que o porco do meu genro não o tirou, com o ódio que tem de mim... bem, ódio não; para odiar é preciso ter mais colhões; o desgraçado só tem baba ruim... Quantas facas eu tive depois! O *scerraviglicu* de noivo: na época, as moças o davam de presente a seu homem quando se comprometiam. O da minha Rosa tem cabo de madrepérola, como faca de mafioso... mas nenhum como o primeiro canivetinho: como a primeira mulher, entende? Bom, um dia você vai entender... Por que está se mexendo? Acha engraçado que o chamem de 'corta-umbigos'? Nome bem adequado, pois o golpe no ventre é o mais certo; tudo aí embaixo é mole. Melhor é a degola, claro, mas então por trás... Ou está se mexendo porque está doentinho?"

O velho se aproxima do berço e toca na testa do menino, mas não está quente. Então ouve um peidinho e sorri: "Ah, comilãozinho; você é um bom mamãozinho! Pode deixar, vou aliviá-lo".

Ajoelha-se junto do berço, pousando sua mão sobre a barriguinha. Sua falecida dizia-lhe que tinha boa mão para curar. Ela tinha dores frequentes, embora mal comesse. Sobretudo depois do parto difícil de Renato.

"Sim, o golpe na tripa é o melhor contra o inimigo. Mas quem é inimigo? Eu tinha bem claro que eram os alemães! Pois não são: a irmã de Hortensia está casada com um, de Munique, e muito feliz, nada menos que sete filhos. Um homem tão ótimo que o meteram, na época de Hitler, num campo de concentração, veja só. E, se aparecesse na minha frente na montanha com seu maldito uniforme, eu o teria eliminado... Outra coisa que estava muito clara para mim: não se pode viver sem brigar. No entanto, veja os etruscos; nem eram briguentos, na verdade. Andrea é que diz, e nisso acredito nela... Assim os romanos os conquistaram! Ah, mas viviam como reis. Cada vez que me lembro daquele casal, deleitando-se em cima de seu ataúde, que chamavam de sarcófago...! Com certeza o Cantanotte não sorri assim!"

A visão de uns óculos escuros sobre uma caveira com o odioso dente de ouro anima por alguns instantes a mente do velho.

"E você mesmo, meu menino, você briga? Bem, você diz 'não', dando um tapa na colherada de xarope, e tem razão, pois isso não é brigar. Em compensação você se deixa pegar, se acomoda no colo e sai ganhando, bandidinho, fazendo de mim o que quer. E o que posso fazer, a não ser amá-lo! Você se enfia tão lá dentro!... Quando está em outros braços e me estende a mãozinha para vir comigo, o que posso lhe dizer do nó na minha garganta!"

A visão desse gesto infantil suspende em breve êxtase a cavilação.

"Por isso, me ame! Você ainda não sabe, mas resta-lhe pouco tempo de avô. Até a castanhada, no máximo; a Rusca me dá umas dentadas! É outro 'corta-umbigos'. Sim, já sei que você me ama, pois então me diga! Diga antes que seja tarde! Você me estende os bracinhos, certo, mas é preciso dizer. Claro que às vezes se diz e é mentira... Dunka notava e repetia: 'não, você não me ama, você gosta de mim, só isso..., e gosta de todas!' Eu jurava que sim, porque jurar amor a uma mulher não é faltar com a palavra, mesmo que seja mentira. Além do mais, como não amá-la, se era tão boa e era mulher de caráter. Mas ela me olhava muito triste e apagavam-se as centelhazinhas verdes em seus olhos de mel, como quando no lago Arvo uma nuvem tapa o sol... Pobre Dunka! David louco por ela, e ela vindo à minha cama, pois ele nunca a teve... Mas por que a chamo de pobre? Amava-me e me conseguiu, ora. No entanto, será que me teve de verdade? Agora acho que não lhe dei o bastante. Acontece que há mais; Hortensia tem razão. Dunka percebia, ficava muito triste. Há pouco estava revendo; agora mesmo vejo aqueles olhos... 'Mesmo que seja mentira, diga que me ama.' Eu o repetia, e muitas coisas doces, essas de que elas gostam. Ela sorria, voltavam a seus olhos aquelas centelhazinhas, passava a nuvem... Certamente era feliz, sim, certamente... Era bonito, sabe? Fazer feliz é bonito... Aprenda isso também, comece já, diga imediatamente que me ama. Vamos ver quando vai me chamar de *nonno*; é mais fácil que papai e mamãe... Pois metade você já diz! Repita o seu *'no'* e pronto: *'non-no', 'non-no'*... No dia em que o ouvir, você me dará a vida! Está ouvindo? Você me dará a vida!"

O menino dorme agora um sono tranquilo.

"Pois sim, ainda sou bom para curar", celebra o velho, tirando a mão da barriguinha.

Nesse momento, seu instinto de *partigiano* o faz notar uma presença. Volta-se de repente, felino em tensão. Na porta aberta, uma silhueta. Maldiz suas cavilações: o alemão o surpreendeu.

É Renato. Imóveis, pai e filho olham-se. O velho avança e, frente a frente, sussurra:

– O que aconteceu? Fiz barulho?

– Nada, pai. Achei que o menino não estava bem quando vi o senhor aqui.

– Estava me procurando?

O filho mente:

– Temi que tivesse acontecido alguma coisa com o senhor e, como não o encontrei no quarto...

Impulsivo, o pai abraça o filho e lhe despeja no ouvido:

— Eu sabia que você tinha coração!
O filho não pode falar. E agora é o velho que mente:
— Pois olhe, eu vim porque talvez o menino... Fica aqui tão sozinho todas as noites...!
O velho também não pode falar. Ele se recobra:
— Bem, vamos todos dormir.
— É melhor. Boa noite, pai.
O velho, a caminho de seu quarto, pergunta-se: "Em outros tempos teria brigado com meu filho... Ai, o briguento está sempre sozinho! Assusta, e todos se afastam!... Até com elas, passado o gozo, eu ficava sozinho!... Há algo mais, Hortensia, para não ficar sozinho; há algo mais..."
O velho aguarda um pouco e depois volta pelo corredor sem perceber que o filho, de sua porta, o vê voltar ao quartinho. Só então, sorrindo compassivo, Renato se enfia devagar na cama para não despertar Andrea e assim não contagiá-la com sua tristeza.

Junto ao menino, o velho sussurra:
"Agora é que não estou sozinho, com suas mãozinhas em meu pescoço e você bem dentro de mim. Nada de brigar. Meus braços para o embalar, colocando-o em meu peito, fazendo-o feliz, eu sei. Você se entrega a mim, meu menino, anjinho, você se rende incondicionalmente. E assim me dou a você, como você me ensinou; assim não estou sozinho..."

– Telefone, senhor Roncone.
Renato volta-se para a funcionária.
– Quem é, Giovanna?
– Alguma coisa com seu pai. Urgente.
Renato atende o telefone esperando o pior.
– É Roncone, diga.
Uma voz agradável.
– Seu pai sofreu um mal-estar. É só isso, não se alarme; mas seria bom o senhor vir.
– Imediatamente. Em que hospital, irmã?
– Está em minha casa. Sou uma amiga de seu pai. Melli, Hortensia, *via* Borgospesso, B1, ático à esquerda.
Renato, desconcertado, expressa sua gratidão e desliga. Desculpa-se com seu chefe, desce à garagem e precipita-se para a rua, tentando ganhar minutos naquele trânsito tão engarrafado como sempre. O trajeto parece interminável.

Abre-se a porta daquele andar numa casa desconhecida – curiosamente em seu mesmo bairro – quando ele sai do elevador. Uma mulher, cujos traços não se distinguem bem contra a luz, o faz entrar num quarto modesto, mas agradável. Na cama grande jaz seu pai, pelo visto vestido e coberto até o peito com uma manta. A palidez torna mais escuro o sombreado da barba. Olhos fechados e fundos; pelos lábios entreabertos escapa um leve arquejar. O coração de Renato se encolhe.
– Quando foi?
– Há uma hora – responde a mulher, indicando-lhe uma cadeira perto da cama e sentando-se à sua frente.
– Telefonei-lhe em seguida... Ele tinha vindo me ver e estávamos conversando quando, de repente, precisou ir ao banheiro. Logo depois ouvi sua queda. Por sorte, teve tempo de abrir o trinco. Entrei e deitei-o na minha cama.
– Precisa de um médico. Posso usar seu telefone?
– Já veio vê-lo um que mora aqui perto. Seu pai sofreu uma hemorragia e está fraco. O doutor lhe deu uma injeção e acredita que logo ele voltará a si. Então o senhor poderá levá-lo para casa. Vamos esperar, não acha?
Renato concorda. Agradece de novo àquela senhora, tentando conter sua curiosidade diante do rosto tranquilo, dos cabelos pretos corretamente presos e da luz dos olhos claros, também angustiados. Teria vontade de formular tantas perguntas! Sem esperá-las, ela lhe oferece explicações calmamente: o primeiro encontro no parque, a amizade desde então, a simpatia entre dois meridionais, as visitas do homem até a de hoje...
– Às vezes também almoçava com a senhora, não é? – tranquiliza-o finalmente poder esclarecê-lo.
– É. Adora preparar pratos dos nossos.
Fala como se não estivesse acontecendo nada, como se o homem dormisse tranquilamente.
– Meu pai tem um câncer. Muito avançado.

— Eu sei.

"O que são ela e meu pai?", pensa Renato. E pergunta:

— Como conseguiu me encontrar?

— Ele me fala tanto de vocês... Justamente antes de desmaiar estava me mostrando uma carta de Nova York, de seu irmão. Ah, sim! A carta reexpedida por Rosetta, da aldeia. A da fotografia: Francesco e sua família vestidos de um modo que provocou o desdém do velho. "Parecem de circo" — ele exclamou. — "Palhaços!" No entanto — pensa Renato —, com certeza a mulher ouviu o mesmo comentário.

Ela, sentindo-se observada, evoca o que na realidade o velho estava dizendo antes de sair correndo para o banheiro. Falava do Cantanotte, obcecado havia alguns dias por uma certa ideia que rejeitava.

— Rumino tanto por dentro de mim durante as noites — dizia o homem naquele momento — que me ocorrem até frouxidões... Imagine sentir pena dos Cantanotte! Como agora, com suas brigas, virá abaixo aquela casa que foi muito em Roccasera... Ora, que se afundem!

— Claro, essas coisas dão pena.

— Não diga isso, Hortensia! Eles o provocaram por serem cobiçosos, roubando o que puderam... Ter pena deles! Como se eu fosse outro!

— E se fosse? Você não mudou um pouco?

— Eu sou eu. O Bruno — reagiu o velho.

— Claro. Mas este Bruno de agora pode ver as coisas de maneira diferente.

O homem se calou, pensativo.

— E sabe quem está lhe abrindo os olhos? — insistiu ela.

— Você, claro. Sempre as mulheres virando a nós, homens, do avesso.

— Tomara! — respondeu ela. — Eu gostaria..., mas o Brunettino o está modificando mais. Como você se enternece com ele!... Claro, eu lhe disse coisas, mas você acredita em mim graças ao seu anjinho. Pois até foi por causa dele que me conheceu!

Seu sorriso extasiado confirmou para Hortensia que o homem o admitia. "O menino é sua verdade", pensou Hortensia. E arrematou:

– Brunettino começou. A mim você já chegou maduro, tenro.

– Tenro, eu? – bufou o homem, indignado.

Não pôde continuar. Levou a mão ao ventre, desculpou-se e saiu apressado. Depois, a realidade que ela suavizou para o filho: o velho chamando-a do banheiro, ela acudindo a tempo de vê-lo se dobrar sem sentidos da privada para o chão, a água avermelhada da bacia, as carnes flácidas para o ar, ela com angústia na alma e doméstica serenidade nas mãos piedosas, lavando-o, voltando a cobri-lo e levantando o corpo fraco para levá-lo à cama.

Entrou no quarto, e o espelho do armário apresentou-lhe sua própria imagem: em seus braços o velho, o homem, o menino; a cabeça exangue sobre o ombro feminino, a mão largada, o corpo como que se derramando entre seus braços... Ao vê-lo, ao ver-se assim, sua carga começou a lhe pesar tanto, que temeu desmoronar ali mesmo... Sentiu lágrimas nas faces enquanto o depositava na cama e o cobria. Precisou recuperar-se da aflição antes de poder telefonar... Que experiência angustiante!

E agora aquele filho dele, aquele Renato, contemplando-a em silêncio, desconcertado, com uma pergunta nos olhos, tão visível! Pois bem, ambiguidades não. Fala-lhe bem de frente:

– Ele vem como amigo, falamos, comemos juntos, fomos ao teatro... Vivo muito sozinha desde que meu marido morreu, e ele é tão íntegro, tão de lá!, com-

preende?... – acrescenta muito baixinho. – Mas ele não imagina o quanto o amo... – olha de frente para o filho.
– Agora o senhor sabe.

As palavras soaram francamente, sem ornamentações, mas na expressão daqueles olhos leais Renato percebe a profundidade tranquila de um manancial muito transparente. Comovido, por sua vez ele se entrega:
– Ele também não sabe como eu o amo, senhora.
– Hortensia – ela corrige, sorrindo.
– Obrigado, Hortensia.

Os dois olhares se abraçam, cúmplices, no ar. Ela suspira e sorri:
– Como não o amar? Que homem!... – seu sorriso se acentua, e ela fala para si mesma. – Meu menino; meu Brunettino.

Surpreende-se ao ouvir-se dizer aquilo a si mesma, pois nunca havia pensado tal coisa. Descobre, além do mais, que adquiriu essa verdade – há pouco, em outro momento – diante do espelho do armário, quando o homem pesava em seus braços. E repete com firmeza:
– Sim. Meu Brunettino.

O filho expressa sua compreensão em um silêncio. Nesse instante, o homem esboça um movimento. Hortensia volta ao presente.
– Cuidado! Não vai gostar de que o senhor o tenha visto desmaiado. Saia para o corredor e faça como se chegasse mais tarde. Espere aí fora.

O filho concorda e se retira para o vestíbulo.

Logo o homem abre os olhos, focaliza o olhar e sorri para Hortensia.
– Faz muito tempo? – pergunta uma voz débil.
– Um pouquinho... Telefonei para seu filho. Não vai demorar.

O homem torce o rosto, resignado. Vai lembrando.
– Quem me tirou do banheiro?

— Eu.
— Você sozinha?
— Ninguém mais... Carreguei você nos braços — acrescenta, ao mesmo tempo orgulhosa e humilde, senhora e serva.

O velho avança sua mão sarmentosa, procura a da mulher, que acode ao encontro, e leva-a aos lábios. Enquanto a beija, tributando-lhe duas lágrimas, o velho se imagina naqueles braços e surge em sua mente o corpo arrebentado de David sustentado por Torlonio, naquela noite da montanha. Em seu desconcerto, sobrepõem-se imagens: de David, dele mesmo, de Dunka; confundem-se ao mesmo tempo Dunka e Hortensia, unificam-se as gloriosas luzes do trem ardendo no fundo do vale com a noite absoluta do Cristo nos braços da Mãe.

Fazem-se uma só verdade Vitória e Morte.

– Não compreendo como ele resiste tanto – comenta Renato.

Andrea levou o velho à consulta de Dallanotte e agora relata o resultado ao marido, enquanto acaricia em gesto de consolo a cabeça acabrunhada, refugiada em sua axila.

– Também Dallanotte está admirado, embora conheça casos parecidos. Outro qualquer teria ficado ali, no banheiro de..., bem, daquela senhora.

– Hortensia. Foi admirável, já lhe disse – explica Renato, que antes contou com todos os detalhes o que aconteceu naquela casa, até trazer o velho. – O papai...

Com os olhos da lembrança revive um Renato menino erguendo os olhos para o titã que descia da montanha e apeava no pátio da casa para levantá-lo nos braços até alturas vertiginosas, enquanto ria como uma torrente despencando. A lembrança é dilaceradora: não

serve de consolo saber há muito tempo que essa torrente está se acabando.
— Indicou algum tratamento?... Pelo menos, que ele não sofra!
— O mesmo; continuar com os hormônios. Receitou, caso necessário, um analgésico melhor. Teremos que dá-lo colocado em outro frasco, pois você sabe como ele fica com essa história de que aguenta a dor como nenhum milanês... Dallanotte também me disse que a operação já não é viável, embora tenha falado nela com seu pai, talvez para animá-lo. Mas, meu Deus!, seu pai é um ouriço, e isso que o professor não podia ter sido mais amável.
— O que aconteceu?
— Dallanotte trata seu pai com mais consideração do que por qualquer outro, e acontece... mas, claro!, eu não lhe contei. Uma coisa importantíssima!
Em sua excitação, Andrea se ergue um pouco.
— Sabe quem seu pai conhece, e até lhe salvou a vida na guerra?... Você nem imagina! Pietro Zambrini!
— Quem é esse?
— Faça-me o favor, Renato! Saindo da sua química, nada lhe interessa!... Zambrini é o senador comunista, presidente da Comissão Nacional de Belas-Artes, onde é tão severo que todo o mundo tem medo dele. Se eu ficasse sabendo dessa amizade a tempo, não me teriam roubado o lugar que me cabia em Villa Giulia... Quando voltar a Roma, e há de ser logo!, irei visitá-lo, para lhe expor meus direitos... Seu pai vai concordar em me apresentar, não é mesmo? Não vou pedir mais do que o legítimo.
— Com certeza, Andrea, mas quer me dizer de uma vez o que aconteceu com Dallanotte? Por que você disse que meu pai foi intratável?
— Porque é verdade! Imagine, Dallanotte muito atencioso, explicando-lhe a operação, animando-o... "Muito

simples, amigo Roncone; só costurá-lo um pouco por dentro para evitar mais hemorragias", ele disse. "Um pouco mais adiante, claro, quando tiver se recuperado desta..." Enfim, um médico que sabe tratar os doentes. Pois bem, seu pai foi quase, quase desdenhoso... Tem explicação? Eu estava fora de mim!
— Afinal, se fosse só isso...
— Espere, espere. Na saída, ainda no elevador, sabe o que seu pai fez? Uma banana! Uma banana para o besta!... Você se dá conta?... Por Deus, Renato, não dê risada! Renato não pôde evitar.
— E depois começou a dizer coisas incríveis: que Dallanotte é um traidor, que ninguém o engana para sequestrá-lo no hospital... desvarios!... Nem o escutei, pois você pode imaginar como fiquei! Por todo o trajeto até aqui tentei convencê-lo. Mas não parava de repetir a mesma coisa: "Esse cerzido por dentro o médico que faça em sua própria tripa..." Que selvagem!... Desculpe; ainda fico sufocada só de lembrar... Olhe, vou confessar uma coisa, passou toda a compaixão que seu pai me inspirava.
— Compaixão não lhe interessa — murmura Renato.
— Fiquei indignada. Pobre homem, que ignorância mais grosseira. É o que sempre digo, Renato: enquanto não educarmos o *Mezzogiorno*, a Itália não levantará a cabeça.

Renato se cala. Andrea vai se acalmando e, claro, volta a sentir-se compassiva. Sua mão se faz mais terna nos cabelos do marido. Sim, ela se enternece. Aproxima a boca do ouvido do homem:

— Renato, diga-me a verdade: eu sou má?

Os braços de que ela gosta respondem de sobejo ao apertá-la ternamente.

— Eu ajo mal, Renato? — continua a voz suave. — Diga, por que seu pai não me quer bem?

– Ele lhe quer bem, mulher... Basta você ser a mãe de Brunettino para que ele lhe queira bem.
– Assim espero... Certo, o menino ele adora; eu não tinha ideia do que fosse um avô... E o menino o adora também; não há nada como vê-los brincar! Agora é ela que se refugia no homem, buscando consolo.
– Eu quero bem a seu pai, juro. Sim, ainda que fosse apenas pelo muito que ele ama nosso filho, além de ser seu pai. Eu o atendo, procuro contentá-lo, mas ele me dificulta as coisas, reconheça... Veja, esse vinho forte que ele esconde e que o prejudica; pois fico quieta e aguento.
– Nada mais o prejudica – replica o homem, acabrunhado. – Nada pode lhe fazer mais mal do que a Rusca, como ele diz.
– Por isso eu tolero... E o mais penoso, Renato, não pense que não sei, o que mais me custa é ele educar mal o menino... Sim, não me interrompa: essa história de se enfiar todas as noites no quarto dele, impedindo que se acostume a dormir sozinho... Não negue; até você esteve lá e o viu... Ou acha que eu sou boba?... Não deveríamos consentir, mas penso na pouca vida que lhe resta, nas dores, e passo por cima de tudo... Só que ele também podia nos criar menos dificuldades!
Renato se vira até conseguir abraçá-la, fazê-la pequenina em seus braços, onde ela se aconchega. E, com choro na voz, embora sem lágrimas, exclama comovido:
– Andrea, minha Andrea!
Abraçam-se forte porque a morte está ali, no outro extremo do corredor, na virada das esquinas da vida. Abraçam-se forte, unidos hoje pela compaixão como nas outras noites pela carne.

Enquanto eles se abraçam e se consolam, o velho embala Brunettino em seus braços, muito longe do dormitório conjugal, na posição fortificada dos dois *partigiani*, montanha acima. Lá ele lhe fala baixinho (esta noite não pensa apenas) para que suas palavras calem melhor no menino. Não o impele a névoa das cavilações, mas o resplendor da ação.

– A coisa está esquentando, companheiro! Feriram-me e perdi sangue, você deve ter ficado sabendo, mas já estou bem. Voltei à base, decidido a resistir. Não se assuste, já passei por piores. Agora falta pouco, estão perdendo terreno. Triunfaremos, reconquistaremos Roccasera, entraremos lá antes do verão, que vai ser o mais grandioso. Você vai ver, quando lhes tomarmos o castanhal, a aldeia já estará dominada, e é coisa feita. Eles também o sabem e pediram reforços... Não vai adiantar, nem mesmo a traição, o que é o pior. A desse médico;

por isso me tratou tão bem. Quis me enrolar com sua amizade com o Zambrini. Mentira, é um traidor! Um neto de pastor que se tornou um grã-fino. Fascista como todos. Agora quer me afastar com mentiras, como não pode comigo! Sim, meu menino, estão tentando me evacuar para um hospital. Estão enganados se pensam que vou deixar! Estou vendo claramente: enquanto me tirassem com a maca, você cairia em suas mãos. Tomariam esta posição e voltariam a trancar você com essa maldita porta. Estaria preso, companheiro, e você bem sabe o que era a tortura na Gestapo. Lembra-se de como o pobre Luciano saiu sem unhas, e pior os que não saíram, coitadinhos! O Petrone, calando-se para salvar a mim e à guerrilha, assassinado na cela ao lado da minha. Nunca esquecerei os gritos dele, nem os seus naquela primeira noite da porta. Eram iguais; cem anos que eu viva, sua agonia me doerá... Mas não me enganarão, eu não me rendo. Não vou deixar você sozinho nem abandonar esta posição, eu lhe jurei. E Bruno cumpre, você sabe de sobra, meu anjo, já não duvida de mim!

Os sussurros fazem-no perder o fôlego. Recupera-se:

– Pena desperdiçar o hospital, nem me fale! Uma operação decente eu já fiz por merecer, e esse médico é o melhor. Imagine que estou há quarenta anos pagando o seguro sem lhes dar gasto! Dinheiro perdido para engordar os come-sopas do Governo. Em tanto tempo, nunca fiquei doente; nada, nem um molar no dentista, nem uma aspirina. Só a bala dos Cantanotte, mas isso não é com o seguro, mas com a justiça. Agora poderia desfrutar do hospital. Ter os médicos à minha volta e as enfermeiras dependuradas em mim... As enfermeiras, companheiro, tão limpas e de meias brancas! De primeira comunhão, mas boas carnes! Toda vez que visitei algum ferido, ele tinha umas enfermeiras coisa fina! Elas

o viravam na cama, o abraçavam para levantá-lo, ficavam
à disposição, estou dizendo... Pena desperdiçar, sim, mas
guerra é guerra. Estamos dispostos a resistir. Se pediram
reforços, que venham, mas a mim não vão evacuar com
mentiras. Vamos só ver o que conseguem, esta posição
pode melhorar e até preparar uma retirada, como fez
Ambrosio na caverna de Mandrane. Basta uma escada
nesta janela e vamos sair lá embaixo facilmente. As alturas não me dão vertigem, cansei de recolher cabritinhos
despencados. Estou dizendo, nem o médico nem Deus
vão me evacuar.
A voz se firma, depois desse repto definitivo.
– Estou dizendo por via das dúvidas, para você ficar
tranquilo. Ainda tenho muitas cartas na manga. Nada de
se retirar, nem pensar. Ao contrário, resistir e depois
avançar. Aqui aguentamos sem ninguém mais, nem enfermeiras, nem mesmo mulheres. Também tenho minhas
armas secretas, sabe? Se precisar de avó, serei avó para
você, já estou me tornando. Só em cima, hem? Cuidado!
Embaixo continuo o de sempre! Mas em cima... não
percebeu? Não está me sentindo mais macio quando
pego você nos braços? Um pouquinho, não é mesmo?
Estão me crescendo peitos, vou acabar tendo peitos para
você, meu menino... Contei para o médico, foi a única
coisa que lhe disse, para ele não se gabar de descobrir
isso também. Ficou aborrecido por me ver tão disposto
a tudo, até a ter peitos, quem diria! Mas disfarçou; claro,
é um traidor. "Não se preocupe", ele disse, e começou a
falar de hormônios para acalmar a Rusca, isso acontece
quando os homens os tomam, pois são remédios de mulher... Besteira! Meus peitos estão crescendo para você,
meu menino, são meu florescer de homem. Para você e
eu não necessitarmos de ninguém. Para acabarmos avançando, derrubando todas a portas do mundo. Todas as

que encerram os meninos indefesos e os pobres explorados! Eliminaremos os espiões e traidores e depois entraremos vitoriosos em Roccasera. Você vai ver que lindo, que verão fantástico!

Hortensia sai ao balcão. Por sorte não está mais chovendo, e abril se inicia ameno, com um ar acariciante. A mulher crava o olhar na esquina da rua della Spiga por onde irá chegar Bruno, acompanhado por Simonetta, pois é sua primeira saída. Hortensia tem vontade de conhecer aquela moça, de quem o homem sempre fala com muito entusiasmo.
Está impaciente. Quanto tempo desde que Renato telefonou anunciando a saída! Dias antes tinha ligado convidando-a para visitar o velho na cama, de onde ainda não o deixavam levantar-se. Mas Bruno também telefonou – ela supõe que na ausência dos filhos – para lhe pedir que não fosse.
– Depois eu explico, não quero falar. O telefone pode estar grampeado... Tenha paciência, logo irei ver você. Estou com uma vontade!
Hortensia no balcão, inquieta, lembra aquelas palavras estranhas... Finalmente! O par dobra a esquina.

Que aperto no coração! Como Bruno é pequenino lá de cima! Como a vida é cruel ao apresentá-lo assim, ao lado daquela moça cujo andar ágil põe em evidência o passo vacilante do homem, precariamente restabelecido!... Mas é ele, é ele! Hortensia acode à cozinha para abrir-lhes a porta de entrada e depois avança pelo corredor, esperando atrás da porta o ruído do elevador.

Pronto!... Ao abrir, surpreende o velho com o dedo levantado na direção da campainha, numa posição cômica de filme cortado, que os faz rir. Graças a isso, Hortensia dissimula melhor sua tristeza, porque o velho deu uma baixada naqueles dias. Seguindo-o até a salinha, repara nos ombros caídos e na calça flácida, vazia de carne. Apesar disso, pelo menos a galhardia se mantém, e a cabeça erguida não claudicou. "E Simonetta?", pensa a mulher... Mas agora se alegra de que não tenha subido: olhos que não veem...

– Esplêndido, Bruno! O repouso lhe fez bem.
– Você sim é que está bonita! – e, para consolo de Hortensia, a vida cintila de novo no olhar viril. – Eu, bem, me defendo. E a Rusca está quieta, já que aquela mordida fracassou!... Não se preocupe, hoje não estou pensando em desmaiar.
– Melhor – ela prossegue a brincadeira. – Não gosto de carregar homenzarrões nos braços.
– Prefere que os homens carreguem você, não é? Pois não me provoque...
– Ah, Bruno, Bruno! – ela exclama, feliz. – Que alegria ouvi-lo tão travesso!
– Acredito. Pois Andrea fez questão de que Simonetta me acompanhasse, e eu a mandei dar uma volta. Imagine! Eu vir à sua casa com babá?

Faz uma pausa, olhando-a inquisitivo para ver se ela está desconfiando e, já tranquilizado, continua:

– Querem me operar, sabe? Mas não vou deixar.

– Ora, se o médico está aconselhando... – replica Hortensia, sem convicção, pois sabe da verdade por Renato. O homem olha-a condescendente. Até ela cai nas armadilhas do inimigo!
– Você não entende? O médico se vendeu, boba! Eles me evacuam e voltam a prender Brunettino! Mas o Bruno é raposa velha e não abandona a guarda.

Hortensia finge que lhe dá razão, mas a cada dia se preocupa mais com aquelas deformações da realidade. Principalmente com aquele "continuar a guarda":
– Nessas últimas noites você voltou a ficar com o menino?
– Sem faltar uma – canta, orgulhoso.
– Está louco! Mandaram você ficar em repouso, sem se levantar...

Assusta-a a possibilidade de outra hemorragia, de madrugada, quando ninguém ficaria sabendo.
– Louco coisa nenhuma. Para isso eu descansava de dia, como bom *partigiano* que sou.
– Um louco, é isso que você é! Se eu tivesse ido vê-lo, já o teria convencido.
– Ir me ver na minha cama, como um doente? Nunca! Foi por isso que lhe telefonei.
– Você não me quer como enfermeira?

Os olhos do homem se alegram.
– Aqui sim, mas lá, com a Anunziata, a Andrea... Nem falar. Agora já pode ir, eles estão encantados com você. Renato tomou-se de carinho por você. Além disso, vai poder me ajudar; eles se confiam a você, e preciso saber quais são suas intenções: na guerra sempre é preciso ter informações.

Como a expressão de Hortensia é reticente, ele acrescenta:
– Você veria o Brunettino.

Brunettino! O nome mágico muda o rumo de seus pensamentos, e jubilosamente, um interrompendo a palavra do outro, celebram as graças do menino... Já não se limita a empurrar cadeiras, conta o velho. Coloca cuidadosamente em fila todas as cadeiras que pilha, grita "*Piii*!", e brinca imitando o trem que viu na televisão... Revoluciona toda a casa, desesperando Anunziata, mas infelizmente ainda não diz "*nonno*"... Contudo não falta muito, está balbuciando cada vez mais coisas!

Assim alegrado o ambiente, o homem aceita meio traguinho.

– Mas de vinho: com a *grappa* tenho de me conter, porque podem chegar tempos difíceis... Está bom – saboreia logo –, mas não é o meu, de casa, que não tem química. Só o que é dele: uvas, trabalho e tempo.

Vacila, porém finalmente se decide:

– Você teria que prová-lo lá, em Roccasera! Como fortalece! Só com aquele vinho, queijo e azeitonas dá para viver... Gostaria de ir?... Não se iluda. É uma aldeia pequena, sem tanta fantasia como aqui, mas com coisas tão bonitas!... Enxerga-se mais ao longe, a vida é maior, começa muito antes todos os dias!... Você gostaria? Diga que sim!

– Com alma e vida! Quando você quiser!

– Bravo!... Vai ver só que verão, você e eu com Brunettino... Vou ensiná-lo a correr, a atirar pedras, a não se assustar com um cabritinho dando cabeçadas, a... Bem, a ser homem, é isso!... E você...

– Eu o quê? – sorri brincalhona. – A ser mulher?

– Nem diga uma coisa dessas! Não é isso... Sei o que estou pensando, e você me compreende...

– Certo, compreendo. Ensinarei a ele como nós, as mulheres, desejamos o homem – traduz Hortensia.

– Era isso! Está vendo? Sempre me acerta!

– Embora nunca digamos, porque gostaríamos de ser adivinhadas; mas vocês não são capazes... Sim, vou ensiná-lo a adivinhar nossos desejos. E assim ele será mais homem, muito mais homem.
– Ai, Hortensia, Hortensia! Por que não tive a sorte de você o ensinar a mim?
Porém, Hortensia lembra-se muito bem de si mesma quando era jovem.
– Então eu também não sabia... Não nos queixemos, Bruno. Se tivéssemos nos encontrado antes, não estaríamos maduros um para o outro... Acha pouco o que temos? Pois quase ninguém o consegue nesta vida. Nem com nossa idade, nem na juventude... Quase ninguém.
Se acaso achava pouco, aquelas palavras ditas com tanta verdade – "um para o outro" – sabem-lhe à plenitude, porque também as entende como "um ao lado do outro": não à frente da mulher, como sempre se situou, mas a seu lado... "O casal etrusco!", lembra de repente, numa explosão interior.
Ela continua falando:
– ... não poderia ter-lhe ensinado porque não sabia, porque nos enganam, e mais ainda no meu tempo. Eu era uma menininha lendo romancinhos na penteadeira onde trabalhava e vendo galãs no cinema. Claro, fiquei deslumbrada com o primeiro sem-vergonha que conheci: o Tomasso.
O velho fica atônito ao ouvi-la. Sem-vergonha, o bravo marinheiro?
– Sim, um canalha, essa é a palavra. Com muita lábia e muita habilidade, isso sim. Cismou na menina e me transtornou, era tão fácil!... No início foi o paraíso, aquela cobertura veneziana onde eu cantava como um pássaro diante do Campanário e da laguna, mas durou bem pouco... Era um vagabundo e um rufião; tirava mais

dinheiro das americanas velhas do que remando sua gôndola e depois gastava com outras jovens... No final, já em decadência, começou a beber e tive de cuidar dele meses e anos, imagine que estranho!, quando já não podia valer a si mesmo, cuidar dele me consolava... Inexplicável, mas era assim: aprendi muito com aquilo. Agora continuo não entendendo, mas sinto que é natural... O que poderia ter ensinado a você aquela menina ignorante?

"Aquela não, mas você agora sim, e é o que está fazendo", pensa o velho. "Contando-me sua vida verdadeira. Ensinando-me como devemos nos entregar, sem guardar nenhuma carta...", e responde:

— Tem razão, você sempre tem razão... Eu tive mais sorte. Não caía nessas armadilhas porque aprendi com os animais, que enganam menos... Mas cresci sem professor.

— Nem mesmo Dunka — ousa desafiar Hortensia.

— Nem mesmo Dunka — reconhece o homem, para alegria dela. — E isso que era coisa diferente.

Está dado o passo definitivo, a lembrança deixa de ser nostalgia para ser libertação. Ela sabe que por fim vai escutá-lo, e o deseja, ainda que tenha de lhe doer.

— Tão diferente que era pianista, não tinha lhe contado antes?... Pianista! Para quê? Isso não serve nem para as bandas nas festas... Mas Dunka vivia disso, lá na terra dela, na Croácia. "Do outro lado", mostrava na praia, na direção da margem que não víamos. "Rijeka, minha casa, voltarei a vê-la?", dizia chorando... É que ela estava na guerrilha por patriotismo, entende? É preciso ser infeliz! Claro que isso era só o que ela dizia. Mas entrou porque era mulher de verdade, com sangue e garra!... Como brigávamos! Chamava-me de seu animal, seu "magnífico animal". Exatamente isso, porque ela falava com palavras assim, era uma senhorita fina.

Hortensia imagina o que o homem não conta porque nem sequer percebeu, embora o vivesse: o esplêndido presente da vida à pianista refinada, oferecendo-lhe a descoberta do tigre no amor, do lobo, do cavalo... Hortensia suspira olhando aquelas mãos ossudas, de veias já grossas, que foram furacão e ainda são apaixonadas quando acariciam...
– Como ficava zangada!... "Aguento você só por causa do piano", gritava. Estava há muito tempo sem tocar e lá na casa havia um piano daqueles abaulados e compridos. Passava o dia tocando músicas estranhas... Bem, enquanto eu deixava, porque logo me fartava e carregava-a no ombro para levá-la para cima. Nosso quarto dava para o terraço, e ela podia me bater nas costas e espernear pela escada... Não se soltava, não.
Sim, Hortensia compreende Dunka com sua ameaça de ir embora, sincera embora não cumprida. Não querendo querer ou, ao contrário, sentando-se ao piano para forçá-lo a forçá-la. "Bach para exasperar", pensa, sobrepondo um sorriso à dolorida avidez com que escuta.
– Maldito piano!... Se em vez de ser uma coisa tão cara fosse um homem, eu o destroçava, palavra... Aquela história de piano estaria muito bem para David, que era assim. Mas ele não teria servido para Dunka nem para começar. Lá em cima ela não se cansava nunca, até esquecia o piano. Pobre David..., valente como poucos, isso ele era. Mas, como macho, nada; nunca ia com nenhuma, quando tínhamos oportunidade. Era homem de livros, principalmente de um em judeu, que lia sem parar. Por isso devia estar cego... Quando contei sua morte a Dunka, ela chorou desesperada. Culpava-se por não ter podido querê-lo. Como se fosse possível mandar no querer! Depois se enfureceu contra mim. Que coisas ela me gritava! "Fui me enamorar de você, um grosso, um selvagem que nem toma banho!" Essa era outra mania

dela. Sempre tomando banho, antes e depois. Até no mar ela entrava de noite; não tinha medo da água tão escura. Quando entrava na banheira antes eu me cansava de esperá-la e me plantava nu naquele quarto cheio de espelhos. Gritava: "Saia daí, veja como estou!". Ela me olhava, via-me no ponto e começava a rir, apontando com o dedo. Como ria, quanta vida, quanta!... Era..., não sei, um matagal em chamas!

Hortensia imagina aquele seu corpo de moça, enfiado na banheira rodeada de espelhos multiplicando a virilidade do tigre, deslumbrante em sua potente impaciência...

De repente, nota a tensão do silêncio. Em que está tropeçando a torrente de memórias? Que pedra devem saltar ainda aquelas águas represadas para libertar-se completamente? A voz, ao retomar sua marcha, fez-se lenta e grave:

– Sarei e acabou-se Rimini. Voltaram a me mandar para a montanha... Ela foi pega pelos alemães na cidade. Parece que a mandaram para a Croácia e lá a entregaram aos *ustachis*... Não se soube mais nada.

Agora Hortensia nega-se a imaginá-la entre os verdugos. Prefere a pianista de metralhadora: o matagal em chamas, como ele disse... Repara de repente no copo de vinho ainda pela metade e se entristece. Antes de sofrer a hemorragia, como terminava depressa seu copinho!

Como se já tivesse aprendido a adivinhá-la, o homem termina de beber o vinho de um trago. Ainda mantém o silêncio.

– Agora, para me conhecer completamente, só falta você vir a Roccasera – diz por fim. – É na minha terra que eu sou eu! Este verão: você prometeu!

– Claro que irei! Também sou do Sul!

– Bah! Mas do outro lado, do outro mar.

— Melhor que o seu!... Espere até ver Amalfi, o que está achando?

Riem. De repente, o velho tem uma ideia:

— Escute, sabe por que a Rusca me deu a dentada aqui na sua casa?... Porque estava com ciúme, é isso! Porque estava com ciúme!

Olha-a, vê uma sombra naqueles olhos e, adivinhando-a pela segunda vez, esclarece:

— De você, Hortensia. Com ciúme de você.

"Sai Dunka e entra Hortensia", compreende a mulher, enquanto suas mãos se adiantam para receber aquelas outras, estendidas para ela:

— Agora sim posso lhe ensinar... Você pode saber muito de guerras e valentias de homem, mas disto não... Deixe-se levar; disto, nós, mulheres, entendemos melhor.

— E o que é isto? – sussurra o homem.

Mas, embora esta terceira vez tenha demorado um pouco para adivinhar, não precisa ouvir a resposta para sentir-se arrebatado pelos ares até o mais alto de sua montanha.

Andrea telefona para Hortensia:
— Quando poderemos nos ver, onde a senhora quiser? Estou querendo conhecê-la e lhe agradecer tantas coisas!

Hortensia percebe sinceridade e retidão naquela voz agradável, embora pronuncie com excessiva precisão professoral.

— Não há nada a agradecer, mas também desejo vê-la. Prefiro ir à sua casa, assim também vejo Brunettino.

— Por que não esta tarde? Meu sogro vai ao Seminário da Universidade; tem sua última sessão do curso. Estaremos sozinhas e veremos o que é possível fazer com ele.

"Essa mulher tem boa vontade", pensa Hortensia ao desligar. "Só que eu teria dito 'fazer *por ele*' em vez de '*com*'... Mas, claro, para ela não é a mesma coisa."

Andrea recebe Hortensia. Beijam-se, trocam cortesias e durante os "vou pendurar seu casaco", "que sala mais bonita!", examinam-se mutuamente. Nenhuma teria imaginado a outra como é, e, no entanto, ambas logo compreendem que "ela" tinha que ser assim.

Dali a pouco o reizinho da casa aparece dando gritinhos e avançando com segurança. Hortensia acha-o uma gracinha, com as botinhas que ela mesma escolheu, aquelas calças e a malha vermelha... Mas, meu Deus, o que ele bebeu? Está com a boca espumando!...

Alarmam-se por um instante, mas verificam que é sabão. Andrea explica que agora ele deu para subir no tamborete do banheiro perto da pia, abrir a torneira e brincar com o sabonete... Deve ter deixado a torneira aberta, com certeza.

– Ah, bandido, bandidinho, não lhe disse para não fazer isso?

As duas correm para o banheiro, fecham a torneira e a mãe ralha com Brunettino, que reage com a expressão marota de quem acaba de receber as mais terríveis ameaças. Elas acabam rindo, e tudo se torna só festas para o menino. Nesse ínterim ambas continuam se observando. Hortensia gosta do penteado de Andrea: pessoal, simples e muito adequado a seu rosto. Andrea aprova o vestido de Hortensia; só destoa, que pena!, aquela gôndola de prata no peito, excessivamente do estilo *souvenir* para turistas. Hortensia surpreende o olhar.

– Foi ele que me deu de presente – desculpa-se e defende. Andrea a compreende: essa mulher tem tato.

Quando voltam ao estúdio, uma porta aberta retém Hortensia.

– É o quarto dele – confirma Andrea, que acrescenta algumas desculpas. – Acredite, não consente que o arrumemos melhor! E essa manta velhíssima tem que estar sempre em cima da cama. Tem umas manias!

Hortensia entra, comovida. A manta é, sem dúvida, o que enche o quarto do cheiro dele. Inclina-se e acaricia ternamente a lã, marrom como o chapéu. Olha ao redor: "Ali atrás esconde suas provisões", ela pensa, "nesse armário guarda seu canivete, na gaveta, debaixo do papel de seda do fundo, está aquela foto na rua que tiramos juntos na tarde das *Varietés*...". Tudo isso é captado numa olhada, antes de sair pensativamente. Cela de monge, de *partigiano*, de homem. Ela gostaria de ter deixado ali seu perfume de mulher.

Andrea percebe todo o significado da mão acariciando a velha manta. "Renato não me explicou bem", ela pensa, "ou não sabe ver essa mulher... Os homens, sempre tão rudes!"... E no corredor pega no braço de Hortensia com solidariedade feminina e o aperta por um instante, a caminho do estúdio, propondo-lhe que se tratem por você.

Conversam enquanto o menino brinca, arrastando e enfileirando cadeiras. Andrea se esforça para explicar a Hortensia o quanto ela procura agradar ao velho, mas...

– Faça o que fizer, nunca acerto... Até aguento que entre no quarto do menino durante a noite, contrariando as recomendações do pediatra, o melhor de Milão!

Hortensia procura desculpar o homem.

– No Sul, formamos outro tipo de família, sabe.

No tom, deixa transparecer que ela, embora também meridional, compreende Andrea. Por sua vez, esta escuta as preocupações de Hortensia.

– Bruno às vezes tem momentos..., não sei, quase de desvario. Fala como se a guerra continuasse, como se estivéssemos no ano de quarenta e três.

– É a mim que você vem dizer isso! – explode Andrea, a quem soou estranho aquela mulher chamar o sogro de Bruno. – Que confusão ele me armou antes de ontem! Veja só, Anunziata ainda não sarou (essa mulher tem alguma coisa que os médicos não conseguem descobrir) e Simonetta tinha provas, de modo que precisei telefonar para minha agência de costume. Mandaram-me uma estudante austríaca que quer melhorar seu italiano para se dedicar à hotelaria... Gostei da menina, de jeitinho formal e nada escandalosa no vestir, pois é preciso ver como andam agora, a própria Simonetta às vezes... Bem, pois estávamos as duas na cozinha, eu lhe explicando seu trabalho, quando meu sogro apareceu na porta e, assim que a ouviu falar, sumiu. Achei estranho ouvi-lo fechar completamente a porta do menino, que estava dormindo, mas não lhe dei importância. A menina sentou para trocar as botas por uns chinelos que tinha trazido e pôr o avental, e eu tratei de ir dar minha aula...

Faz uma pausa, pois a narração chegou ao momento culminante:

– Olhe, Hortensia, a sorte foi que o elevador estava encrencado e eu, sem saber, fiquei esperando por um momento no patamar que ele chegasse... Se tivesse descido pela escada ou tomado o elevador de serviço, teríamos acabado todos na delegacia... Foi assim: ainda estava ali, esperando, quando de repente ouvi a menina gritar pedindo socorro, enquanto meu sogro vociferava: "Traidora, espiã, agora você vai ver!", e eu, de tão assustada, não acertava a chave na fechadura... "Socorro, estão me violentando!", ela gritava em alemão... Por fim abri; a menina estava bem na porta, toda histérica, uma bota calçada e outra na mão, e diante dela meu sogro berrando, furibundo... A moça me abraçou frenética e me explicou: "Estava avançando em mim, senhora, com os olhos saltados, um sátiro, um sátiro!...", ao mesmo tempo que meu sogro me insultava por enfiar espiões alemães em casa... Coloquei-me entre os dois para acalmar a menina, que chorava em meu ombro: "É a segunda vez", ela dizia, "é a segunda vez; todos os italianos são iguais, não pensam em outra coisa... Mas o primeiro pelo menos era jovem!".

Hortensia sorri divertida, enquanto Andrea recupera o fôlego.

– É, agora é engraçado, mas passei um momento mortal... Por fim meu sogro voltou pelo corredor e consegui acalmar a menina, falando com ela em alemão. Calçou a outra bota e foi embora com sua diária completa, dizendo que em atenção a mim não o denunciaria... Saí com ela até o patamar e tentei mostrar-lhe que estava enganada, explicando o problema do meu sogro, mas foi inútil. Enquanto esperava o outro elevador, disse-me: "São meus seios, senhora, eu sei; eles gostam dos seios grandes em mocinhas; ficam desse jeito, não conseguem evitar...". Imagine, Hortensia! Acho que no fundo estava orgulhosa... Que ideias mais estranhas, não é mesmo? Não entendo... Depois, quando entrei de novo e quis convencer o vovô, ele replicou, com desprezo: "Você não entende nada, Andrea, não percebe o que está acontecendo neste país", e se enfiou no quarto.

Andrea suspira. Hortensia se compadece dela sinceramente. "Como eles dois podem se entender?"

– E o menino? – pergunta.

– Você acredita que, apesar de tanto barulho e tanto vozerio, ele continuou dormindo tranquilo? – sorri Andrea.

– É um tesouro – extasia-se Hortensia, olhando Brunettino, que, encarapitado numa cadeira, tenta alcançar o trinco da janela.

– A janela não! – proíbe Andrea, levantando-se para afastá-lo do perigo.

– Não! Não! – imita o menino aos gritos, seguindo-se um murmúrio de sílabas sem sentido.

– É um tesouro, sim – repete Andrea –, mas deixa todos nós entregues.

Hortensia afirma que ele está na idade, Andrea o reconhece e oferece um café; as duas vão para a cozinha com o menino para tomar lá a bebida feita recentemente, discutem os méritos de suas respectivas cafeteiras. Hortensia recomenda uma loja mais barata no bairro e Andrea agradece, embora naturalmente nem pense em ir; Brunettino prende levemente o dedo na porta da despensa onde andava mexendo e lança gritos enlouquecedores, levam-no outra vez ao banheiro para refrescar o machucado com água, fazem-lhe mimos e festinhas...

As duas mulheres, embora tão diferentes, já se entendem. E ambas pensam na mesma coisa: Andrea, no velho capaz de constituir ameaça sexual para uma moça e, também, de provocar tanta ternura naquela mulher que acaricia a velha manta; Hortensia, no homem cujo corpo deu forma à manta e a tornou companheira de toda a sua vida.

Pensando em Bruno ao sair do elevador, ela lhe dá razão e se lamenta:

— Senhor! Por que não fui a única desde o início? Por que não vivi com ele seus dias de Rimini? Por que não o conheci antes, antes de tudo, quando começavam nossas vidas?

No entanto, mais adiante, passa pelos jardins onde se encontraram e lembra o incidente.

"Se não fosse aquilo, teríamos passado reto, um ao lado do outro", diz-se sorrindo, e agradece fervorosamente a São Francisco a existência de automóveis que salpicam desdenhosamente os pedestres com carrinho de criança.

O homem em quem ambas pensam assiste enquanto isso a uma discussão científica entre o próprio professor Buoncontoni e um convidado de Munique, o professor Bumberger. Este sustenta que a chave do comportamento humano é dada pela Psicologia, a ciência da alma; sede dos impulsos, do raciocínio, da memória, da personalidade. Buoncontoni começou discordando cortesmente, mas a tenacidade do alemão o foi exasperando pouco a pouco. Ao final, ambos acalorados, ele chega a dizer:
– Escute, doutor, esta discussão não tem sentido, porque a Psicologia não existe. É como a Teologia, essa contradição de termos porque é absurdo racionalizar Deus. O simples fato de o pretender prova o orgulho clerical.
– A Psicologia não existe? – brada o alemão. – ... Como o senhor se atreve? Então do que sou professor?
– Bem, existe como construção intelectual, mas não corresponde a nada, a não ser a outra fantasia: a alma.

Em outras palavras – insiste ele, aproveitando que a congestão do teutão o impede de replicar –, na conduta humana, o que não é orgânico é social. Quer dizer, o que nem a Genética nem a Fisiologia explicam, a Sociologia explica. Sim, senhor – prossegue, disparado –, nossa conduta é genes, adrenalina, etecetera, combinados com a educação e os condicionamentos sociais. Não há outra coisa, por mais livros que os psicólogos escrevam.

– Mas a alma, meu senhor, a alma, *die Seele*...! – o arroubo impede-o de continuar argumentando. – ... O senhor é um ignorante, um desprezível ignorante!

Continua uma saraivada de palavras em alemão, porque o bávaro não domina os impropérios em italiano. Suas veias se incham no pescoço, seus dedos se aferram à mesa, e toda a sua corpulência de bebedor de cerveja estremece de coragem. Na frente, Buoncontoni, com os cabelos brancos desordenados em auréola, estica o pescoço e alonga sua pequena estatura como um galo de briga.

O velho está adorando ver o alemão sofrer. "Agora vão se matar", ele pensa, deleitando-se de gosto. Mas de repente o muniquense dá um soco na mesa, solta um palavrório germânico e sai furioso, batendo a porta.

– O que ele disse? – pergunta baixinho o velho.

– Universidade italiana de merda – traduz sorrindo um assistente de Buoncontoni. E acrescenta, com admiração: – Em uma só palavra!

"Ninguém sai para lhe arrebentar a boca?", espanta-se o velho, cheio de desprezo. "Bah!, com esses milaneses não se consegue nada."

O caso é que a origem da discussão foi a gravação do velho. Primeiro falou-lhes de crianças abandonadas pelos pais no campo e criadas por cabras, que tinham melhor coração; e eles relacionaram suas histórias com outros casos antigos, como o de uma cabra famosa, que

chamaram de *Amadea*, segundo o velho entendeu. Depois contou das festas e romarias de Roccasera, das disputas para levar o andor de Santa Clara e chamou-lhes muito a atenção o nome *scerraviglicu* dado a canivete. Daí se passou a discutir a agressividade humana ou animal, e os dois professores se desentenderam a respeito da chave do comportamento.
 Mas não acontece nada. Claro: em Milão são como crianças, incapazes de se pegar como homens. O velho lamenta pelo professor Buoncontoni, com quem tinha simpatizado. Além do mais, claro que ele tinha razão. É indiscutível que o outro está mentindo, já que é alemão, e, além do mais, a negação da alma convence o velho, porque assim os padres não têm o que fazer... Mas uma coisa é ter razão, e outra muito diferente é engolir o insulto de um alemão. Fica indignado. Se estivesse presente a doutora Rossi, que não pôde assistir, ele mesmo teria saído atrás do ofensor para vingar a honra italiana diante de uma mulher. No entanto, precisa pelo menos lançar aquilo na cara.
 — Será que ninguém aqui tem sangue nas veias? — exclama, olhando em torno. — Um alemão só assusta tantos professores?... Gostaria de vê-los no *front*! Mas, claro, ninguém teria ido. Todos emboscados na retaguarda, com seus livros e seus papéis!
 — Eu lutei — replica tranquilamente Buoncontoni.
 — O senhor? — indaga, lembrando-se na mesma hora do professor que tinham na guerrilha, lá na Sila.
 Buoncontoni solta a gravata-borboleta, abre a camisa e mostra uma longa cicatriz, do pescoço até o mamilo.
 — *Partigiano*. Em Val d'Aosta. Corpo a corpo.
 — Desculpe, companheiro. Isso é outra coisa.
 Explicam-lhe que o humilhado alemão levou uma boa repreensão e assim termina pacificamente a última sessão do curso. Todos se despedem do velho com ca-

rinho: "Até o ano que vem, calabrês!", repetem, porque ele é o calabrês do departamento. O velho dá apertos de mão, orgulhoso.

Buoncontoni o faz passar a seu escritório com Valerio e lhe mostra algumas fotografias dos *partigiani* em Val d'Aosta.

"Eram como nós", pensa o velho, "só que com mais roupa e melhores armas. Esses do Norte sempre jogando com vantagem!" Mas a visão daquelas cenas sobe-lhe à cabeça. Seus olhos adquirem uma expressão estranha.

– E como está aqui? Como a Gestapo não pega você?

– Faço jogo duplo – responde misteriosamente Buoncontoni, que sabe por Valerio das falhas mentais do velho. – É preciso enganar o inimigo, camarada.

A frase afeta o velho, e ele resolve fazer uma confissão há muito meditada para tranquilizar sua consciência.

– É verdade, é preciso enganar o inimigo, mas não o amigo... Tenho de lhe dizer... Não me comportei bem, companheiro, perdoe. Às vezes, em minhas histórias, exagerei... Bem, um pouquinho. Não era enganá-los, não; eram como brincadeiras. Como quando se bebe um pouco demais... Quero que saiba; não leve a sério tudo o que eu disse.

Buoncontoni olha-o com estima.

– Bravo por sua lealdade! Mas, então, por que inventava? Não devia ser pelo punhado de liras.

– Por dinheiro, eu? Tenho mais terras e mais gado do que você!

– Claro; eu não tenho nada... Então?

– Gostava tanto de falar da montanha, da região! Em Milão ninguém se interessa... E me sentia tão à vontade com vocês!... Obrigado por esses momentos. Se quiserem, devolvo o dinheiro.

– Pois foi bem ganho! É verdade... Escute, também tenho de lhe confessar que já havia notado alguns dos seus exageros e suspeitava de erros... Mas inclusive suas

invenções são documentos antropológicos e nos interessam para estudar como pensa alguém do seu tempo e da sua terra.
   O velho, primeiro surpreso, acaba por se enfurecer e põe-se de pé, agressivo:
   – O alemão tinha razão: Universidade de merda!... Quer dizer que me deixavam falar para se divertirem? Você fez isso com um companheiro?... Agora compreendo seu jogo duplo; você o faz contra mim, está com os fascistas.
   Buoncontoni se levanta, por sua vez.
   – Calma, camarada; juro que está enganado. Nós o escutávamos e o escutaremos em suas gravações para aprender. Dos relatos já conhecidos interessam-nos justamente suas variantes pessoais. Assim, quando você falava de um tesouro num rio, nós o relacionávamos com o enterro de Alarico e seus cofres sob o leito do rio Busento; e sabe quem é o *Carrumangu* da sua penúltima gravação? Nada menos que Carlos Magno, o imperador... Quanto às suas invenções livres, refletem sua cultura, nada menos. Sim, camarada, quando um homem de sua condição fala, diga o que disser, estão falando as raízes de um povo.
   O velho sente que essas palavras expressam algo importante, mas continua desconfiando de Milão e de sua gente.
   – Falam bonito, vocês que escrevem papéis: blá-blá-blá, como os políticos... Mas de mim ninguém vai caçoar.
   – Quer a prova do quanto apreciamos seus depoimentos? Vou dá-la. Ferlini, onde estão arquivadas as gravações de Roncone?
   – Junto com as de Turiddu, aquele de Calcinetto.
   O velho fica impressionado. Turiddu! O mais famoso improvisador popular de toda a Calábria! O homem cujos versos e canções se repetem de aldeia em aldeia!

– Verdade? – sorri orgulhoso, já convencido.
Buoncontoni confirma.

– Nós o trouxemos aqui no curso passado, para gravar... Além do mais, companheiro, quem sabe distinguir sem erros entre o que é verdade e o que não é?

– Alto, comigo não é assim. Eu distingo; eu noto. Vejo um carro que querem me vender ou os olhos de um sujeito e sinto se estão me enganando ou não. A verdade se toca. Eu a toco.

Buoncontoni olha-o com curioso cepticismo.

– Você acredita? – pergunta, irônico. – Diga-me alguma coisa que seja verdade, sem sombra de dúvida, algo indiscutível.

Uma resposta brota, explosiva:

– Um menino.

E se reafirma, segura:

– Sim. Um menino.

Buoncontoni reflete e acaba se rendendo, melancólico.

– Tem razão... Como não tive filhos... Escute, alegra-me que o tenha dito, porque então vai gostar mais da lembrança que preparamos para você.

Faz um gesto, e Valerio lhe entrega um envelope contendo uma daquelas fitas da máquina em que eles gravam.

– São suas palavras do primeiro dia, amigo Roncone – diz o professor, oferecendo-lhe o envelope. – Para o seu netinho.

"Para Brunettino!", o velho se enternece. "Como são grandes esses amigos!..."

Assim suas próprias palavras, com sua voz de apenas cinquenta anos, continuarão soando quando o menino for homem, muito depois de ele ter cessado para sempre de falar... Entenderá as frases em dialeto? Porque àquela gente foi preciso explicar algumas vezes... Ah, mas Brunettino começará a falar este verão em Roccasera, e o fará antes em dialeto do que nesse italiano!... O dialeto, a fala dos homens.

O professor e o estudante respeitam o silêncio comovido do velho, que contempla aquele estojo de plástico em cuja capa se lê: "Roncone, Salvatore (Roccasera)". Volta a guardá-lo no envelope, no qual lê: "Para Brunettino, dos amigos de seu avô no Seminário do professor Buoncontoni."

Gente maravilhosa! Sem palavras, o velho abraça o ex-podador municipal e depois, efusivamente, o *partigiano* de Val d'Aosta... Depois os convida de todo coração para ir no verão a Roccasera. Seguem-se brincadeiras e palavras cordiais, a caminho da saída. Buoncontoni entrega-lhe seu cartão, oferecendo-se para qualquer coisa, e o acompanha até o grande portão e a escadaria que dá na rua. Faz as honras – compreende orgulhoso o velho – ao digno companheiro de Turiddu, o grande cantor da Calábria.

Valerio abre-lhe a porta do carrinho, e o velho se instala no assento, acariciando em seu bolso aquele estojo metálico que fará soar no futuro distante as palavras dedicadas para sempre a Brunettino.

Ao menino: aquela verdade.

Pisadas suaves e um mugidinho de cordeiro despertam o velho, que acredita estar na malhada. Mas seus olhos abrem-se para um anjinho branco que levanta os braços na porta, diante da cama. O velho se alça, salta e corre até ele. Ergue-o nos braços, e uma inefável suavidade inunda-lhe o peito quando a cabecinha se reclina em seu ombro. O anjo vai fechando os olhinhos à medida que o velho, primeiro em pé, depois sentado na cama, cavila para sua doce carga.

"É verdade, companheiro, você me pegou no sono. Mas não pense que descuidei da guarda... É que, sabe, o inimigo está se retirando. Estamos ganhando a guerra, sim, estamos ganhando, alguns já estão se rendendo! Não acredita? Será que você mesmo não percebe? Vamos ver, como foi que chegou até aqui? Teve de gritar, de esmurrar a porta como das outras vezes? Não, porque estava aberta... Está entendendo? Isso mesmo, companheirinho, agora já não prendem você! E nunca mais vão prender! Seu avô triunfou, a guerrilha do Bruno! Estamos ganhando!"

Deita o menino por um momento e volta a pegá-lo depois de pôr a manta sobre os ombros para os dois se envolverem nela.

"Está perguntando o que aconteceu? Pois Andrea se rendeu. Isso, é o que você está ouvindo, ontem mesmo. Apresentou-se para parlamentar, com um lenço branco, é esse o costume... Falou, falou, falou, você a conhece. Mas esteve até carinhosa. Resumindo seu blablablá: a porta é nossa. Conquistamos para sempre a passagem da montanha. O *Carrumangu*, que meu amigo professor chama de outra maneira... Ela me disse o seguinte: 'não é preciso que o senhor vá lá durante a noite. Durma tranquilo, não vamos fechar. O menino que faça o que quiser'. Foi isso que ela falou e, claro, você veio a mim, a quem poderia ir! À sua guerrilha, concentrada nesta posição. Veja como ganhamos terreno, já não estamos apenas resistindo. Você veio com seu avô... Ai, menininho, meu anjo, quando vai me chamar de *nonno*, a melhor contrassenha? É tão fácil! Basta que essa linguinha rosa diga duas vezes esse 'não!' que você grita sempre. Está ouvindo? Assim: *Non-no*... É tão fácil, e você me faria tão feliz!

"Claro, estamos ganhando... Sim, já sei, não precisa me dizer. Essa rendição pode ser uma cilada. Isso já me aconteceu, mas enquanto isso avançamos. Por isso estamos aqui, mais embaixo, na montanha. Olhe a janela, já não se vê o céu sem levantar a cabeça. Isso aí na frente não são penhascos, mas casas. Sim, com pessoas dormindo tranquilas porque sabem que a guerra está acabando. Em pouco tempo as libertaremos, já disse que no verão estaremos lá. O bom tempo também avança conosco... Além disso, com a sua porta livre agora deixarei operarem no hospital. Expulsarão a Rusca; tenho pena, mas não há mais remédio. Ficarei forte para o assalto final, a tomada de Roccasera. Falta pouco, estão se retirando em todas as frentes, palavra de *partigiano*. Lá você vai brincar com os cordeiros e montar a cavalo comigo. Serão seus o sol e a lua, e a montanha, principalmente a montanha, com seus prados e seus castanhais.... Atravessaremos a praça como se deve, por nosso próprio caminho. As pessoas dirão: 'quem é esse menino tão vistoso?' Todo o mundo: as mulheres no armazém, os arrieiros, os que esperam por Aldu, o barbeiro, os da tabacaria, os bebedores à porta do Beppo, e até os da frente, do Cassino, porque os Cantanotte já não são ninguém. Todos dirão 'lá vai o *zio* Roncone com seu neto, o Brunettino... Pois tem um belo andar, o rapaz, ergue a cabeça, tão pequenino, e veja só: saiu ao avô...' Todos lhe farão festa. Uns porque gostam de mim, outros porque me temem. Você vai conhecer Ambrosio, mais do que meu irmão. Ele o levará a todos os lugares, quando eu já não puder... Você terá de cumprimentá-los, dando a cada um o devido tratamento. Não é difícil, vou lhe ensinar. Questão de olfato, sabe? E isso você tem muito, meu menino. Olfato para tratar os homens, você aprenderá ao meu lado.

"E as mulheres, tratar as mulheres. Isso virá depois, é mais difícil. Eu me considerava um professor e achava que lhes dar prazer resolvia tudo. Isso não custa nada, ao contrário, mas acontece que não... Teriam me dado muito mais se eu soubesse! A própria Dunka, você não poderá conhecer. Que olhões de mel com chispas verdes, que às vezes se viam e outras vezes não, conforme ela estivesse...! Bem, também eu não a conheci; agora penso isso. Mas finalmente aprendi, com Hortensia. É a que sabe, a que vale, mais que nenhuma outra. Seus olhos claros, entre azuis e violeta, não mudam nunca.

Que segurança! Como a que meus braços dão a você. Que amparo! Olhos que a princípio não impressionam, mas continuam olhando e vão calando, calando em nós; nos extraem tudo. Falamos, confessamos, nos rendemos. E a quem melhor? A das mulheres é outra guerra, meu menino, mas uma guerra ao contrário: dá gosto ser prisioneiro... Você ainda é pequenino, mas haverá de saber de olhos assim: uma punhalada se cravando devagarinho, para dar maior gozo, até seu coração... Agora compreendo a vida, agora que para você estão me saindo peitos. Você também compreenderá, mas antes. O que ainda não souber, ela lhe ensinará. É tão segura e tão terna!... Tão forte que me carregou nos braços... Cada vez que penso, quisera estar com meus sentidos aquele dia. Mas então me teria colocado em pé para carregá-la eu... melhor assim; saber que aconteceu, ter estado nela como nunca. Essa mulher não é um matagal em chamas, é um manancial para sempre. Não há sede que ela não aplaque. E será sua professora, porque irá conosco! Vou levá-la para Roccasera; vai ser sua avó!... Sim, meu menino, ela nos acompanhará. A Roccasera, que já é sua porque a conquistaremos. Ali você irá rir do mundo inteiro...

"Durma tranquilo, pois triunfamos. Até a Rusca se rendeu; quase não morde mais. Desta posição falta muito pouco. Durma encostado no peito do seu avô; é de rocha como a montanha. Durma e prepare-se para o último impulso... Atacaremos quando eu voltar do hospital, já livre da Rusca. E, este verão, em Roccasera! Correndo pela montanha, sentados no terraço ao entardecer. A essa hora surgem as estrelas uma após a outra e canta ao longe alguém que volta do campo. O ar cheira a cereal recém-cortado e é doce, doce, doce respirar, estar vivo..."

"Que praça é esta?..." O velho olha a seu redor, desconcertado.
"Onde estou? Como cheguei até aqui?... Acabo de descer de um ônibus, sim, mas qual? Não reparei no número, me distraí... O que me alarmou no trajeto, para eu descer de repente? Alguma coisa deve ter sido, esse meu olfato não falha; certamente estavam me seguindo... Agora não mais: eu perceberia...
"Serenidade, principalmente... Primeiro, que cidade é esta?... Mandam-nos a lugares tão diferentes!... perguntar, impossível; despertaria suspeitas... Claro que vim com alguma missão... Ou será que estou de passagem, escapando como outras vezes?... Calma, calma, acabarei esclarecendo tudo, já me vi em situações piores... Droga, outra trapalhada da batida na cabeça quando me atirei pelo barranco de Oldera para escapar do cerco, já faz...! Quanto?... Três meses ou coisa assim, mas ainda me ressinto.

"Bem, já saí de outros apuros... Lá mesmo, em Oldera, onde só eu me salvei... Vamos ver se nessa banca alguma coisa me dá uma pista... Que estranho; nenhum jornal fala da guerra! A censura, claro, como estão perdendo! Antes só faziam ostentar em primeira página seus avanços, os bombardeios e os prisioneiros. Agora se calam, mas isso não os salvará... Ah!, o que disse esse aí que passou com a namorada?... 'De Roma eu não saio', foi isso que ele disse, 'estou bem aqui'... Então é Roma, o que será que eu vim fazer em Roma?... Já vou me lembrar; vamos ver se o nome desta praça me orienta..."
Um guarda se aproxima do velho que parece estar perdido:
– Está procurando alguma coisa? Posso ajudá-lo?
"Cuidado! Mas o mais natural é perguntar."
– Sim, obrigado, senhor guarda. Que praça é esta?
– Piazza Lodovica.
Diante daqueles olhos ligeiramente desconcertados, o guarda acrescenta:
– Aonde o senhor vai?
"Está achando que sou bobo? A primeira coisa é nunca lhes dar informações."
– Posso ajudá-lo? – insiste o guarda, cuja amabilidade aumenta a desconfiança do velho.
– Não se incomode, obrigado. Conheço bem Roma.
"Roma?", espanta-se o guarda e observa mais atentamente o velho... Não parece um delinquente, embora transpire uma certa agressividade, mas, se acredita estar em Roma, alguma coisa está falhando em sua cabeça... E se tiver escapado de algum hospital? As instituições clínicas ficam perto, depois do *corso* Porta Romana.
– Está lhe acontecendo alguma coisa, bom homem? Onde o senhor mora?
– E por que eu haveria de dizer? – responde áspero.

O mal é que alguns transeuntes desocupados prestam atenção, e o guarda sente-se coagido. É jovem e não tolera jactâncias; precisa fazer-se respeitar. Replica enérgico:
– Porque sou uma autoridade.
"Agora esse mocinho, que devia estar na frente de batalha, vai querer me afrontar?", pensa o velho. E replica sarcástico:
– Autoridade? De que Governo?
O guarda, desconcertado, irrita-se e torna-se mais inquisitivo. O círculo de curiosos aumenta, e o guarda acaba levando o velho até um telefone, de onde consulta seus superiores. O velho não se atreve a sair correndo porque a fuga o denunciaria, e, além do mais, o sangue perdido em seu último ferimento tirou-lhe as forças.
"Vou me fazer de bobo", ele decide, enquanto o guarda o retém, esperando um carro de patrulha. "É fácil, esses romanos acham que todos os camponeses são bobos... Romanos, sim, embora esse guarda repita que é Milão, para eu me confundir e contar tudo... Não vão me arrancar nada, menos ainda agora", conclui satisfeito, pois destruiu as provas, aproveitando a ocasião, enquanto o guarda telefonava, para jogar disfarçadamente sua carteira de identidade num bueiro.

Por isso não encontram seu documento quando pouco depois, já na delegacia e diante de sua recusa em dar seu nome, examinam em vão sua carteira. Por infelicidade, o velho não tem paciência para manter o papel de bobo, pois aquele sargento perguntador pretensioso acaba por exasperá-lo.

– Você não me engana, traidor fascista... – lança-lhe, afinal. – Sim, traidor, embora esteja de uniforme italiano... Vamos, informe seu patrão, o alemão escondido aí dentro. Ele que saia! Nem na Gestapo vocês me farão confessar alguma coisa!

Evidentemente, pensa o sargento, é um perturbado. Ou estará fingindo, para dissimular alguma coisa mais grave? Manda trancar o velho numa sala de espera e delibera com seu escrivão, porque o delegado saiu numa diligência. O que fazer? Começar os telefonemas rotineiros ao manicômio, clínicas e hospitais?
– Ouça, sargento! Não conseguiríamos alguma coisa por meio desse professor Buoncontoni? – sugere o escrivão, que encontrou o cartão na carteira. – Aqui diz "etnólogo"... deve ser o especialista que o atende.

Felizmente o professor está em casa. Pelas características pessoais rapidamente identifica o velho. Não, não é um delinquente nem um simulador; certamente padece de falhas de memória. Não pode lhes dar o endereço, mas quem o sabe é Valerio Ferlini, o filho do advogado, cujo telefone ele fornece. Se não encontrarem a família, o próprio professor declara-se disposto a buscar o velho na delegacia e responsabilizar-se por ele.

Graças a Valerio, o sargento consegue finalmente falar com Renato na fábrica e pedir-lhe que venha o quanto antes. Enquanto isso, dão ao velho um café e umas bolachas: o nome de Domenico Ferlini, o ás dos tribunais, pesa muito nas delegacias, e o filho do advogado foi muito contundente ao interceder pelo detido.

"Isso é para me amaciar", cavila o velho, contemplando a bandeja sobre a mesa e perguntando a si mesmo se o café não conterá alguma droga. Finalmente resolve bebê-lo: "Esses aí não são tão científicos. É o truque de sempre: primeiro as finezas, depois virão as bofetadas... A única coisa que sinto é passar a noite preso. Tenho ideia de que minha missão é à noite... Sim, tenho certeza, uma noite, mas qual?... Se me detiverem, não poderei agir. Se eu conseguisse lembrar!... O certo é que me traíram, sim, pois não fiz nada para despertar suspeitas. Deve ter sido o médico, porque não me deixei evacuar... Não, agora entendi, quem me traiu foi a espiã! Isso, a espiã alemã, aquela das tetas gordas! A que se apresentou com o pretexto de... o que era?... Sim, de cuidar de..., de Brunettino!".

O nome mágico dissipa confusões de memória e restaura a ordem. É essa sua missão noturna: protegê-lo! Então tem de sair, e logo, pois na janela começa a declinar a tarde primaveril.

O velho se levanta, enfia o chapéu, chama à porta e, como não lhe abrem, vocifera:

— Abram, por favor, já sei, estou lembrado, vou dizer tudo! Abram, eu me chamo Salvatore Roncone, moro na casa do meu filho, *viale* Piave, e o professor Buoncontoni me conhece!... Sim, e o senador Zambrini também, Zambrini! Abram, por favor, eu sou...!

A porta se abre e aparece Renato, que abraça o pai. Um guarda fica no umbral.

— Está bem, pai?

— Naturalmente!... Espero que não tenha ficado assustado; não me aconteceu nada — grunhe com firmeza enternecida. — Não é tão fácil acontecer. É que essa gente vê suspeitos por todo lado e gosta de subjugá-los. Mas iam ter que acabar me soltando.

O guarda se retira discretamente. Renato não replica e sai com o pai, entregando-lhe a carteira que acabaram de lhe devolver. Ao passar, volta a se desculpar com o sargento que, antes de encaminhá-lo ao velho, repreendeu-o por aquela negligência para com um doente mental, que deixam sair inclusive sem documento de identidade. Felizmente, o sobrenome Ferlini, embora só tenha interferido indiretamente no assunto, facilitou a solução.

Os dois saem à rua. O guarda que abriu a porta diz ao sargento:

— O senhor ouviu? Além do mais é amigo do senador Zambrini... Pois esse homem não tinha pinta de importante.

– Não se fie nas aparências – sentencia o superior.
– Ele está como uma cabra e do mesmo jeito podia ter dito que é filho do Santo Padre... Nunca acredite tão facilmente nos que passam por aqui.

Renato, durante o trajeto para casa, só fala de coisas inconsequentes, com medo de angustiar mais ainda o pai. Nisso está completamente equivocado; o velho não está compungido, pelo contrário. Vive seu triunfo exaltadamente, pois voltou a sair de uma delegacia como sempre: sem se deixar submeter. Não lhe tiraram nem uma palavra e, o que é mais importante, o menino continua seguro, pois esta noite voltará para seu lado, protegendo--o contra qualquer perigo na nova posição avançada.

A pedra erguida é mistério e clamor silencioso. Duas figuras humanas em estado nascente, em estado morrente. O cinzel não terminou de criá-las: por isso mesmo elas continuam criando. O nu viril desfalece, a mulher com seu manto o sustenta. Com braços amorosos, com rosto desesperado... Como Hortensia a compreende, levada à frente daquela escultura por seu homem!
— Aí estão, veja meus guerreiros! — exclama o velho.
— Não é verdade que não são uma *Pietà*?... Mas que estátuas! Que homem, esse Michelangelo!
Certamente, uma *Pietà* sempre foi para Hortensia uma imagem diferente: amor ferido, ternura dolorida. No entanto, para seu espanto, nessa escultura vê encarnada sua própria atitude para com o velho. Nenhuma outra representação poderia provocar nela tanta pena, porque é assim que caminham juntos pela vida que lhes resta, e é assim que se viu aquele dia sustentando-o

diante do espelho do armário. Dilacera-lhe o coração, ao mesmo tempo que o conforta, aquele amoroso patetismo da estátua, que o velho interpreta como heroísmo bélico e assim quer mostrá-lo à sua Hortensia nesta Quinta-feira Santa. Sua Hortensia porque já o é: ele a convenceu e irão casar-se quando arrumarem os papéis.
— Você está boquiaberta, não é mesmo?
— Não esperava por isso... Além do mais, achei que estivesse me trazendo para ver aqueles etruscos de que você tanto gosta.
— Pois aqui em Milão não têm!... Mas isto vale a pena. Isto...! Que fibra tinha esse Michelangelo!
Não sabe dizer mais, mas brande os punhos, franze o cenho, concentra o olhar.
— Os etruscos são assim?
— Pelo contrário! Estes lutam, e os etruscos viviam. Mas com a mesma garra que estes!
À saída do museu, dá gosto levantar o olhar. Enche os olhos um limpo céu azul; beija o rosto um ar tépido. O sol estende sombras dançarinas sob as árvores densas ao pé das fachadas. No ônibus, junto ao aroma de Hortensia e sentindo a mão suave em seu punho ossudo, o velho conta alegremente sua última treta.
— Brunettino está salvo! Para sempre!... Já lhe contei, não é mesmo?, que Andrea se rendeu; prometeu não voltar a trancá-lo... Por via das dúvidas, arrematei o serviço. Nunca me fiei nos salvadores, como aquele Mussolini com suas histórias! Não, só a própria pessoa pode-se salvar. Por isso ensinei Brunettino a abrir a porta encostando uma cadeira na parede, porque ele não alcança o trinco. Encarapita-se nela e então alcança, meu anjinho! Conseguiu na primeira, é esperto!... Agora não me importa ir para o hospital; o menino já começa a se defender sozinho. Além do mais, terá você.

Depois, na capela de São Cristóvão, quando Hortensia se dispõe a rezar, contempla o quadro, vendo nele a fotografia do homem com Brunettino erguido sobre sua mão; aquela imagem comovedora entronizada por ela no mais sagrado de seu armário, porque não quis expô-la à vista de ninguém. Enquanto isso, o velho pensa que a dois chega-se melhor à outra margem: "Hortensia e eu atravessando juntos o rio, um ao lado do outro, com Brunettino sentado sobre nossos braços enlaçados e envolvendo nossos pescoços com seus bracinhos." E se enternece, repetindo: "Assim, assim; um ao lado do outro."

Hortensia volta-se para o homem:
– Lembra-se do primeiro dia que viemos aqui?
– Sim, depois de ver seu São Francisco. Não é para lembrar? Por isso vamos nos casar aqui. Mas o padre deve ser um antifascista de sempre, como aquele *don* Giuseppe que me escondeu na cúpula, coitadinho, e que disse aquele sermão.

(Pois se chamava *don* Giuseppe, nesse instante lhe veio à memória o nome esquecido.)

Está decidido, embora Hortensia no início tenha resistido. Inclusive logo chegarão os papéis do velho, encomendados a Ambrosio. O homem se entusiasma ao imaginar o desgosto do genro ao lhe cair em cima uma patroa inesperada, e goza antecipadamente sua chegada à aldeia com a mulher esplêndida... Mas o essencial é ela, Hortensia, e que lhe dá a vida e a dará a Brunettino, pois, embora já se defenda sozinho, precisa de uma mulher. Seus pais cuidarão dele, claro, mas como Andrea poderá ensinar-lhe o que sequer suspeita? Que não aconteça com o menino o que aconteceu com ele! Que não perca nada, que desde o início saiba adivinhar as mulheres!

– Assim você será avó dele e continuará lhe ensinando depois – prossegue. – O menino precisa de você.

– E você, não precisa de mim? – replica ela, fingindo-se zangada.
– Será que você não sabe? – responde arrebatado.
– Claro que sei, bobo, mas quero que você diga!
– Pois está dito.

Hortensia volta à sua reza, depois de saborear as palavras do velho: "Vamos nos casar aqui." Sim, está dito. Ela não precisaria do casamento, já sendo o que são. O que acrescenta a cerimônia? Mas a ele dá tanta ilusão!

Quando voltam ao apartamento – como está alegre a salinha neste dia claro! –, vão para a cozinha preparar uma boa massa ao estilo de lá. À amalfitana ou à calabresa? Discutem, gracejando, se aquele vinho é o mais adequado, se ele desce para comprar uma sobremesa, se no casamento ela vai usar ou não o *concertu*, o adereço roccaserano de recém-casada, com seu anel com *brilloccu*, brincos, colar e pulseira... No telhado em frente pipilam vivazes alguns gorriões, e ela lhes joga umas migalhas.

Na sala de jantar, os pratos já vazios, o homem olha em torno. A vista de Amalfi, o bandolim, as plantas viçosas em seus vasos limpos... Que sossego! Como no primeiro dia.

"Mas onde está o retrato de Tomasso?... Desapareceu, como Dunka... Essa mulher pensa em tudo... Sim, como Dunka; passou para a história", repete-se o velho. Uma tépida emoção o percorre, levanta-o de sua cadeira e o aproxima da mulher que está tirando a mesa.

– Mas, Bruno, o que está fazendo? – ao sentir sua cintura cingida.

Os outros lábios a beijam, e agora é ela que sente retornarem antigas emoções. Ri feliz, safando-se.

– Como você é louco!... Vamos, vamos, para sua soneca, que você está muito travesso e precisa descansar.

Sim, travesso; fazia tempo que um beijo não era tão beijo. "Imagine se o outro inimigo, a Rusca, também se tivesse rendido!... Ilusões. Suas últimas mordidas não têm mais remédio."
– Bem, mas você também vem se deitar.
Hortensia se alarma e se entristece diante do olhar ainda viril: "Pois se já não valho nada!", lamenta-se, pensando em seu corpo. O velho não admite reticências.
– Não se recuse. Não é a primeira vez.
– Aquele dia eu estava doente.
– Você não confia em mim?
Experimentou com isso um momento fugaz de alvoroço. E continua:
– Mulher, nós já não somos jovens. Não tenha ilusões, já lhe disse... E a cama é o melhor lugar para um homem e uma mulher estarem juntos.
Palavras e silêncios na penumbra primaveril da alcova, crivada pelos cretones estampados. Deitados um ao lado do outro sob o lençol e a colcha, meio despidos, as palavras são estrelas no crepúsculo de cada dia, brasas vermelhas num fogo tranquilo, mistérios compartilhados. E os silêncios contam tudo, são a vida inteira de cada um ressuscitado, reconstruindo-se e requerendo a outra para se completar; são as existências de ambos se abraçando num trançado de anseios e esperanças. Por isso, depois de cada silêncio fluem revelações:
– Tive ciúmes de Dunka até a outra tarde – confessa Hortensia, sussurrante – e ainda...
O homem tem um ataque de jactância:
– E das outras não?
– Já sei que você teve muitas, mas Dunka teve você... Pelo menos até onde você se permitia.
– Você me tem totalmente, totalmente rendido, sem condições... Aqui, imagine, e já não me envergonho de ter mulher na cama e não possuí-la. Veja como você me

transformou!... Com ela foi o contrário: desfrutei-a e nem pensei que havia mais!

Impulsiva, Hortensia se ergue, o cotovelo sobre o travesseiro, pondo em seu olhos toda a sua convicção:

— Não se lamente! Você lhe deu exatamente o que ela queria! O "magnífico animal", como você disse. O que ela nunca havia conhecido.

Deixa que suas palavras penetrem no homem e continua:

— Esqueça: foi como tinha de ser. Para ternuras havia o David, e ela as rejeitou... Sim, você deu tudo o que era. Só agora você sabe que é mais.

"Só agora", rumina o homem. "E o que aconteceu agora? Pois foi Milão. Quer dizer, o menino e ela, não há nada mais em Milão."

— Sim, agora sei. Graças a você.

— Graças a Brunettino.

— Meus dois amores.

— Um. Você é os dois amores. Você, que os dá.

Outro vasto silêncio.

"Eu, que me dou", pensa o homem: algo completamente novo em sua mente, algo recém-nascido nestas semanas.

Alegra-se em ser olhado de cima como agora, o que nunca lhe agradou. Saboreia aquele rosto, aquele torso dominando-o, por cujo decote aberto assoma a curva de um peito abundante, avantajando-se para ele.

Contempla-o fascinado. E é isso que sempre pensou: "Que poder tem a carne de mulher? Redonda e branca como a lua, que dizem que levanta o mar".

— Que poder tem a carne de mulher? — soaram essas palavras. Pronunciou-as em voz alta sem se dar conta.

— O mesmo que a de homem — sussurra ela, excitada, sentindo a mão que molda suavemente seu peito e ouvindo o suspiro muito profundo.

Silêncio de novo, sim, mas como fala o tato!
E uma lamentação. A mesma, a única:
— Não lhe dá pena ter em sua cama só uma carne já morta?
— Morta? — protesta aquela ternura absoluta. — Está viva! Pois essa carne não está sentindo minha carícia?... Que velo o de seu peito, que cachos ásperos, como meus dedos se enredam e se demoram!... E debaixo seu coração, seu coração que fala, que me grita: Estou vivo!
Um silêncio ainda maior, mais alto, envolvendo os ecos das vozes, as pressões delicadas, os reconhecimentos amorosos. Na cúspide, uma dolorida queixa viril:
— Quanto eu daria para que você soubesse como eu fui nesses lances! Se eu pudesse...!
A mão feminina deixa aquele peito cacheado, e um dedo firme sela os lábios demasiado exigentes.
— Cale-se. Não peça mais à vida.
E repete, ocultando sua angústia repentina:
— Não peça mais... Que não se quebre!
Certo, deixar assim, saber gozar assim. Ela continua reclinada, apoiada no cotovelo. "A dama etrusca", recorda o homem. Mas não sobre um sarcófago. A cama é um oceano tranquilo onde se vive a preamar dos amantes. Alta liberdade de se entregar! A sombra de Dunka já não prende o homem, nem — graças a Hortensia — a dor do que foi perdido nas últimas dentadas da Rusca. Sereno diante da porta que logo irá transpor, porque agora sabe vencer o destino. Entrincheirando-se no indestrutível: o momento presente. Vivendo o agora em todo o seu abismo.
Ela, enquanto isso, sabendo o que sabe, sente derramar-se para dentro, afogando-lhe o peito, lágrimas por ele, por ela mesma. Gostaria de segurá-lo outra vez nos braços, ser aquela *Pietà* no espelho — seu Brunettino agora pesa tão pouco! — ... Mas ele desconfiaria.
Reprime-se e refugia-se também no puro instante. "Que não se quebre!", reza.

Por meio de um hábil desvio, o carrinho se esquiva da batida de um caminhão que tinha obrigação de lhe ceder passagem.

— Como você dirige, Andrea!

A interpelada volta por um momento o olhar e o sorriso para Hortensia.

— E você, como compra!

— Fui vendedora... Mas essas moças de agora na Rinascenza não conhecem o ofício. Só sabem nos levar até o caixa para pagar. Em compensação, dá gosto ficar escolhendo nas mãos de uma boa profissional! Ou, ao contrário, oferecer as mercadorias a uma compradora que entende. Eu gostava muito disso nos meus tempos.

Sem dúvida, pois nessa tarde de compras Andrea usufruiu o bom gosto natural de Hortensia e sua habilidade para obter boa qualidade ao melhor preço. Nas "promoções", sua mão mergulha no montão de ofertas como a gaivota no mar e emerge com a autêntica pechincha.

Enquanto continua atenta ao tráfego, Andrea se pergunta como pode enamorar-se de seu sogro essa mulher tão sensata e, em certo sentido, tão refinada, em sua simplicidade. Não nega que o velho tenha qualidades, mas é tão perturbador! Como conseguiu inspirar tanto carinho? Pois por dinheiro não é, reconhece Andrea ao lembrar que, quando as duas falaram pela primeira vez do casamento, Hortensia assegurou taxativamente que não aceitaria a herança.

– Nem uma lira – afirmou. – Só quero suas coisas pessoais, as que o vi usar: a manta, o canivete...

Hortensia não pôde continuar porque um soluço lhe cortou a voz.

Não, não é o dinheiro, repete-se Andrea. Em compensação, a filha está aborrecida porque já contava com a herança. Que moça mais vulgar! Não puxou à mãe.

– Vou ser a madrinha, já que insistem – declarou desdenhosamente para Andrea numa conversa particular –, mas minha mãe deve estar louca, para ir enterrar-se agora com um velho numa aldeola de má morte, sem compensação nenhuma.

Andrea compreende a decepção da moça. Também ela perderia se Hortensia ficasse com a herança. Em todo caso, como a história da "aldeola" coincide com suas recordações, Andrea não deixa de se interrogar quanto aos atrativos do velho. Deve ter sido um bom rapaz, sem dúvida, mas isso já passou, e não é culto, nem refinado, nem... A não ser sua vitalidade! Isso sim; esses dias tem assombrado a todos, palmilhando as ruas sem trégua, com os trâmites e a papelada. Ambrosio, recém-chegado do Sul para ser padrinho, confessa-se cansado e enaltece a energia do velho quando discute com os funcionários, sobretudo nos escritórios da Arquidiocese. O padrezinho do guichê tem medo dele.

Dallanotte também se mostrou surpreso quando Andrea foi sozinha consultá-lo a respeito do casamento planejado.

— A essa altura da doença qualquer outro estaria prostrado na cama, mas sua fibra, ou seu espírito, se preferir, ou seja o que for, é mais forte e o sustenta... Deixe-o, deixe-o casar: a ilusão o impulsiona. Depois... certamente tudo será mais rápido, mas melhor para ele. Sim, muito melhor.

Andrea ainda se lembra do quanto a surpreendeu a voz do médico ao concluir aquela frase em tom subitamente melancólico, dolorido, nada profissional. Como se o afetasse, por quê?

A caminho do *viale* Piave o carrinho entra na rua della Spiga e, diante da esquina com a Borgospesso, Hortensia interrompe suas cavilações sobre as grandes mudanças dos sistemas de venda desde aqueles tempos.

"Mas eu mudei", diz-se ao passar sob sua sacada. "Já me via definitivamente sozinha nesse apartamentinho e agora vou trancá-lo para ir para o Sul, e além do mais com um homem, um neto, outra família... Que surpresas, a vida! Há algumas semanas eu não conhecia esta mulher que me está levando em seu carro nem jamais tinha visto Renato... Renato, se Deus me tivesse dado um filho como ele! Como nos entendemos, como se confia a mim! Tenho a impressão de ter conhecido sua mãe; de tanto o ouvir filialmente quase me sinto como irmã dela... Ai, Bruno, quanto poder você tem! Como está enlaçando todos nós! E não há quem discuta com você, meu cabeça-dura! Não há outro remédio senão segui-lo, você nos arrebata!... Você e seu Brunettino, nosso Brunettino... Tem o mesmo caráter que você, já tão seu. Pois quando crescer...!"

Saem da rua della Spiga pela Porta Venezia e depois Andrea corta caminho até sua casa pela *via* Salvini. Passando diante da loja de comestíveis, Hortensia lembra o primeiro dia em que acompanhou seu homem até lá. Que olhar sagaz recebeu daquela quarentona roçagante, a senhora Maddalena! Um olhar que se inteirou de tudo. Hortensia não reagiu com sorrisos, sabendo como sabia das histórias da fruteira, porque percebeu nos outros olhos a inveja e a pena de não ter um Bruno.

Mas já não pensa nisso quando chegam em casa. Entra nela com o sorriso provocado por outra visão: um futuro rapaz como Renato, mas com o ímpeto vital, a graça viril do avô jovem.

Quando Andrea abre a porta do apartamento, o futuro rapaz corre para ela enchendo o corredor de gritinhos e estende os bracinhos para Hortensia.

– Gosta mais de você do que de mim – comenta Andrea, apesar disso encantada com aquele carinho, pois espera muita ajuda de Hortensia para criá-lo.

– Não diga isso; não é verdade – replica Hortensia, erguendo Brunettino do chão e sentando-o em seu antebraço. – Eu sou a novidade. Se tivesse de escolher, você bem sabe que seria sempre a mãe.

– Não, não sei – responde gravemente Andrea. – A minha morreu antes que eu completasse três anos.

Hortensia olha para ela e compreende muitas coisas.

Com o braço livre enlaça Andrea pela cintura, enquanto sente os bracinhos do menino em torno de seu pescoço.

"Meu homem é meu Brunettino", pensa Hortensia comovida, "em compensação você, meu menino, meu anjinho, é meu Bruno me abraçando... Amo você por ele como o amo por você. Tomara que eu chegue a ver você como ele foi e que depois você me feche os olhos!"

Zambrini está por uns dias em Milão para tratar de assuntos do partido e, graças a Dallanotte, pôde combinar com o velho um almoço em uma *trattoria* daquelas que agradam ao senador, sempre inimigo dos grandes hotéis em que agora inevitavelmente o alojam. Acompanha-os Ambrosio, que chegou com seu raminho verde na boca, e os três antigos *partigiani* lembram os bons tempos saboreando o café da sobremesa. Evocam transes difíceis, e também golpes de sorte com momentos triunfais. Discutem amistosamente o comunismo de Zambrini, mas coincidem em considerar a degeneração do país e da juventude, em contraste com o entusiasmo popular de quarenta e cinco. Por fim, é claro, acabam falando do casamento próximo, e Zambrini lamenta não poder estar presente.

— Uma coisa fantástica — conclui Ambrosio. — Algo que ninguém esperava para rematar o triunfo. Na aldeia estão boquiabertos. Entre isso e suas próprias brigas pelas terras, os Cantanotte ficaram sem amigos. Você enfiou o pessoal no bolso, Bruno; nem imagina! Até as beatas estão começando a pensar que finalmente vai se converter a uma vida cristã! Até rezam por você, com certeza! Sobretudo alguma que você deve ter levado para o mato quando era moça!

Eles riem.

– Sabe a única coisa que os aborrece? – acrescenta.
– Você não se casar em Roccasera. Belo casamento eles vão perder!
– Para casar em outra diocese me pediriam mais papéis ainda – desculpa-se o velho. Depois contra-ataca. – Além disso, não tenho vontade de que o padreco de Roccasera me dê a bênção! Ou você vai com a cara daquele santarrão?

É claro que Ambrosio também não gosta dele.

– Case-se como preferir, homem – intervém Zambrini. – Seu casamento é seu casamento... Prepare-se para a chocalhada, isso sim...

O velho sorri como se lhe oferecessem um bom presente.

– Vou carregar a *lupara* com chumbinhos. Até com sal, para o caso de algum mau-caráter passar dos limites. A chocalhada eu admito: é o costume quando um viúvo se casa e, ainda por cima, fora da aldeia. Mas chocalhada como convém. Gracejos pesados com minha mulher, nem um!

– Não vai precisar disparar, Bruno – garante Ambrosio. – Agora ninguém lhe quer mal na aldeia.

– Ou ninguém se atreve a dizer – presume o velho.

– É isso, ou não se atreve.

O velho dá de ombros, desdenhoso. Depois se dirige a Zambrini, com expressão solene.

— Você deve pensar que estou louco, Mauro, porque vou durar muito pouco. O Dallanotte deve ter lhe contado. Um bom homem, decerto.
— É, ele me explicou. E também me disse que o inveja, porque ele já não tem ilusões... Você não está louco, Bruno, mas muito ajuizado. Eu o compreendo.
— E tanto que faz muito bem! — intervém Ambrosio.
— Sou eu que estou dizendo, pois conheço Hortensia. Se você a visse, Mauro... A mulher de que um homem precisa... Se você não se casasse, eu me declararia! — conclui o solteirão Ambrosio, dirigindo ao velho seu trejeito divertido daqueles tempos.
— Não seja pretensioso: ela gosta é de mim — ufana-se o velho, que continua dirigindo-se a Zambrini. — Então, sabe?, este verão na minha casa, com Hortensia e Brunettino, vou viver a cada hora muito mais do que os milaneses em um ano... Brunettino! O dia que ele me chamar de *nonno* vou dar uma grande festa, tenho uma vontade de ouvi-lo!... E está quase, quase; ainda vai me dar tempo, antes da castanhada.

Cala-se por um instante e continua, sério:
— Sim, terei tempo; na aldeia ele vai se soltar... E além disso, depois... Depois, você me entende, Mauro...

Baixa a voz, aproxima a cabeça de seus companheiros e sorri astutamente, orgulhoso de sua estratégia vital:
— Depois Brunettino, meu anjinho, meu tesouro, terá a melhor avó do mundo, a mulher para fazê-lo homem.

O velho se recolhe no silêncio para imaginar melhor Hortensia, seu relevo junto ao menino. Sim, instalada em seu quarto no sofá-cama, recebendo ali a visita noturna do anjinho branco e pegando-o nos braços para falar de seu avô Bruno. Para lhe contar como ele era e o quanto, quanto, quanto adorava os dois.

O anjo muito branco aparece na porta escura e ergue os braços para o céu. Surpreso por não se sentir voar para o peito do velho, como todas as noites, pronuncia umas sílabas em sua linguagem misteriosa e dá uns passinhos até tocar a cama. O velho abre os olhos e percebe a clara presença. Ergue-se – por que, hoje, tanto cansaço? – e levanta o anjo até a cama, sentando-o a seu lado.
– Estou alerta, meu menino, estava à sua espera... venha, suba no carro, já vamos sair. Está derreado, mas ainda funciona. O Lancia requisitado ao marquês, quem diria quando tanto se pavoneava de carro!... Está trazendo o recado, não é mesmo? Não precisa me dar. Já sei, na montanha as notícias sobem logo, sobretudo as boas. Estão se derrubando: triunfamos, meu anjo!... Chutaram o Mussolini; estão se sentindo perdidos. Fogem como ratos. Os de Cosenza estão lançando ao mar

os alemães, que não conseguem resistir. David fez voar seu trem e deixou-os sem munições... Felizardo o David, curando o ferimento em Rimini! Com sua Dunka, bem que o mereceram!... Como é grande o mundo agora! Está vendo, estamos até avançando de carro, como os generais. Chega de andar pelas brenhas, de matagal em matagal. Chega de estar cercados, como você e eu em nossa posição, lembra? Nunca mais!... Adiante, rodando montanha abaixo! Claro que muito alerta; pode haver atiradores, fascistas desesperados... Mas agora dá no mesmo, estão perdidos!

O menino aproxima seu corpinho do torso do velho buscando os braços acolhedores de cada noite.

– Meu anjo, você dá cabeçadas como o meu Lambrino!... E como é valente! Tão pequenino e me trazendo o recado... Mas deve estar com frio; é preciso se proteger do relento... Não se preocupe, vou abrigá-lo bem.

O velho pega a manta estendida a seus pés e envolve o menino, que grunhe e agita enérgico suas mãozinhas, rechaçando-a:

– *Na, na* – protesta.

O velho ri e estreita-o em seus braços:

– Tem razão, melhor assim, junto de mim. Aconchegadinho, para isso você tem avô... Como posso não abraçá-lo! Estou forte, não me canso, e menos ainda no carro. Se isto é guerra, que venham balas!... Mas não se distraia, vai amanhecer. Hora dos ataques de surpresa. Este lugar se presta; estamos atravessando o castanhal. Repare, está reconhecendo, não é mesmo? Eu lhe falei dele tantas vezes! Que formosura!... Perigosa, alguém pode se esconder. Ou armadilhas: um cabo de uma árvore a outra, sustentando uma bomba de mão, e se você o tocar nem percebe... Finalmente está clareando, vamos saindo do bosque. Veremos a aldeia ao dobrar a colina... Agora, está vendo? Está vendo? A torre da igreja;

à esquerda da minha casa! Está vendo o terraço?... Roccasera, minha Roccasera!... Viva!... Ah, o sinal! No pátio, acendeu-se uma janela. Com cansaço, mas arrebatado por sua excitação, o velho põe-se de pé sobre a cama com o menino nos braços.
— O sinal! Avante!... E a trombeta, está ouvindo? Cante, cantemos todos! A canção dos *partigiani*!
A voz desgastada lança contra o silêncio seu hino guerreiro.
De outra janela invisível salta ao ar uma seta de luz. O velho para de cantar e explode em júbilo:
— Um foguete!... É Ambrosio, os foguetes o deixam louco!... É Ambrosio, Roccasera é nossa!
Êxtase em silêncio.
De repente sua doce carga lhe pesa infinitamente, e o velho já não consegue sustentá-la. "Como São Cristóvão", ele pensa, enquanto o fere uma dor no peito, uma cãibra feroz puxando-lhe o braço. Cai de joelhos na cama, soltando o menino.
— Acertaram-me, filho; um fascista emboscado... Mas não tenha medo, você está com Bruno... Com Bruno! E sempre tenho sorte com as balas... Logo chegaremos, e Hortensia está à nossa espera. Cuidará de você enquanto eu me curo... Você gosta dela e agora é sua avó, sabe? A melhor do mundo!... Não se preocupe, tesouro; vou levá-lo aos braços dela...
Para arrancar-se a dor dá uma tal pancada no peito que a bolsinha de amuletos, arrebentado o cordão, cai sobre a cama.
— Atirador canalha! — ele ruge. Mas o rugido termina em queixa sufocada.
Senta-se, apoiando as costas na cabeceira. Murmura:
— Estou enxergando mal... O sol... me cega ao sair da sombra...

Cala-se para economizar forças, mas sua mente prossegue, enquanto a dor vai apertando uma implacável tenaz em torno de seu peito.

"Nada, não é nada... Que alegria os foguetes! Quantas centelhas no céu! E as trombetas, a música! Está ouvindo?... Volto como queria: vitorioso e com você. Com você, meu anjinho!"

O menino, inquieto diante dessa noite tão diferente, engatinha pela cama até o velho. Agarra-se temeroso ao braço já paralisado e se põe em pé, seu rostinho junto ao do avô, esperando, esperando... De repente, seu instinto lhe revela o desarrimo do mundo, as trevas vazias. O golpe da solidão arranca-lhe a palavra tantas vezes ouvida:

– *Non-no* – pronuncia nitidamente, diante daquele rosto cujos olhos o buscam já sem o ver, mas cujos ouvidos ainda o ouvem, afogados em júbilo. E repete o conjuro, seu chamado de cão perdido. – *Nonno, nonno. Nonno!*

Finalmente o cântico celeste!

Cores de além-mundo, lumes de mil estrelas incendeiam o velho coração e arrebatam a essa glória, a essa grandeza, esta palavra insondável:

NONNO!

A ela o velho se entrega para sempre, invocando o nome infantil que seus lábios já não conseguem pronunciar.

O menino, em seu desamparo, inicia um gemido. Mas se acalma ao cheirar na velha manta o rastro dos braços que o aconchegavam. Envolve-se confiante em suas dobras, naquele cheiro que reconstrói o mundo ao lhe devolver a presença de seu avô, e clama, orgulhoso de sua proeza, uma vez e mais outra:

– *Nonno, nonno, nonno, nonno...!*
Suas mãozinhas, enquanto isso, brincam com os amuletos.

Na argila carnal do velho rosto floresceu um sorriso que se petrifica pouco a pouco, sobre um fundo sanguíneo de antiga terracota.

Renato, atraído pela canção guerreira e pelos gritos do menino, reconhece-o no ato:

O sorriso etrusco.